中国学生成长速读书

总策划／邢涛　主编／龚勋

全集·第2卷

中华成语故事

汕头大学出版社

瞽目先生小
說流稗官敲
鈸唱街頭村
翁里婦扶攜
聽儻為歡欣
儻為愁

御製題畫一首　臣于敏中奉
勅敬書

目录
CONTENTS

第五章　智慧谋略

中华成语故事全集 〈第2卷〉

HISTORICAL STORIES OF CHINESE IDIOMS

CONTENTS

中华成语故事全集 《第2卷》

HISTORICAL STORIES OF CHINESE IDIOMS

CONTENTS

第七章　幽默诙谐

中华成语故事全集 《第2卷》

HISTORICAL STORIES OF CHINESE IDIOMS

目录
CONTENTS

第五章
智慧谋略

　　人的脑海中，蕴藏着许多奇思妙想，而更神奇的是，古代的人们将那些包含着大智慧和奇谋妙策的思想，凝练成了只有短短几个字的词语，这些词语就是一个个蕴涵着精深的智慧谋略的成语。通过这些成语，我们了解了那些闪烁着智慧光芒的典故：韩信领兵背水一战，士气锐不可当，赢得了战役的胜利；虞诩增灶减兵，兵不厌诈，击退了频扰边境的羌军，使其伤亡惨重不能再来侵扰，最终安抚了百姓，平定了局势；徐晃率领部下长驱直入关羽的军队中，使得这位威震四方的名将不得不败走襄阳；尹翁归惩一戒百，严惩了恶霸，得到了官吏和百姓的敬服；田单出奇制胜，巧布火牛阵赢得了战争的胜利，收复了齐国的失地；晏子二桃杀三士，设计除去了三个骄横跋扈的将军……这些包含着奇谋妙计的成语故事，为我们展示了当时生动鲜活的场面，使得我们有机会在其中领略前人超凡的智慧与谋略。

背水一战

【词义】背：背向。水：江河。这则成语的意思是指背靠江河作战，已经没有退路。
【用法】比喻在极其艰难的情况下跟敌人决一死战。有时也比喻有"决战"精神。与"破釜沉舟"近义。

井陉之战战场遗址（位于今河北井陉东南）

秦朝灭亡后，汉王刘邦采纳大将韩信的策略，攻取了秦国的故土关中地区，奠定了与西楚霸王项羽争夺天下的基础。公元前204年，刘邦派大将韩信和张耳，率领汉军去攻打赵国，井陉口为其必经之路。赵王歇与大将陈余，率领二十万兵马，集结在井陉口，准备迎战。

赵国谋士李左车向陈余献计说："韩信乘胜而来，其势不可当。但是他们长途行军，粮草供给难以充足，井陉口这个地方两旁有山，道路狭窄，车马很难通过，汉军走不上一百里路，随军的粮草必然要落在后面。我们可派三万将士抄后路截取他们的粮草，您统率大军正面阻击汉军，再把沟挖得深些，城墙垒得高高的，坚守营寨，不与汉军交战。这样一来，他们前不得战、后不得退，又无粮草，成了瓮中之鳖。不出十天，我们就可以捉住韩信。"陈余根本不听李左车的意见，认为自己的兵力超过汉军许多倍，一定不会打败仗。韩信探知李左车的计策没有被采用，十分高兴，便把兵马集结在离井陉口三十余里的地方。到了后半夜，韩信派两千名轻骑兵，每人带一面汉军红旗，从小路迂回到赵营的侧后方，埋伏起来，等赵军倾巢而出后，突袭其大营，拔去赵军旗帜，全部插上汉军的红旗。韩信又派一万人马作先头部队，沿着河岸摆开阵势。陈余等人见此情景，哈哈大笑说："看来韩信空有虚名！背水作战，乃兵家大忌。不留退路，这是自己找死！"

韩信表面上背水列阵，使兵无退路，实际上他是利用陈余骄轻敌急于求胜的心理，出奇制胜。

天亮后，韩信带领兵马，打出帅旗，向井陉口杀去。赵军立即迎战。交战后，汉军假装败退，抛掉旗鼓，向河岸阵地退去。陈余不知是计，指挥全军拼命追击。这时，韩信预伏的二千轻骑兵见赵军倾巢出击，立即杀入赵营，拔掉赵旗，换上汉旗。赵军追到汉军靠河阵地，汉军后退无路，只得拼命厮杀。赵军久战不胜，士气开始低落，又忽然发现自己的军营里都插上了汉军的红旗，军心顿时大乱，纷纷溃逃。汉军趁机前后夹攻，大破赵军，陈余被杀，赵王歇被活捉。事后，将士们向韩信请教："背水结阵乃兵家大忌，将军为什么明知故犯，但却是大胜呢？"韩信回答说："这就是兵法中说的'置之死地而后生，投之亡地而后存'。背水结阵，把士兵们故意放在没有退路的地方，他们才不得不拼命奋战，以求生存。"

汉代战船
图为汉代战船模型，说明汉代已建成比较完备的水军。

兵不厌诈

【词义】厌：满足。诈：欺骗，欺诈。这则成语的意思是说作战时尽可能地多用假象迷惑敌人以取得胜利。
【用法】比喻在战争中，要善用计谋迷惑对方，以便取胜。也就是说，对敌人不能太老实，需要用计，而且要使敌人防不胜防。与"兵行诡道"近义。

东汉安帝在位时（公元107～125年），西南部的几个羌族部落经常侵扰边境。有一次竟把汉朝的武都郡层层包围起来。

当时情势危急，安帝忙任命虞诩为武都郡太守，率军抵抗羌军。虞诩带领几千人马，昼夜兼程，向武都郡挺进。当部队到达陈仓、崤谷一带时，被大批羌军所阻。虞诩见敌众我寡，便命令部队停止前进，然后大造声势，说朝廷派出的大兵一到，即合兵进击。羌兵不知是计，信以为真，便分兵四处抢掠粮草，防守力量顿时减弱。虞诩见羌军四散，抓住时机，立刻带领部队，突破羌军防线，向武都郡进发。

玉门关遗址

虞诩命令军队奋力急进，每天行军一百多里，并命令各队士兵第一天挖两个灶坑，以后逐日增加一倍。有的将领不解其意，问道："从前孙膑领兵行军作战，每天减灶迷惑敌军，您却增灶。兵法说，每日行军三十里，前后照应，就可确保安全。我们一天走百余里，这都不合先人的规矩呀！"虞诩说："用兵打仗要按照不同的形势采取不同的策略。羌兵人马众多，士气旺盛；我们的兵力很少，不能硬拼。我们如果行动慢了，岂不被羌军赶上？兵不厌诈，制造假象才能迷惑敌人。孙膑当年减灶是为了佯装弱小，我们增灶是为了佯装强大。"

"汉归义羌长"铜印
此铜印是汉政府发给羌族首领的官印，其中"归义"是汉政府给予其统辖的边远少数民族首领的一种封号。

果然，羌兵见汉军逐日增灶，以为汉军的兵力不断增加，唯恐中计，不敢再继续紧追不舍。因此，虞诩的军队得以安全进入武都郡。

当时，守卫武都郡的汉军不足三千，而羌兵人数上万，依然是敌众我寡。为此，两军对阵时，虞诩命令士兵先不用强弓硬弩，只用射得很近的弱弓。羌兵见汉军的弓箭无力，就放大胆子冲上来。虞诩等羌军逼近，便命令士兵改用强弓硬弩集中猛射，使得羌军伤亡惨重，急忙撤退。不料，在退路上又被虞诩埋伏的精兵袭击，结果羌军大败。

虞诩巧施妙计，诱骗敌人上当，终于打败了来犯的羌军。

武都郡解围后，虞诩又组织人力在边境一带修建了二百八十座营垒，把在战乱中逃走的百姓召集回来，安排好他们的生活。这样，动荡的武都郡逐渐安定了下来。

不入虎穴，焉得虎子

【词义】 虎穴：老虎洞。焉：怎么。这则成语的意思是不进入老虎的洞穴，怎么能捕捉到幼虎。

【用法】 比喻历经艰险，才能获得成功。现在用来比喻不经过艰苦实践，就不能认识事物或取得重大的成就。

公元73年，东汉明帝派班超跟随侍从官窦固奉命征伐匈奴。在这次征伐中，班超立了战功，深受窦固赏识。不久，窦固派他和郭恂一起出使西域。

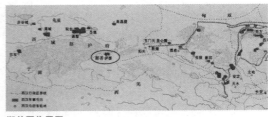

鄯善国位置图

班超带了三十六名勇士，来到西域的鄯善国。开始，国王对他们很尊敬，可过了几天，国王忽然变得冷淡起来。班超与手下推测，这很有可能是因为匈奴的使者来了，使国王的态度摇摆不定，拿不准服从哪一方的缘故。于是班超把接待他们的胡人叫来，哄骗他说："匈奴使者来了几天了，此刻在哪里呢？"那胡人很惶恐，招认了实际情况。他的话证明了班超的判断是正确的。班超把这胡人禁闭起来，然后把同来的勇士全部集合起来喝酒。喝得畅快时，班超激动地大声说："我们如今都在这极远的地方，想立大功以求得富贵。现在匈奴使者来到这里才几天，国王就这样怠慢我们了。如果他逮捕我们，把我们送给匈奴，那我们连尸骨都会被豺狼吃掉了。你们看，这事怎么办？"其中一个下属站起来说道："现在处于危急关头，不管死活我们都听从您的命令。"班超高声说："好，不进入老虎窝，就不能捉到小老虎。眼前的办法只有一个，就是趁着黑夜，偷袭匈奴派来的人。消灭了这些敌人，鄯善国王就只能结好于汉朝了。"

班超

班超和勇士们夜袭匈奴使者，迫使鄯善国放弃与匈奴交好的念头。

大家同意班超的行动计划，但又说这件事要和郭恂商量一下。班超发怒说："是凶是吉决定于今天。郭恂是个文弱而又陈腐的官员，听到这件事必定害怕，会泄露我们的计谋，这样我们就会白白送命。"大家都赞同班超的看法。当天夜里正好刮起大风，班超带领勇士们悄悄来到匈奴使者的驻地。他布置十个勇士拿着鼓，藏在匈奴使者的房舍后，并跟他们约定，见火烧起来就打起鼓大喊大叫。其余的勇士拿着武器，埋伏在大门两侧。一会儿，班超顺着风势把火烧起来，顷刻之间战鼓齐鸣，杀声四起。匈奴人惊慌失措，乱成一团。班超带领勇士们杀了匈奴使者和随从三十多人，烧死一百多人。

第二天，班超带着匈奴使者的头颅去见鄯善国王，国王吓得不知所措，班超对他抚慰一番。最后，鄯善国王决定与汉朝交好，并把儿子送到汉朝去作人质。

兵贵神速

【词义】贵：可贵、重要。神速：特别迅速。这则成语的意思是用兵作战最重要的是行动迅速。
【用法】古代多用于军事方面，现在也可用来比喻办事、行动迅速，效率高。

郭嘉，字奉孝，颍川阳翟（今河南禹县）人。因为他足智多谋，所以受到曹操的信任和重用。

骑兵陶俑

东汉末年，汉献帝软弱无能，导致天下大乱，各地军阀混战不止。公元200年，曹操和北方势力最强的军阀袁绍在官渡大战。袁绍战败，不久病死，他的两个儿子袁尚、袁熙投奔乌桓族首领蹋顿单于。蹋顿乘机侵扰汉朝边境，破坏边境地区人民的正常生产和生活。曹操有心要去征讨袁尚及蹋顿，但有些官员担心远征之后，荆州的刘表会趁机袭击曹操的后方。

郭嘉分析了当时的形势，对曹操说："您现在威震天下，刘表暂时不敢袭击我们的，所以不必有后顾之忧。而乌桓仗着地处在边远地区，必然不会防备我们。我们此时进行突然袭击，一定能将其消灭。如果延误时机，让袁尚、袁熙有喘息的机会，重新收集残部，再得到乌桓各族响应，让蹋顿有了野心。到时，只怕冀州、青州又要不属于我们了"。

三国时期的弩机

公元207年，曹操最后决定亲自领兵征讨北方三郡，消除北方边境的隐患。曹军人马、辎重太多，走了一个多月才到达易县（今河北雄县）。郭嘉对曹操说："用兵贵在神速，使敌人难以预料。我们现在到千里之外的地方作战，军用物资多，行军速度就慢，如果敌人知道我军的情况，就会有所准备。不如留下笨重的军械物资，部队轻装，派出轻兵昼夜兼程，深入敌境，趁敌人没有防备发起进攻，这样才能取得胜利。"

曹操采纳了郭嘉的建议，亲率数千精兵轻装北进，直插蹋顿所在地柳城（今辽宁西南）。曹军将士以一当十，奋勇杀敌，终于取得了胜利。

曹操挟天子以令诸侯

超群绝伦

【词义】 超群：超出众人。绝伦：独一无二。这则成语的意思是超过众人，同辈中谁也比不上。
【用法】 比喻超出寻常，无与伦比。

关羽，字云长，本字长生，河东解州（今山西临猗）人，是三国时期蜀国的重要将领，五虎大将中排名第一位。他因战乱逃亡至涿郡，其后与张飞一起追随刘备，曾在汜水关前斩华雄、虎牢关前战吕布而闻名天下。官渡之战时被俘，被曹操拜为偏将军，封汉寿亭侯，为曹操杀了袁绍的名将颜良、文丑。而后又千里走单骑，骑着赤兔马，提一口青龙偃月刀，过五关斩六将，回到刘备身边。之后又攻曹仁于樊城，水淹七军，收降曹操大将于禁，杀庞德，让华陀刮骨疗毒，威名远扬。关羽一生重情重义，而且智勇双全，武艺绝伦。

关羽
三国时期蜀国的名将。一生追随刘备，骁勇善战，过关斩将，为刘备创业立下了汗马功劳。

关羽塑像

公元184年，刘备当上平原国相后，关羽和张飞分别统率他的军队。他们三人同吃同睡，情如兄弟。在众人面前，关羽和张飞总是侍立在刘备身旁。刘备跟随刘表后，关羽和张飞也跟着依附。

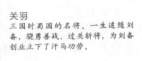

桃园
关羽与刘备、张飞在桃园中结拜。关羽一生辅佐刘备，忠心耿耿。

后来，刘备率军南下，准备渡过长江，另外派关羽率领几百战船，与他在江陵会合。

曹操急追刘备，到达当阳长坂。刘备向东北直奔，正好遇上关羽的船队。不久，孙权派军队帮助刘备抗击曹操，曹操不敌孙刘联军，兵败后率军退去。

刘备南下收复了东南四个郡，于是任命关羽为襄阳太守、荡寇将军，驻守长江北岸。

后来，关羽听说马超前来归降刘备，因他过去不认识马超，便写信给诸葛亮，询问马超的人品和才能可以同谁相比。

诸葛亮十分了解关羽，知道他非常自负，不甘居于别人之下，便写信回答说："马超文武双全，勇猛过人，是一代豪杰，如汉初大将黥布、彭越一类人物，可与张飞并驾齐驱。但是，不能与你这个超出众人、独一无二的美髯公相比。"

关羽看到诸葛亮的回信，心里十分高兴，便设下酒宴欢迎马超的到来。

草木皆兵

【词义】 兵：兵士。这则成语的意思是把满山的草木都当成了敌兵。
【用法】 形容人疑神疑鬼，稍有动静，就感到十分害怕。

公元383年，前秦皇帝苻坚率领九十万兵马南下攻伐东晋，东晋朝廷任命谢石为大将，谢玄为先锋，率领八万精兵迎战。

前秦军前锋苻融攻占寿阳（今安徽寿县）后，苻坚亲自率领八千名骑兵抵达这座城池。他首先派东晋降将朱序去劝降谢石。朱序原是东晋的官员，被迫投降前秦，其实他心中十分想回归东晋。朱序到了晋军营阵后，不但没有劝降，反而向谢石等人密告了前秦军队的情况，并建议谢石等人要趁着前秦军各路人马尚未集中的机会，主动出击。

听了朱序介绍的情况和作战建议后，谢石立刻改变了作战方针，决定转守为攻，争取主动。他出兵偷袭敌军大营，结果大胜。晋兵乘胜向寿阳进军。

苻坚（公元338～385 年），略阳临渭（今甘肃天水）人，氐族，十六国时期前秦皇帝。

苻坚得知晋军正向寿阳而来，大惊失色，马上和苻融登上寿阳城头，亲自观察淝水对岸晋军的动静。当时正值隆冬时节，又是阴天，远远望去，淝水上空灰濛濛的一片。仔细看去，那里桅杆林立，战船密布，晋兵持刀执戟，阵容十分整齐。苻坚不禁暗暗称赞晋军布防有序，训练有素。接着，苻坚又向北望去。那里横着八公山，山上有八座连绵起伏的峰峦，地势非常险要。晋军的大本营便驻扎在八公山下。随着一阵西北风呼啸而过，山上晃动的草木，就像无数士兵在动一

前秦皇帝苻坚误把满山的草木当成是东晋的军队，吓得面容失色。

样。苻坚看了，顿时吓得面如土色，惊恐地回过头来对苻融说："这明明是强敌，你以前怎么说他们不堪一击呢？"

后来，苻坚又中了谢玄的计，下令将军队向后退，让晋军度过淝水决战。前秦军本来就士气低落，阵势混乱，指挥不灵，这一撤退更造成阵脚大乱。朱序趁机在前秦军阵后大喊："前秦军败了！前秦军败了！"士兵们听了信以为真，于是纷纷逃跑，争相逃命。晋军在谢玄等人指挥下，乘势展开猛烈的攻击。苻融眼见大势不妙，骑马飞驰巡视阵地，想整顿和稳定退却的士兵，结果混乱中马倒在地，被追上的晋军手起刀落，一命呜呼。前秦军全线崩溃，完全丧失了战斗力，大败北归。这一战，便是历史上以少胜多、以弱胜强的著名战役——淝水之战。

淝水之战

长驱直入

【词义】长驱：远距离地向前挺进。这则成语的意思是不停地策马快跑，一直往前直达目的地。形容军队不可阻挡地向很远的目标快速挺进。也作"长驱而入"。

【用法】用来表示军队以不可阻挡之势向前挺进，深入敌人的心脏。

公元219年，曹操为夺取战略要地荆州，与刘备在这一带酣战。刘备的大将关羽用重兵围住了襄阳，曹操的堂弟曹仁固守与襄阳毗邻的樊城，处境相当危急。

这年七月，曹操派虎威将军于禁率军增援曹仁。不久，樊城这一带连降大雨，汉水泛滥。关羽趁机引水去淹曹军，结果于禁全军措手不及，被迫投降。

由于洪水冲进樊城，曹仁的处境愈加危急。一些部将劝他放弃樊城，

徐晃老谋深算，解救了樊城之围。

乘船退走。但有人极力反对，说是水势不可能一直这样大，过些时日就会退去，还是紧守为好。曹仁觉得有理，决定继续紧守樊城。

后来，曹操又派大将徐晃率军去樊城解围。徐晃老谋深算，暂不将部队直接开到樊城，而是在稍远的地方驻扎下来，然后派人暗中用箭把信射入樊城，与曹仁取得联系。正好曹操还在组织其他兵马增援，得知徐晃的行动非常赞同，要他等待各路兵马到齐，一并开进樊城。

当时，关羽的一部分军队驻在离樊城不太远的偃城。徐晃带领一对人马来到偃城郊外，故意挖掘陷坑，似乎要截断偃城军队的退路。驻军中计，匆匆撤离偃城。于是徐晃轻而易举地取得了这座城池。

这时，曹操组织的十二路兵马已经全部赶到，徐晃就立即与这些兵马会合在一起，打算和曹仁内外夹击关羽。

关羽在围头和四冢(zhǒng)两处地方都驻有军队。徐晃表面上装出要进攻围头的样子，实际上亲率大军进攻四冢。等关羽发现徐晃的主攻方向时，为时已晚。关羽派去支援四冢的五千兵马，很快就被徐晃击败。接着徐晃率领部下，一直冲进了关羽对曹仁的包围圈中。关羽的将士不敌，败走襄阳，樊城终于解围。

徐晃的捷报传到曹操那里，曹操立即写了慰劳令，派人送到前方。令中写道："我用兵三十多年，所知古代善于用兵的人中，没有一个人能像你那样长距离不停顿地策马快跑，一直往前，冲入敌人的包围圈中。将军真是有勇有谋啊！"

关公神像版画

偃月刀
这是关羽擅长使用的武器。

车载斗量

【词义】这则成语的意思是用车来装，用斗来量。
【用法】形容数量非常多。

三国时，吴国有一个叫赵咨的官员。他博通经史，才华出众，而且机智过人，极富辩才。后来，蜀主刘备称帝，出兵攻伐吴国。东吴渐渐抵抗不了西蜀的进攻，吴王孙权便派赵咨出使魏国，向魏国求援。魏文帝曹丕早就听说赵咨才智过人，是国家的栋梁之材，便想试探一下他的才智和学问是否真的像人们传说的那样。

他们见面后，曹丕故意用傲慢的态度问道："你们吴王是个什么样的国君呢？吴国怕不怕我们魏国？"

赵咨听了这种带有污辱性的问话，心中十分气愤，但是作为吴国的使者，

孙权塑像

他当然不能有失国家的尊严，便很有分寸地回答道："我们吴王是位很有雄才大略的人。重用鲁肃证明了他的聪慧，选拔吕蒙证明了他的明智，俘虏于禁而不杀证明了他的仁义，取荆州而兵不血刃证明了他的睿智，据三州虎视四方证明了他的雄才大略，向陛下称臣则证明了他很懂得策略。至于说到怕不怕魏国，我觉得尽管大国有征伐的武力，但小国也自有抵御的良策，又何况我们吴国有雄兵百万，据汉江天险，何必怕人家？"

看到赵咨对答如流，意态悠闲，曹丕不禁暗暗佩服，觉得赵咨确实是个难得的人才，便十分客气地问道："那么吴国像您这样的人才有多少呀？"

赵咨轻松地回答说："在吴国，聪明而有突出才能的，不下八九十人，像我这样的，那简直是用车装，用

赵咨的机智辩才得到了魏国大臣的敬重。

斗量，数也数不清啊！"

听到如此得体的外交辞令，魏国朝廷上下都对赵咨肃然起敬，同时感到江东的确是人杰地灵，不可轻视。

曹丕连声称赞赵咨说："能出使外国，完成任务且不使君命受辱者，先生当之无愧。"

赵咨出色地完成了任务回到东吴后，孙权嘉奖他成功完成使命，封他为骑都尉，对他更加赏识和重用。

《车骑图》
此为辽东贵族壁画，当时辽东属魏国，与中原地区的来往已相当频繁。

惩一戒百

【词义】惩：处罚。戒：警戒。这则成语的意思是惩罚一个人，促使其他人觉悟而不犯错误。
【用法】比喻处罚一个人警戒许多人。

西汉时，大臣霍光受汉武帝遗诏辅政，任大司马大将军，位高权重。霍光的原籍在平阳，他家的下人仰仗着主子的势力，时常拿着凶器在市场上强行抢掠别人的财物。百姓敢怒不敢言，地方官也不闻不问，任其作恶。后来，刚正廉明的尹翁归被任命为管理市场的官吏。尹翁归年轻时当过管理牢狱的小吏，熟知刑法，而且他十分爱好武艺，剑术相当高明，在平阳很有名。尹翁归到任后，严格按照法律办事。霍家的下人早就听说过他的厉害，从此再也不敢到外面胡作非为了。

汉武帝

有一年，河东太守田延年巡视平阳，召见当地的官吏，想从中选拔一些有才干的人，尹翁归也在被召见之列。当地的官吏到齐后，田延年对大家说："有文采的人请站到东边，懂武艺的人请站在西边。"众人都分别站立，只有尹翁归站到了中间。田延年问他为什么不选择一边站立，尹翁归回禀道："在下文武兼备，所以站到了中间。"

田延年听了他的话，觉得尹翁归这个人很不简单。经过一番谈话和测试，田延年确认他觉得是文武兼备，便将他调到自己的手下任职。尹翁归不负田延年所望，秉公办案，执法严正，使得田延年更加器重他。

由于政绩卓著，尹翁归被提升为东海太守。到任后，他发现郡内管理混乱，便在所属的每个县都建立簿籍档案，收集各方面的材料。他一有时间就认真阅读这些档案材料，很快就熟悉了郡内的情况。

当时，东海郡内有个名叫许仲孙的豪强，经常欺凌百姓，杀害无辜，老百姓对他恨之入骨，但又毫无办法。因为他势力大，关系多，几任太守都不敢惩办他。

玉善首衔璧（汉）

因此，这个恶霸一直逍遥法外，为所欲为。

尹翁归严惩了恶
行累累的地方豪
强许仲孙。

尹翁归上任后便发出文告，严禁官吏收受贿赂，并定期到所属各县巡视。他巡行期间收到很多告状信，控诉许仲孙的种种暴行。尹翁归查清了许仲孙的罪行后，决定采取惩罚一个可以警戒众人的方法，首先将这个坏蛋抓捕归案，并在热闹的市场上宣读他的罪行，并将其斩首示众。严惩了许仲孙后，官吏和百姓对尹翁归都很敬服。其他的豪强恶霸都胆战心惊，不敢继续作恶。东海郡在尹翁归的治理下终于安定下来。

出奇制胜

【词义】出：拿出、采取。奇：不一般的方法或手段。制：取得、得到。这则成语的意思是使用出人意外的奇特战术取得胜利。
【用法】比喻用对方难以预料的方法来打败对方。

春秋战国时期，齐泯王残暴无德，燕昭王便派
大将乐毅联合秦、赵、魏、韩等七国的军队一起伐
齐。大战开始后，齐国连连败退，只剩下莒（今山东
莒(jǔ)县）和即墨（今山东平度）两座城池。即墨城中有
一位足智多谋的大将叫田单，是齐王族的远亲，平时他的才能一直
没得到上司的赏识，所以始终没有机会发挥自己的才干。敌军进攻即墨城

春秋时期的战车

不久，即墨大夫就阵亡了，有人便推举田单做守城的统帅。

田单精通兵法，懂智谋，很受军民的拥护，所以即墨城被乐毅围困了三年，也未被攻破。
田单知道，要打败乐毅的强大军队，光靠武力是不行的。于是他设计派人去燕国散布乐毅的谣
言，说乐毅并非无力破城而是拥兵自重，意在谋反。这样一来，燕惠王便对乐毅产生了怀疑，最
后派骑劫代替了乐毅。

骑劫既无才能，对手下人又凶狠，燕军将士对
他非常不满，渐渐地军心涣散，士气低落。田单一
见时机已到，便一面派人到处散布齐国得到天神相
助的流言；一面把自己的精锐部队隐藏起来，让老
弱的人和妇女去守城。同时他还派人带了许多金子去向骑劫诈降，请
求燕军进攻时能让他们活命。这样，燕军就放松了警戒。

春秋时作战
用的冲车

田单趁此时机搜集了一千多头牛，每头牛都被披上画着奇彩异纹的布衣，牛角上都绑了一
把尖刀，尾巴上扎着浸过油的芦苇。夜深人静的时候，齐军把牛从早已挖好的城洞中赶出去，点
燃牛尾上的芦苇，迫使烧痛的牛朝燕军阵地猛冲。

燕军受到这突如其来的怪兽的攻击，吓得又跳又叫，到处乱窜。结果士兵有的被踩死，有的
被牛角上的尖刀刺死，有的被活活烧死。即使侥幸逃出火牛阵的，也被跟在后面的齐军杀死。

燕军大败，骑劫被活捉后处死。田单乘胜率兵出击，很快就收复了齐国的失地，恢复了齐
国原来的疆土。

田单组织即墨军民坚守城
池，最后以火牛阵打败燕
军。

楚材晋用

【词义】楚、晋：春秋时代诸侯国名。材：人才。这则成语的意思是楚国的人才被晋国采用。
【用法】比喻本国的人才被别国使用，或指人才外流。

春秋时，楚国有个大夫名叫伍举。有一次，他的岳丈犯了法偷偷地逃跑了，有人趁机造谣说，伍举的岳丈畏罪潜逃，是伍举向他通风报信并送他逃走的。伍举怕楚王听信谣言治他的罪，便带着全家老小逃到临近的郑国去了。伍举在郑国住了一段时间，还是觉得不安全，准备再逃往晋国。

正在伍举将要逃亡的时候，伍举的好友、蔡国大夫声子恰巧出使晋国。他在路过郑国时遇到了伍举，便问："你怎么到郑国来了？发生了什么事？"

伍举就把自己出逃的前因后果和准备再逃往晋国的打算告诉了声子。声子听后很替伍举报不平，说："你先暂时到晋国去躲一段时间也好，我一定帮你早日回到楚国！"

声子劝说子木不要让楚国人才外流，应该重视本国人才。

于是，伍举带了全家老小跟着声子一起前往晋国。

声子在晋国办完事后，特地来到楚国。楚国的令尹子木接见了声子，并询问他说："晋国的大夫和楚国的大夫相比，您以为哪国的大夫才能更高？"

声子回答说："晋国本国的人才没有楚国多，但现在晋国有不少大夫很有才能，不过他们多半都是楚国人。这些人因为在楚国得不到重用，所以都去了晋国。楚国不少有用的人才都被晋国拉走了，就像杞梓、皮革等。他们在晋国都受到了重用。有人说，这叫楚材晋用！"

此为春秋时期的盛酒水壶。通高66厘米，器盖内与壶口内壁均有铭文12字。

声子接着说："楚国不珍惜人才，让人才外流，所以同晋国交战，好几次都被晋国打败。这就是因为有不少楚国人在为晋国出谋划策的原因。"子木听后恍然大悟。

声子接着又说："这次你国的大夫伍举因受到别人的诬陷出走了，我听说他现在也到了晋国。可惜，楚国又一个人才将被晋国利用，这对楚国来说是一个损失啊！"

子木听了声子的话，觉得十分有道理。于是，他马上恢复了伍举的官职，并派人将伍举接回了楚国。

春秋时期楚国长城遗址

唇亡齿寒

【词义】唇：嘴唇。亡：灭亡、消灭。齿：牙齿。寒：寒冷。这则成语的意思是没有了嘴唇的遮挡，牙齿就会感到寒冷。
【用法】比喻关系密切，利害共享，互相依靠，相依为命。

春秋初期，晋献公想要扩充自己的实力和地盘，就找借口说邻近的虢国经常侵犯晋国的边境，所以他要派兵灭了虢国。可是在晋国和虢国之间隔着一个虞国，讨伐虢国必须经过虞地。"怎样才能顺利通过虞国呢？"晋献公问手下的大臣。

春秋时期车兵作战时排列的基本队形

大夫荀息说："虞国国君是个目光短浅、贪图小利的人，只要我们送给他价值连城的美玉和宝马，他不会不答应借道的。"

晋献公一听，有点儿舍不得自己的金银财宝。荀息看出了晋献公的心思，就对他说："虞虢两国是唇齿相依的近邻，虢国灭了，虞国也不能独存，您的美玉宝马不过是暂时存放在虞公那里罢了。"晋献公听了觉得很有道理，于是采纳了荀息的计策。

虞国的国君贪图眼前的利益，最后落得国家被灭的下场。

虞国国君见到晋国使者送来的珍贵的礼物，顿时心花怒放，听到荀息说要借道虞国之事时，马上就满口答应下来。

虞国大夫宫之奇听说后，马上劝阻道："不行，不行，虞国和虢国是唇齿相依的近邻，我们两个小国相互依存，有事可以互相帮助，万一虢国灭了，我们虞国也就难保了。俗话说：'唇亡齿寒。'没有嘴唇，牙齿也保不住啊！借道给晋国万万使不得。"

虞公说："人家晋国是大国，现在特意送来美玉宝马和咱们交朋友，难道咱们借条道路让他们走走都不行吗？"

宫之奇连声叹息，说道："虞国离灭亡的日子不远了。" 宫之奇为了保全家人，连夜带着一家老小离开了虞国。

果然，晋国军队借道虞国，消灭了虢国，随后在回师的路上又把亲自迎接晋军的虞国国君抓住，灭了虞国。

晋献公之子晋文公复国图卷

摧枯拉朽

【词义】摧：摧毁。枯：枯草。拉：折断。朽：朽木。这则成语的意思是摧毁枯草，折断朽木。
【用法】比喻轻而易举地摧毁腐朽、虚弱的势力。

王敦，晋武帝司马炎的女婿。公元318年，西晋灭亡，琅玡王司马睿在王导、王敦两兄弟的支持和拥护下，建立了东晋政权。王敦也因此而升任左将军、镇东大将军、荆州牧等官职。后来，

晋代贵族出行壁画

由于晋元帝司马睿屡屡抑制王氏兄弟的势力，王敦便打算起兵反抗朝廷。

公元322年，王敦以"诛佞臣，清君侧"为名举兵反对朝廷。王敦在武昌起兵出发前，劝说安南将军、梁州刺史甘卓一起举兵东下，甘卓假意答应。但到了出发那天，王敦已登上战船，甘卓却没有到，只是派了一名参军来到武昌，劝说王敦不要反叛朝廷。王敦听了非常吃惊，说："难道甘将军没有明白我上次和他谈话的意思。我只是去消除皇上周围的坏人，没有别的意图。如果事情成功，我一定高封甘将军，请你转告甘将军。"参军回禀甘卓后，甘卓仍然拿不定主意。

古代的代步工具

当时，湘州刺史司马承坚决反对王敦反叛朝廷。他得知王敦举兵东下，便派主簿邓骞前往襄阳，劝说甘卓与他一起讨伐王敦。甘卓的参军李梁劝甘卓伺机而动，不要匆忙行事。

邓骞反驳李梁说，甘卓这样做是脚踩两只船，必然会招来祸患。其实，王敦的兵马不过万余，守卫武昌的还不足五千，而甘卓的军队超过王敦一倍，如果进军武昌，一定能取得胜利。最后他对甘卓说："甘将军如果发兵攻打武昌，就好像摧毁干枯的草和折断朽掉的树木那么容易，不必有什么顾虑。"

尽管如此，甘卓仍然犹豫不决。王敦挥军东下，见甘卓不来响应，又派参军乐道融去襄阳，再次劝说甘卓起兵。乐道融是反对王敦叛乱的，所以他也劝甘卓起兵讨伐王敦。甘卓这才下了决心，写檄文声讨王敦罪状，同时调兵遣将讨伐王敦。

王敦得知甘卓率军前来讨伐，非常害怕，于是派甘卓的侄儿、参军甘卬请求甘卓回师襄阳，而都尉秦康劝甘卓忠于朝廷，一举消灭王敦。但是甘卓优柔寡断，不听秦康劝告，竟然班师回到襄阳。后来，襄阳太守周虑等人与王敦勾结，将甘卓暗害。甘卓本来可以轻而易举地战胜王敦，结果因为动摇不定，反而被王敦暗算。

甘卓在王敦与东晋朝廷之间摇摆不定，不知该倾向哪边的势力，最后落得个被人谋害的下场。

打草惊蛇

【词义】惊：惊动；突然而来的刺激使精神紧张，胆战心惊。这则成语的意思是打草时惊动了潜伏在草里的蛇。
【用法】比喻做事不严密，反而被对方察觉而有所戒备。

南唐的时候，有个叫王鲁的人，是当时涂县的县令。他的官位并不高，但却是当地的父母官、土皇帝。又因为其所辖地区天高皇帝远，中央政府鞭长莫及，因此，他愈发胆大包天，胡作非为，大肆搜刮民财，贪赃枉法。县衙里的官吏看见县令这样做，便也学县令的样子，对百姓巧立名目，敲诈勒索，横征暴敛。

官吏们长期的剥削、欺压、敲诈、勒索，使得百姓实在忍无可忍，觉得已经没有活路可走了。

一天，乡里的百姓联名写了一份状子，控告县衙主簿营私舞弊、贪赃受贿。状子递到了县令王鲁的手上，王鲁一看状纸，顿时吓得浑身打颤，心跳加剧。因为状子上写的虽然是主簿的罪状，但是条条都是事实，而且件件违法的事都和自己密切相关，他预感到大祸就要临头了。

王鲁一边翻看案卷，一边琢磨对策。如果受理此案，再往深究，那他自己的罪行也会暴露，但是此事又不能置之不理，否则，百姓不依不饶，还要上告的话，到时就更不好收场了。于是，他便提笔在案卷上批了八个字："汝虽打草，吾已惊蛇。"意思是说：你们虽然告发的是我属下的主簿，可是我已经感到事态的严重了，就像打草的时候，惊动了草里的蛇一样啊！

后来人们觉得此事颇有意思，于是就把"打草"和"惊蛇"合起来当作一个成语，用来形容发现重要情况，先不要惊动主要目标。

五代十国彩绘文官陶俑

五代十国兴亡表			
朝代和国名	创建人	公元年代	灭于何朝
后梁	朱温	907~923	后唐
后唐	李存勖	923~936	后晋
后晋	石敬瑭	936~947	契丹
后汉	刘知远	947~950	后周
后周	郭威	951~960	宋
吴	杨行密	907~943	南唐
南唐	徐知诰	937~975	宋
吴越	钱镠	907~978	宋
楚	马殷	927~971	南唐
闽	王审知	909~945	南唐
南汉	刘䶮	917~978	宋
前蜀	王建	907~925	后唐
后蜀	孟知祥	934~965	宋
南平	高季兴	923~979	宋
北汉	刘崇	951~979	宋

五代十国兴亡表

农夫打草的时候惊动了草丛里的蛇，就像百姓们的告发，已经惊动了犯罪的县令。

防微杜渐

【词义】 杜:堵塞。渐:事物的开端。这则成语的意思是指祸患和错误刚有苗头或征兆时,就应该预防制止,不让它继续发展。
【用法】 形容在不好的事态开始萌芽时,就注意防止它的发展。

窦太后是东汉汉章帝刘炟的皇后,汉和帝的母亲。汉和帝即位之初,窦太后独揽朝廷的军政大权。她让她的哥哥窦宪任大将军,掌握全国的兵权,又让窦氏子弟分别担任朝中的重要职务,几乎控制了朝廷所有重要部门。外戚权力过大造成的危害,自汉朝建立以来就一直没有杜绝过。外戚的权力一大,就会严重威胁皇权,不利于国家中央集权统治。像西汉时,吕后专权的那段时期,汉室的天下几乎被吕后的子侄们所篡夺。

《君臣朝会图》

由于窦氏一族权倾天下,所以朝中大臣谁也不敢在朝廷上公开提出抑制外戚权力这件事,因为,一旦公然指出问题,必定遭到窦氏一族的迫害,轻则丢官,重则丧命,搞不好还会殃及一大批官员及家属。

侍中丁鸿是个非常有学问又富于正义感的人。他博览经史,深明大义,很受汉和帝的器重。他觉得自己作为人臣,不能听任这种危险情况发展到不可收拾的地步。于是他决定上书皇帝,说明问题的严重性。丁鸿连夜草拟奏章,他在写给汉和帝的密奏中,直言不讳地写道:"陛下,从古至今,太阳是帝王的象征,月亮代表大臣。现在我朝已出现了日蚀,它是在提醒陛下应小心谨慎。日蚀意味着臣子的权力过大,这是对皇权的威胁。涓涓细流,汇成洪水,能冲决山崖,毁伤林木;丝丝弱枝,长成大树,会遮天蔽日。世间万物都是由小到大,由隐而显的。人们往往忽视看来细小、琐碎的事情,任其发展成大的隐患。如今,大将军窦宪倚仗着太后的势力,把持朝政,破坏纲纪,盘剥地方,草菅人命,使全国上下'臣不敢言,民不聊生'。地方上盗贼四起,朝廷上窦氏满门。他们不仅如此,而且连皇帝您也不放在眼里,甚至认为汉室天下已是窦氏的天下了。长此下去,后果堪忧!皇上此时应亲揽朝政,将国家社稷放在心上,防止微小的事情酿成大患,杜绝不好的事情于萌芽状态。"

丁鸿为了汉朝江山,提醒汉和帝应将国家社稷放在心上,当心窦家人的势力如小树苗一样成长杜大。

彩绘女侍俑
此陶俑为汉代宫廷侍女形象。

丁鸿草拟好密奏后,悄悄溜进后宫,将密奏呈给了汉和帝。汉和帝读完丁鸿的密奏,不禁大吃一惊,才意识到事情已发展到很严重的地步,便立即采纳丁鸿的意见,免去窦宪的大将军之职,着手理顺朝政,削弱窦氏一族的势力。不久,国势便有了好转。

二桃杀三士

【词义】士：勇士。这则成语的意思是指用两个桃子杀了三个勇士。
【用法】比喻用计谋杀人或害人。与"借刀杀人"近义。

春秋时，公孙接、田开疆、古冶子三人是齐景公的臣子。他们都勇猛非常，能赤手空拳和老虎博斗，在诸侯中十分有名。然而这三个人却都傲慢无礼，经常胡作非为，相国晏婴觉得他们以后很可能成为国家的祸患，就对齐景公说："我听说，贤能的君王蓄养的勇士，应该明白君臣礼节，懂得上下规矩。这样，对内可以禁止暴乱，对外可以威慑敌人，可是公孙接、田开疆、古冶子这三个人对上没有君臣之礼，对下也不讲究长幼之伦，傲慢狂妄，破坏法纪。他们将来定是祸国殃民之人，不如赶快除掉他们。"

齐景公觉得晏婴说的有理，但是他又不无担心地说："这三个人武艺高强，力大无比，与他们硬拼，恐怕制服不了他们，暗中刺杀，恐怕又刺不中。"

春秋时期兵辟太岁铜戈——铜戈两面铸有相同的神像。

晏婴说："这些人虽然力大好斗，不惧强敌，但却不讲究长幼之礼，我有妙计制服他们。"

于是晏婴请景公派人赏赐他们两个桃子，并对他们说："你们三个人就按功劳大小去分吃这两个桃子吧！"

二桃杀三士画像石

公孙接说："当初，我一次打死了一只野猪和一只母老虎。像我这样功劳，当然可以独自吃一个桃子。"说完就拿了一个桃子。

田开疆说："我手拿兵器，接连两次击退敌军。像我这样的功劳，也有资格单吃一个桃子。"于是，他也

青玉双鹦鹉

拿了一个桃子。

古冶子愤愤不平地说："我曾经跟随国君横渡黄河，大鳖咬住车子左边的马，我把大鳖杀死，救回了马。若论功劳我也应该单吃一个桃子。可如今却连半个也吃不上，我怎能受这种差辱？"说完，便拔剑自杀了。

公孙接、田开疆大惊，羞愧万分地说："我们的勇猛不如你，我们的功劳也不如你，可我们却先拿了桃子，真是惭愧，我们只有一死，才能谢罪。"说完，二人也拔剑自刎了。

相国晏婴用"二桃送三人"的计策除掉了三个勇士。

篝火狐鸣

【词义】篝：竹笼。篝火：点火于竹笼之中。这则成语的意思是秦末陈胜于竹笼中置火，学狐狸叫声，假托狐鬼之事，发动群众起事。
【用法】现用来指密谋策划起事。

公元前209年，秦二世下令征发贫民卫戍边境。阳城的贫苦农民一共八百余人都被征召去当兵卒。

陈胜、吴广也在被征之列，并被指派为屯长。其后，这八百人在两名县尉的押送下，开赴三千里外的渔阳，按照秦朝的法令，他们必须在两个月内到达，否则就会受到重罚。

队伍开到蕲县大泽乡的时候，遇到大雨，道路被阻不能通行。他们估计这样下去肯定会误了到达渔阳的期限。按照秦代的法律，他们要被全部杀头。陈胜和吴广在一起商量说："如今我们逃走就是死，造反干一番大事业或许还有一条活路，不如干脆造反吧。"

为了修建万里长城，秦朝的统治者根本不顾百姓的死活。

陈胜说道："天下百姓受秦朝统治之苦已经很久了，我听说二世皇帝是始皇帝的小儿子，本来不应该他继位，该继位的是公子扶苏。还有人听说扶苏并没有犯什么罪，却被二世皇帝杀害了。不过，老百姓还不知道他已经死了。还有，项燕原来是楚国的大将，多次立功，爱护士兵，楚国人很爱戴他。有的人以为他已经死了，有的人以为他逃亡在外地而躲藏了起来。现在如果我们冒用公子扶苏和项燕的名义号召天下人造反，响应的人一定很多。"

秦始皇陵兵马俑

吴广也同意他的想法。他们先去找人占卜凶吉。那个占卜的人听完他们占卜的事猜到了他们的意图，便说："你们的事准能成功，不过还应该再向鬼神祈祷一下。"

陈胜心里明白，他是让自己假借鬼神来迷惑众人，叫大家能够拥护自己。

于是，陈胜想出用朱砂在白绸子上写了"陈胜王"三个字，然后偷偷地将绸子塞进鱼肚子里。不多久，这条鱼被伙夫买回。他把鱼肚剖开，发现了有字的绸子，大惊失色，这件事很快就传开了。接着，陈胜又暗中派吴广到附近一座草木丛生的古庙里，夜里点起火，用竹笼子罩上，从远处看一闪一闪的，好像鬼火一样，又模仿狐狸的声音叫喊着："大楚兴，陈胜王！"

陈胜、吴广起事之前密谋策划了许久，后来假托狐鬼之名，发动群众反抗秦朝统治。

半夜里，兵卒被这些奇异的现象惊呆了。第二天，大家议论纷纷，都指指点点地看着陈胜。陈胜和吴广看到时机已经成熟，便杀死了领兵的两名县尉，率领八百多名农民起义，攻下大泽乡，占领了蕲县。

没有多久，各地的起义军纷纷响应，陈胜自立为王，建立起张楚政权。

孤注一掷

【词义】孤注：赌博时把所有的钱一次投作赌注。掷：掷骰子。这则成语的意思是拿出所有的钱做赌注，希望最后能赢。
【用法】比喻危急时投入全部力量冒险行事，以求侥幸成功。

北宋真宗时，有一个精明能干的宰相，名叫寇准。公元1003年，北方的辽国突然发兵侵犯中原，剽悍的辽国骑兵一路势如破竹，先是攻陷德清(今河南清丰)，后又逼近冀州(今河北衡水)，最后抵达澶州(今河南濮(pú)阳县)。宋朝军队毫无抵抗能力，节节失利，边境告急文书频频送到京城。

寇准

宋真宗看到边境的文书，马上召集文武大臣商议对策。由于澶州离宋朝的国都非常近，所以朝廷的大官们都很害怕，大家都劝皇帝暂时避避风头，不要跟辽国正面冲突。正当皇帝不知道如何是好的时候，宰相寇准说："陛下，敌兵声势十分浩大，不容易打败，只有陛下亲自前往澶州督战，才能振奋将士的士气，打败敌兵！"真宗听了寇准的话，考虑了一段时间，觉得很有道理，最终接纳了寇准的建议，亲自统率三军前往澶州。宋军将士见到宋真宗亲自督战来了，士气变得十分高昂，果然把辽兵打得落花流水。

宋真宗班师回京以后，对寇准更加信任和重用了。不料，朝中另一位大臣王钦若对寇准十分嫉妒，于是他想方设法寻找机会在皇上面前中伤寇准。

宋真宗

有一次，王钦若陪真宗

奸臣王钦若在宋真宗面前献谗言中伤寇准，终使寇准丢官。

赌钱，一开始故意接连输了好几次，然后把剩下的钱全都下了注，真宗觉得很奇怪，问他为什么这样，他便对真宗说："陛下听说过孤注一掷吗？赌博时赌输的赌徒往往都会把所有的钱押上作为最后的赌注，上次我们在澶州和辽兵作战，您不是也曾孤注一掷吗？那时寇宰相坚持要您御驾亲征，便是拿您的性命当作赌注一样的孤注一掷呀！要是当时我方军事失利，那您不就有了生命危险吗？还好陛下洪福齐天，才让我们的大军获得了胜利。"

真宗听了这个拿自己的生命当赌注的比喻，不觉大怒起来，说道："原来寇准是给我设了个圈套啊！这样的人怎么能够留在身边担任重要的官职呢？"过了不久，真宗就把寇准贬了职，将其从宰相降为陕州知府。

好谋善断

【词义】好谋：勤于思考。善断：善于做出正确的判断。这则成语的意思是勤于思考，善于做出正确的判断。
【用法】后多用来夸奖一个人勤于思考。又称"多谋善断"。

三国时，东吴的孙权不仅礼贤下士，善于招揽人才，而且自己也是足智多谋，善于判断形势。

公元208年，荆州牧刘表病死后，孙权派鲁肃去荆州，观察刘表儿子的动向，同时联合依附于刘表的刘备，一起反对曹操。不料，鲁肃还未到荆州，刘表的儿子就已投降曹操，刘备在曹军的追击下，正忙着向南撤退。于是鲁肃拜见刘备，提出孙刘联合抗曹的主张。刘备也有此意，派诸葛亮随鲁肃去见孙权。

赤壁古战场遗址（今湖北赤壁）

诸葛亮拜见孙权时对他说，曹操大军远路赶来，非常疲劳，他们又都是北方人，不习水战；荆州的军队刚投降曹操，内心不服。只要孙刘同心协力，一定能打败曹军。

孙权听了诸葛亮的一番分析，经过仔细地思考，增强了联合刘备打败曹操的信心。就在这时，曹操想用武力胁迫孙权投降，派人到江东下战书。孙权把战书拿给部下看，部下都大惊失色。不少将领主张向曹操投降，只有鲁肃主张抵抗。当时周瑜不在，鲁肃劝孙权召回周瑜再作打算。

蟹青釉麻衣布纹系盘口壶
此物属于三国时期吴国的酒具，造型规整，纹饰古朴。

周瑜回来后，孙权立即召集部下继续商议。周瑜分析了曹军的弱点后，认为曹操犯了用兵之忌，要求孙权给他几万精兵，自己保证能打败曹操。

孙权听了周瑜的话，抗曹的决心更加坚定了。他对周瑜说："曹操这老贼早就想废去汉室，自立为帝，只是顾忌袁绍、袁术、吕布、刘表和我罢了。现在袁绍等人已经败灭，只剩下我了。我同老贼势不两立，你提出应当抗击，非常合我的心意。这是老天爷把你送到我这里来相助的啊！"

孙权越说越激动，随手拔出佩剑，"嚓"的一声，砍去了面前几案的一角，对着大家厉声说："众位将领敢有再讲投降的，就跟这几案一样！"接着，孙权任命周瑜带三万精兵溯江西上，和刘备的军队会合一起，迎击曹军。

公元208年，曹军进到赤壁，小战失利，退驻江北，与孙刘联军隔江对峙。孙刘联军利用曹军远来疲惫，疾疫流行，不习水战，后方又不稳定的弱点，用火攻击败曹操的水师，周瑜和刘备水陆并进，大破曹军。赤壁之战后，孙权善于寻求人才，自己也善于判断，所以地位更加巩固。刘备握有荆州大部分地区，后又取得益州。从而形成了曹操、孙权、刘备三方鼎立的局面。

孙权足智多谋，联合刘备抗曹，最终问鼎一方。

集思广益

【词义】 集：集中。思：想法，智慧。广：扩大。益：益处。这则成语的意思是广泛听取各方面的建议，从而把事情处理得更好。
【用法】 比喻集中众人的智慧，可以收到更好的效果。

三国时，关羽被东吴杀害以后，刘备报仇心切，竟不听诸葛亮的劝告，亲自率军出征，攻打东吴，结果大败，自己也病倒在白帝城的永安宫。刘备知道自己的病难以治好，便派人日夜兼程赶到成都，请诸葛亮来嘱托后事。刘备让诸葛亮坐在自己身边，用手抚着他的肩背说："自从得到丞相辅佐，我发展了自己的事业。可是由于我见识浅薄，没听丞相的话，遭到今天的失败，实在后悔万分。看来我这病是难好了，我儿子能力太弱，不得不将大事托付给你。"刘备说完，泪流满面。诸葛亮也哭着说："望陛下保重身体。"刘备接着说："你才干高于曹丕十倍，一定能办成大事。刘禅可以辅助就辅助，实在不行，你就取而代之作两川之主。"诸葛亮听到这话，立即哭拜在地说："臣一定尽力辅助太子，一直到身死为止。"

戏剧中的诸葛亮形象

银虎

刘禅即位以后，由于才能平庸，而且整日不思进取，所以蜀国的大小政事都由丞相诸葛亮处理决定，他实际上成了蜀国政权的主持者。在朝野上下，百姓的心目中，他有极高的威望。尽管如此，诸葛亮并不居功自傲，经常注意听取部下的意见。

丞相府里有一个办理文书事务的主簿官杨颙，对诸葛亮无论什么事都要亲自过问的工作方法提出了建议。他对诸葛亮说，处理国家军政大事，上下之间应该有不同的分工，不需要一切事情都要亲自过问处理，并且他举出一些历史上著名的例子来劝导诸葛亮改变工作方法，不要管一些琐碎的小事，对下属应有所分工，从而可以节省时间和精力着重抓国家军政大事。

诸葛亮经常在丞相府让大家各抒己见，并广泛吸取其中有益的建议，作为自己处理政事的参考。

诸葛亮很感谢杨颙的劝告和关心，但他总觉得不能有负刘备的嘱托，感觉重任在身，许多事情不亲自处理不放心。后来杨颙病死，诸葛亮非常难过，痛哭了好几天。为了鼓励下属参与政事，诸葛亮写了一篇文告，鼓励大家主动发表政见。这篇文告就是《教与军师长史参军掾属》。他在文告中写道："丞相府里让大家来参与议论国家大事，是为了集中众人的智慧和意见，广泛地听取各方面有益的建议，从而让我知道有些事情怎样处理效果会更好。"

坚壁清野

【词义】坚壁：坚守壁垒，加固防御工事。清野：将四野居民、物资全部转移、收藏，使敌人一无所获，立不住脚。这则成语意思是坚守堡垒，收拾干净田里的粮食埋藏起来。

【用法】指一种困死、饿死敌人的作战方法，使他们既攻不下营垒，又抢不到东西。

东汉末年，曹操在镇压黄巾义军后占据兖州地区，继而挥师东进，准备夺取徐州。但兖州豪强张邈，趁着曹操不在兖州的时机，勾结吕布割据势力，袭破兖州大部分地方，并占领要地濮阳。曹操得知后，急忙从徐州撤兵回来，向驻屯濮阳的吕布发动反攻。

金凤台遗址
曹操曾在邺城建铜雀台、金凤台及冰井台。

吕布的军队十分凶悍，双方相持日久，曹操一时无法取胜。不久，徐州守将陶谦病死，把徐州让给了刘备。曹操争夺徐州的心情更加迫切，想要先取下徐州再来消灭吕布。

曹操的谋士荀彧(yù)劝谏曹操切勿急于进兵徐州，以免被吕布乘虚而入。他说："过去汉高祖刘邦争夺天下时，是先保住关中；光武皇帝刘秀平定天下时，是先占据河内。进，足以取胜；退，足以坚守。他们这样做，都是深根固本，以制天下。所以他们虽然遭到挫折、失败，但由于自己的根本没有丢，所以他们最终获得了成功。现在您占领的地方，是军事要地，老百姓又愿意归顺您，虽说残破些，但更加容易保存力量。而且眼下正值麦收季节，据报徐州方面已组织人力加紧抢割城外的麦子，运进城去，这说明他们对可能发生的战争已经有所准备。收割完麦子，对方必然还要加固防御工事，撤退四野居民，转移粮草、物资，坚守城池，加固营垒，等着您去打他。如果现在您真的派去兵马攻打徐州，到那时，攻不能克，掠无所得，不出十天，全军就要不战自溃，您的十万大军，不战即垮。这样，即使军队开到那里，也势必无法立足。退一步说，即使您攻破城池，人家也一定会报父兄之仇，必然坚守到底。对方用这种'坚壁清野'的方法对抗您，那您就什么也得不到。如此权衡一下利弊，还是先不打徐州为妙。请您再考虑考虑吧！"

曹操听了荀彧的劝告，觉得十分有道理，对这位谋士表示深深的佩服，于是取消了攻取徐州的计划，决定不再分兵东进，专心与吕布对垒。之后曹操果然大败吕布，平定兖州，巩固了自己的地盘，壮大了自己的势力。

徐州城内的百姓和驻守的官兵为了抵御曹军的进攻，开始加紧储备粮食，做好万全的准备。

兼听则明，偏信则暗

【词义】兼听：多方面听取。明：看得分明。暗：昏暗、糊涂。这则成语的意思是听取多方面的意见，才能明辨是非；听信一方面的意见，就分辨不清是非。

【用法】可用来劝告他人，或用于自勉。与"广开言路"近义。

唐代初期的政治活动家和历史学家魏徵曾说过这样一句话"兼听则明，偏信则暗。"魏徵，字玄成，唐太宗时，担任谏议大夫。他颇有学识，并且敢于向皇帝直言劝谏和提出各种建议，在朝廷中有很高的威信，唐太宗对他也相当敬重。

由于唐初承隋末动乱，社会经济破败不堪，唐太宗即位后，对能否迅速扭转这种局面缺乏信心。这时，魏徵就建议唐太宗吸取隋朝灭亡的教训，减轻赋税徭役，减少严刑酷法，推行"偃武修文"的大政方针。唐太宗立刻采纳了魏徵的意见，让老百姓修养生息，使社会经济很快便得到了恢复和发展。

魏徵

唐太宗

魏徵因此功被唐太宗拜为尚书右丞，兼任谏议大夫，参与尚书省政务，并监察朝政得失。从此以后，魏徵一直被唐太宗留在身边参议国事，成为唐太宗的得力助手。

魏徵遇事进谏，直言不讳，就算皇帝生气也要进谏，当其他大臣怕皇帝生气都不敢说的时候，他仍然能够从容陈辞。他曾先后向唐太宗进谏二百多次，从内政、边事、用人、赏罚、刑法、礼仪等各个方面陈述利弊得失，对唐太宗贞观年间的政治统治帮助很大，使得唐初出现了封建社会有名的盛世——贞观之治。

有一天，唐太宗问魏徵："作为国家的君主，如何才能断事正确、明白而不糊涂呢？办错了事情又往往是什么原因呢？"

魏徵回答说："各方面的意见您都听一听，自然会得出正确的结论。如果您只听信一面之词，那就会因为片面意见而把事情办错。"接着魏徵又举了两个贤明的古代君主尧、舜为例，说他们因为善于听取四面八方，特别是下层人民的意见，所以才能够战胜敌人，保住天下。又举了秦二世、梁武帝和隋炀帝为例，说他们因为偏听偏信，结果都不免遭到悲惨的败亡，造成十分严重的后果。魏徵说："秦二世偏信赵高，而招来望夷之祸；梁武帝偏信朱异，而自取台城之辱；隋炀帝偏信奸臣虞世基，而导致了彭城阁之变。相反，如果多了解一些情况，多听取一些意见，就可以避免或防止一些祸害。"

唐太宗听了魏徵的话，连连称是。

唐太宗在魏徵等贤臣辅佐下，终于使社会安定，国家逐渐富强起来。

狡兔三窟

【词义】三：非具体数字，多的意思。窟：藏身的洞穴。这则成语的意思是指狡猾的兔子有多个藏身的洞穴。
【用法】常用来比喻隐蔽的地方或方法很多。现在一般用来表示做事留有余地，具有多种应变能力。

孟尝君，即田文，战国时齐国的贵族。他承袭其父田婴的封爵，被封于薛（今山东滕县）地，称薛公，号孟尝君。

孟尝君在齐国担任相国时，他的门下有数千名食客。他曾联合韩国和魏国，大败了秦、燕、楚三国，因此声名大振。

孟尝君门下有个名叫冯谖的食客。一次，孟尝君询问门客中谁能替他到薛地去收债，冯谖自告奋勇承担了这个任务。临行时，他问孟尝君收完债买些什么货物回来。孟尝君说家里缺什么就买什么。冯谖到薛地后，当众把百姓欠债的借据全都烧毁，还说这是孟尝君命令把债款赏赐给大家的。于是借债的百姓对孟尝君感激涕零，齐呼万岁。

《双兔图》

冯谖回来后，孟尝君问他债收齐了没有，买了些什么回来。冯谖说，他见相国家什么都不缺，就缺一个"义"字，因此就以相国的名义将债契全烧了，把"义"买了回来。孟尝君听了非常不高兴，但也没办法公开责备冯谖。一年后，孟尝君被齐王免除了相国的职务，只好回到薛地去。离薛地还有一百多里路，百姓就扶老携幼地前来迎接。孟尝君这才看到了冯谖给他买的珍贵的"义"，非常感谢冯谖。但冯谖对他说："聪明的兔子有三处洞穴，才使它免于被猎人猎杀，被猛兽咬死。如今您只有一个洞穴，还不能高枕无忧，让我帮您再凿两个洞穴吧。"

于是，孟尝君按冯谖的要求给了他五十辆车子、五百两黄金，去游说西边的魏国。冯谖见到魏王后就开始称赞孟尝君是多么的有才干，多么受人们爱戴，他的一席话深深地打动了魏惠王的心。魏惠王马上派使臣携带许多财物和马车去齐国，聘请孟尝君来魏国当相国。

鹿角立鹤
鹿角立鹤是把鹿和鹤的特征结合起来的青铜器物。

冯谖赶在魏国使臣之前回到薛地，告诫孟尝君一定不要接受聘请。魏国使者一共来了三次，孟尝君始终不答应接受聘请。这一来，孟尝君顿时身价倍增了。齐国听到这个消息，君臣都十分担心孟尝君为别的国家效力。于是齐王赶紧恢复了孟尝君相国的职位，并亲自向他谢罪。这样，冯谖为孟尝君凿成了第二个窟。之后，冯谖又建议孟尝君向齐王请求赐给自己先王的祭器，在薛地建造宗庙供奉。这样一来，齐王就会派兵来保护，而薛地在齐国的地位就非同寻常了。宗庙在薛地建成后，冯谖对孟尝君说："三个洞穴已经凿好，今后您可以高枕无忧地安享快乐了。"

冯谖为孟尝君在自己的封地上建立了很好的声誉，让百姓们都爱戴他，所以孟尝君在失官回到封地时，才会受到人们的欢迎。

竭泽而渔

【词义】竭泽：把池塘里的水弄干。渔：捉鱼。这则成语是指把池塘中的水弄干了捉鱼。
【用法】比喻做事只图眼前利益，丝毫不留余地，没有长远打算。也作"涸泽而渔"。

公元前636年，晋公子重耳回晋国即位，这就是晋文公。当时，曹、卫、陈、蔡、郑等诸侯国都倒向强大的楚国，只有宋国不肯亲楚而投靠晋国。楚威王很恼怒，命大将子玉统帅三军，包围了宋国的都城商丘。宋成公赶紧向晋文公求援，晋文公亲率军队同楚军大战于城濮（今山东濮县）。这次战役晋国大胜，晋文公从此奠定了霸主的地位。

《戏水图》

当时，晋军的兵力不如楚军，晋文公收到宋国的告急文书后，把舅父狐偃召来商议。狐偃认为，救援宋国，有利于提高晋国的威望，应该去打这一仗。晋文公说："楚军的兵力超过我们晋军的兵力，您看怎样才能取得胜利呢？"

狐偃回答说："我听说，讲究礼节的人不厌烦琐，善于打仗的人不厌欺诈。大王就用欺诈的方法吧！"

晋文公对狐偃提出的方法有些疑虑，又把大臣雍季召来，询问他有什么见解。

雍季并不赞成狐偃的主意，他对晋文公说："臣觉得这个办法并不好。"晋文公问道："你为什么说这个方法不好呢？"雍季为晋文公说了个比喻。他说道："有个人要捉鱼，就把池塘里的水都弄干了，当然能捉到池塘里所有的鱼。可是，明年这池塘里就无鱼可捉了。还有个人要捕捉野兽，把山上的树木都烧光了，当然能捕捉到许多野兽。可是，明年这里就没有野兽可捕了。欺诈的方法虽然偶尔用一次会取得成功，可是常用就会失灵，这不是长久之计。"

春秋时期谷纹玉佩

如果为了捕鱼而将池塘里的水都弄干，那么只能获得一时的利益，明年就再也捕不到鱼了。

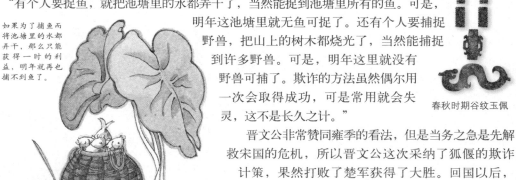

晋文公非常赞同雍季的看法，但是当务之急是先解救宋国的危机，所以晋文公这次采纳了狐偃的欺诈计策，果然打败了楚军获得了大胜。回国以后，论功行赏，雍季的封赏却在狐偃之上。有人感觉奇怪，就问晋文公："您是不是将封赏弄错了？"

文公说："雍季的建议，能使我们受益几百年；而狐偃的计策，只能让我们取得一时的优势，一时的好处怎么能比得过一世的好处呢？"

近水楼台

【词义】近水：靠近水。这则成语的意思是指坐落在水边的楼台先得到月光。
【用法】比喻由于个人关系比较接近，或是职务、环境方面比较便利，而优先得到利益和方便。

范仲淹，字希文，吴县（今属江苏）人。宋真宗大中祥符八年（公元1015年）进士，官至参知政事。他是北宋著名的政治家，"庆历新政"的主要主持者，也是著名的文学家。

岳阳楼

范仲淹出生的第二年，父亲就病逝了。他的母亲贫困无依，为了生活，只好抱着襁褓中的范仲淹，改嫁山东淄州长山县（今山东邹平县）一户姓朱的人家。

范仲淹从小读书就十分刻苦，朱家是长山的富户，但他为了励志，常去附近长白山上的醴泉寺寄宿读书。他刻苦读书的精神，给僧人留下了深刻的印象。那时，他的生活极其艰苦，每天只煮一锅稠粥，凉了以后划成四块，早晚各取两块，拌几根腌菜，调半盂醋汁，吃完继续读书。但他对这种清苦生活却毫不介意，而用全部精力在书中寻找着自己的乐趣。后来，他做过右司谏（向皇帝提意见的官）、知州（州一级地方行政长官）、参知政事（副宰相）等地位很高的大官。"先天下之忧而忧，后天下之乐而乐"就是他做地方官时在岳阳楼题写的千古名句。

范仲淹

范仲淹虽然做了大官，但他为人正直，待人谦和，特别善于使用人才。范仲淹在杭州做知府的时候，城中的文武官员大都得到过他的关心帮助。在他的推荐下，那些官员们都担任了能发挥自己才干的职务，心里都很感激和崇敬他。只有一个名叫苏麟的巡检官，因在杭州所属外县做巡察，没有像杭州的官员那样有接近范仲淹的机会，所以一直没有得到推荐和提拔，心中感到十分遗憾。

有一次，苏麟因公事要见范仲淹，趁此机会便写了一首诗献给范仲淹，一表不满，二求举荐。诗中有两句是：

范仲淹刻苦读书的精神给寺中的僧人留下了深刻的印像。

"近水楼台先得月，向阳花木易为春。"意思是：靠近水边的楼房可以最先看到月亮，朝着阳光的地方生长的花草树木容易成长开花，显现出春天的景象。苏麟用这两句诗来表达对范仲淹的不满，巧妙地指出那些接近你的人都得到了好处，而离你远的人则得不到关照。范仲淹看了心领神会，不禁哈哈大笑。于是，就根据苏麟的意见和希望，为他找到了合适的职位。

困兽犹斗

【词义】 困兽：被围困的野兽。犹：还。斗：搏斗、反抗。这则成语是指陷入困境中的野兽还会挣扎、反抗。
【用法】 形容人被陷困境后还想做无用的挣扎。

春秋时期，晋国发兵救援被楚攻打的郑国，可是晚到了一步，郑国已经向楚军投降了。这时晋军主帅荀林父主张退兵，可副帅反对，最后由于意见不一致，晋军被楚军打得大败。

晋景公得到这一消息，非常气愤。晋军将领回国后，晋景公立即叫人把那些打了败仗的将领们带上殿来，大声斥责，追究责任。那些将领见国君大发雷霆，跪在一旁，不敢应声。过了一会，荀林父想到自己

受伤的狮子在做最后的挣扎。

是主帅，这次大败应负有责任，就跪前一步说："末将罪该万死，出兵不利，战败而归，现请求一死，以谢罪。"

春秋战国时期镶嵌鸟纹双翼兽

景公盛怒之下，拂袖示意卫兵来捆绑荀林父。这时，大夫士贞子上前阻止，不慌不忙地对景公说：

"臣先为大王讲一件事，听完后您再决定如何处置荀将军。三十多年前，先君文公在对楚国的城濮之战中大获全胜，晋国举国欢腾，但文公却面无喜色。左右众臣感到很奇怪，就问文公：'既然击败了强敌，您为何反而愁闷？'文公说：'这次战斗，由于我们采取了正确的战略原则，击破了楚军的左、右翼，中军主帅子玉就完全陷入被动，无法挽回败局，只得收兵。

但楚军虽败，主帅子玉尚在，哪里可以松口气啊！困兽犹斗，更何况子玉是楚国的主帅呢？我们又有什

青铜双尾虎

么可高兴的？他一定会来报仇的！'直到后来楚王因恼怒本国打了败仗而杀了子玉，文公才喜形于色。楚王杀子玉，是帮了我们晋国的忙。如果说楚国被先君打败是一次失败，那么，杀掉子玉就是再次失败。现在您要杀掉荀林父岂不是要犯下和楚王一样的错误吗？"

景公听了士贞子的话，恍然大悟，笑着说："大夫别说了，我懂了，我杀了荀林父，岂不是帮了楚国的忙？这样，我们不是也将一败再败了吗？"

于是，景公当场就赦免了荀林父等将帅。

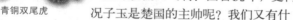

大夫士贞子为晋景公讲述了如果杀掉本国主帅就等于帮了敌国的忙，他的话不但解救了将帅们的性命，也使晋国不致于一败再败。

老马识途

【词义】途：道路。这则成语的意思是指老马认识走过的道路。
【用法】可用来赞誉经验丰富的老人。比喻有经验的人对事情比较熟悉。

公元前663年，北方的山戎国（今河北省东北部）侵略燕国。燕国的国君向齐国求救，齐国国君齐桓公亲自率领大军前去救助，相国管仲和大夫隰朋随同前往。

齐军赶到燕国时，山戎的军队已经掠夺了许多财物，逃到它东面的孤竹国去了。齐桓公本想就此收兵回国，但管仲建议跟踪追击，攻打孤竹国消灭山戎残部以保证北方边境的安全。齐桓公接受了他的建议，下令向东紧追。不料追到那里时，山戎国和孤竹国的大王早都吓得逃跑了。齐桓公便率领大军继续追击，终于追上了逃跑的敌军，经过一场激战，取得了胜利。

齐军是春天出征的，到凯旋而归时已是冬天，草木都改变了样子。齐国大军在崇山峻岭中转来转去，最后在一个山谷里迷了路，再也找不到出去的路。虽然派出多批探子去探路，但仍然弄不清楚该从哪里走出山谷。时间一长，军队的给养便发生了困难。

当时的情况非常危急，再不找到出路，大军就会困死在这里。管仲思索了好久，终于想出一个办法：既然狗离家很远也能寻回家去，那么军中的马，尤其是老马，也可能会有认识路途的本领。于是他对齐桓公说："大王，我认为老马有认路的本领，可以利用它们在前面领路，带领大军走出山谷。"

齐桓公说道："真的吗？万一老马不能把我们领出去，反而走的更远，大军就会困死在这里了。"管仲一再向齐桓公说明这个办法可行，值得一试。最后，齐桓公同意试试看。管仲立即在军中挑出几匹老马，解开缰绳，让它们在大军的最前面自由行走。也真奇怪，这些老马都毫不犹豫地朝同一个方向行进。大军就紧跟着他们东走西走，终于走出山谷，找到了回齐国的大路。看到回家的路就在眼前，全军都非常振奋。齐桓公感叹地说："都是这些认识回家的路的老马救了我们啊！"

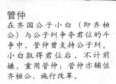

管仲
在齐国公子小白（即齐桓公）与公子纠争夺君位的斗争中，管仲曾支持公子纠。小白取得君位后，不计前嫌，重用管仲；管仲亦辅佐齐桓公，施行改革。

春秋战国时期的骑兵形象

在几匹老马的引领下，齐军终于走出了困境，得以回到家园。

厉兵秣马

【词义】厉：同"砺"，磨。兵：兵器。秣：喂养。这则成语的意思是指磨好刀枪，喂好战马，准备战斗。
【用法】原用于形容紧张的战备，后泛指事前积极做好各项准备工作。也作"秣马厉兵"。

春秋时期，晋文公重耳与秦穆公任好曾经联合攻打过郑国。后来秦穆公被郑国的烛之武说服，与郑国结盟罢兵，秦国留下将领杞子等三人驻守郑国。

两年后，杞子派人密报秦穆公，说："郑国让我掌管其都城北门的钥匙，我国如果现在派兵来偷袭，便可攻下它的都城。"

秦穆公接到密报后，便去拜访一位老臣蹇叔，征求他的意见。蹇叔极力劝阻穆公不要干这种背信弃义的事，并预计如果秦军出兵必会遭到晋国军队的截击，还有可能全军覆没。但秦穆公认为机不可失，根本没有听蹇叔的劝阻，而且立即派孟明视、西乞术、白乙丙三名将帅领兵远征郑国，蹇叔的儿子也在这支远征军中。送别时，蹇叔抱住儿子失声痛哭，说道："你们一定会在崤这个地方遭到晋军抵御，到时，我去那个地方收你的尸骨。"

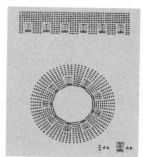

春秋时期军队方阵示意图

秦穆公知道后，大骂蹇叔故意危言耸听，活得不耐烦了。

秦军经过长途跋涉来到了离郑国不远的滑国，郑国商人弦高正巧去周朝做买卖也经过滑国。得知秦军将进攻自己的国家，他不动声色，假称自己是受郑穆公的派遣来接待秦军的使者。他对秦军说："我们国君知道你们要来，特地要我送一批牲口来犒劳你们。"

春秋战国时期的铜镞

稳住秦军后，弦高暗中派人把秦军进犯的消息急速报告了郑穆公。

郑国接到弦高的密报，马上派人去杞子等人的住地察看动静，见他们果然已扎好了行李，磨好了兵器，喂饱了马，准备作秦军的内应。郑穆公证实了弦高的消息后，就派皇武子去杞子处说："我们很抱歉，没有好好款待你们，现在你们的孟明视要来了，你们可以跟他回去了。"

杞子等人收拾好行李，磨利了武器，喂饱了马，就等着给即将赶来的秦国军队做内应。

杞子等人见事已败露，就分别逃往齐国、宋国。

孟明视得到消息，知道偷袭不能成功，快快地说："郑国已有准备了，我们无人作内应，伐郑已没有希望，还是回去吧。"于是，他下令班师回国。

还师途中，经过险地崤，果然遭到了晋军的伏击，秦军全军覆没，孟明视等三位统帅也成了晋国的俘虏。

秦穆公得到消息后，十分后悔不听蹇叔的话。他穿着白色丧服到郊外迎接归来的残兵败将，痛哭流涕地作了一番自我检讨。

两败俱伤

【词义】两：双方。俱：都。这则成语的意思是指双方都失败了，并受到损伤。
【用法】形容在争斗中，双方都受到损害，没有一方获利。

战国时期，韩国和魏国交战，相互攻打了一年多未分胜负。秦惠王很想趁此机会出兵干涉捞到些好处。于是，他先向大臣们征求意见。大臣们众说纷纭，有的说出兵对秦国有利，有的说出兵对秦不利。秦惠王听后难以决断。这时，正好楚国的大臣陈轸出使秦国。陈轸是位游说之士，曾与当时秦国的相国张仪同为秦惠王做事。秦惠王知道陈轸是一位足智多谋的人才，便请他帮助定个计策。

战国时期的战车复原模型

《猛虎图》

秦惠王问道："您向来以足智多谋著称，我有一件事拿不定主意，可否请您帮忙决断呢？"

于是，秦惠王将自己想出兵韩、魏两国的想法说了一遍。陈轸听后便给秦惠王讲个卞庄子刺虎的故事。

秦国铜盾

陈轸说道："有一次，卞庄子(或作馆庄子，即旅舍中叫庄子的人)看见两只虎正在撕咬一头牛，便想拔剑去刺虎。旅店的伙计劝阻他说：'这两只虎正在吃牛，吃得香了必定要争食，争着争着就一定会互相打斗。打斗的结果，必然是大虎受伤，小虎被咬死。到那个时候，你再去杀了那只受伤的虎，这样不就能一举得到杀死两只虎的威名了吗？'卞庄子听了觉得很有道理，就站在那里，等那两只老虎互相争斗。过了不一会儿，两只虎果然斗了起来，真的是小虎死了，大虎也被咬得伤痕累累。这时，卞庄子举剑向那只负伤的大虎刺去，一举便立下了灭掉两只老虎的功劳。"

陈轸讲完故事，接着说道："现在，韩、魏两国已交战了一年多，将来必定是小国被灭，大国也伤了元气。那时讨伐力量已削弱了的大国，不就一举赢了两个国家。这就像卞庄子刺虎一样啊！"

秦惠王听了大为赞赏，于是决定暂不出兵，坐山观虎斗。

卞庄子听从伙计的建议，等到只剩下一只受伤的老虎时才出手，一举得到了两只老虎。

后人便从这个故事中引出成语"两败俱伤"，用来比喻斗争的双方都受到了损伤，让第三方得到利益。从这个故事里，另外引申出成语"两虎相斗，必有一伤"，用来比喻两雄相争，必定有一方力量将受到削弱。

鹿死谁手

【词义】鹿：代指猎取的对象，比喻政权、国家。这则成语的意思是指谁能取得最后的胜利。
【用法】比喻不知政权落入谁的手中，后来也比喻不知道最后胜利会属于谁。

晋朝时，中国的北方有匈奴、鲜卑、氐、羌、羯五个少数民族，他们曾先后起兵对抗中原政权。

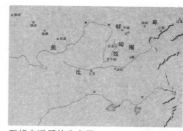

五胡内迁后的分布图

那时，有个羯族人名叫石勒，他出身穷苦人家，幼年时曾随同部落里的大人到洛阳贩卖货物。年轻时，他靠给别人卖苦力、打短工维持生活。

晋惠帝末年，因为并州闹饥荒，二十多岁的石勒被并州刺史司马腾卖到山东一个名叫师欢的人家里作奴隶。师欢看到他相貌堂堂，与众不同，对他十分优待，不久便免了他的奴籍，让他当了佃客。

后来，石勒聚集王阳、郭敖待等人与汲桑一起聚众起义。起义失败后，他便投奔了匈奴族的酋长刘渊，成为刘渊部下的一员大将。

公元304年，刘渊称帝，建立汉国政权。过了几年，刘渊死了，他的儿子刘聪、侄子刘曜相继登位，刘曜改国号为赵，历史上称为前赵。这时，拥有一定实力的石勒重用汉族人张宾为谋士，联合汉族中的地方豪强，发展成为割据一方的雄踞势力。

银卧鹿

公元318年，石勒消灭了西晋在北方的残余势力。第二年，他断绝和前赵的君臣关系，自己称帝，但仍沿用赵国的名号，历史上称为后赵。当时，后赵的国势在所有的割据势力中是最强盛的。

石勒能正确地认识自己的能力，才有了他以后的大作为。

有一次，在宴请自己臣僚的酒宴上，石勒问群臣："你们认为我能与过去的哪位帝王相比？"

大臣徐光听了，立即吹捧说："大王比高祖刘邦、汉光武帝刘秀、魏武帝曹操，以及晋朝的奠基人司马懿还要有雄才大略。现在看来，大概只有三皇五帝才能与大王您相比了。"

石勒听了徐光的话哈哈大笑说："人最容易犯的错误是不能正确估价自己。假如我和汉高祖（西汉开国皇帝刘邦）生在同一个时代，我自认为不如他，一定和韩信、彭越一样做他的部下，为他奋战疆场，但如果遇到汉光武帝刘秀那样的国君，我一定要和他在中原一带比一比高下，到那时不知鹿会死在谁手上呢！至于三皇五帝，他们可比我强多了，我怎么敢与他们相比呢？"

石勒对自己有正确的认识才有了以后的大作为。

论功行赏

【词义】论：评定。行：施行。这则成语指按功劳的大小，给予封爵和赏赐。
【用法】现多用于某一工作项目或重大行动过后，按贡献、作用大小给予鼓励或奖赏。也作"论功行封"。

公元前206年，秦国灭亡后，项羽自封为西楚霸王，将刘邦封为汉王。后来，经过五年激烈的楚汉战争，刘邦打败了项羽，平定天下，建立汉朝，做了皇帝，史称汉高祖。接着，刘邦要对功臣们评定功绩的大小，给予封赏。可是，大臣们互不相让，很多人都觉得自己该得首功。刘邦为此事也很伤脑筋，不好确定，这件事情就被搁置了一年多。

刘邦塑像

有一天，刘邦要给有功的大臣们排座次，大臣们又争执起来。刘邦想了个办法，叫大臣们不提自身的功劳，先推荐别人，于是一些大臣说："平阳侯曹参的功劳可算是最大了，他身上受的伤就有七十多处，攻城夺地是最勇猛也是最有战功的，应该排在第一位。"

《汉殿论功图》局部

这时，关内侯鄂千秋站起来反对这个意见，他说："众位大臣的说法是不对的。曹参虽然有转战各处、夺取地盘的功劳，但这只是一时的事情。我们与项羽打了五年多的仗，经常被打败，士卒逃散了不知有多少次。然而，萧何常派遣军队补充前线，为咱们补充兵马，在最艰难的时候为陛下送来兵马。咱们守荥阳时，断了粮草，还不是萧何从关中送来军需，才使咱们不至于垮散。而这些都不是陛下下令让他做的。陛下有好几次逃亡山东，而萧何守卫关中等待陛下。如今即使没有上百个曹参，对汉室也不会有损失，而如果没有萧何，我们现在还不知道怎么样呢。怎么能让一时的功劳凌驾在万世的功勋之上呢？应该是萧何排在第一位，曹参居第二位。"

鄂千秋因为辨贤有功得到刘邦的封赏。

鄂千秋的话正是刘邦心中所想，刘邦便决定萧何排第一位，特许他带剑穿鞋上殿，上朝时可以不按礼仪小步快走。接着刘邦又封赏了鄂千秋，因为他辨贤有功。

明修栈道，暗度陈仓

【词义】 栈道：在陡峭的崖壁上用木头建成的路。陈仓：古地名，在今陕西宝鸡东。这则成语的意思指刘邦明里修栈道，暗中却借道陈仓。

【用法】 比喻正面对敌人进行迷惑，而暗中却对敌人进行出其不意的攻击。有时也称"明修暗度"。

项羽灭秦后，自立为西楚霸王，并分封各路起义将领到各地称王，背弃了先前与众人约定的"先攻入秦都咸阳者为王"的话。这引起了刘邦的极大不满，但刘邦慑于项羽的威势，不得不隐忍不发，领兵入川，烧了出入巴、蜀的栈道，将自己封闭在其中，称为汉王。后来刘邦得大将韩信，有其相助，终有出头之

汉代独轮车

日。刘邦这时已有与项羽相抗的心思，又见韩信将军队整治得十分齐整，于是召韩信前来商议。两人心意相通，决定出师东征。当时出山的栈道已被烧毁，不能行军。不过，刘邦早已同张良定下了"明修栈道，暗度陈仓"的计策。于是派了兵士几百人，装作去重修栈道，自己却同韩信率领三军，悄悄地从南郑出发。留下丞相萧何守住川地，征税收粮，接济军饷。当时正是仲秋，将士们也都想要东归，于是日夜兼程，从小径直奔陈仓。

雍王章邯，原本奉了项羽的密嘱，堵住汉中，防止刘邦出川。章邯以为刘邦要想东出，必须经过栈道，而栈道被烧毁还没重修，不能通行，所以他并没多加防备。这天有探马来报，说汉兵已有数百人在修理栈道。章邯笑着说："栈道那么长，烧毁的时候容易，再修筑却是万难啊！"

绿陶楼

到了八月中旬，忽然有急报传到，说是汉军已到了陈仓。章邯怀疑情报不准，跟左右人说："栈道还没修好，汉军又从哪里出来，难道能插翅高飞么？"没过多久，就有陈仓的败兵逃到这里，报称刘邦亲率大军，打下了陈仓，杀死守将。章邯这才惊慌起来。于是领兵数万，直奔陈仓。两军相遇，随即交战。汉军积愤已深，奋不顾身，勇猛冲杀。战没多久，章邯的军队就溃败，四散奔逃。刘邦继续率大军进击。驻守关中东部的司马欣和北部的董翳，也都相继投降。号称三秦的关中地区，被刘邦全部占领，为他日后称霸天下奠定了坚实的基础。

避过敌人的耳目后，韩信轻易地就从陈仓向南郑出发了。

匹夫之勇

【词义】 匹夫：一个人，泛指平常人；也指无学识、无智谋的人。这则成语的意思是仗着个人的力量蛮干。

【用法】 形容缺乏智谋，只凭个人的勇气逞强蛮干。与"有勇无谋"近义。

春秋时期，越国被吴国打败。越王勾践被吴国囚禁三年，受尽了屈辱，越国也遭受重创，百姓生活艰难。回国后，勾践决心自励图强，立志复国。

勾践以身作则，过着简朴的生活，亲自参加劳动，体恤民情。制定政令时，充分考虑百姓的实际。百姓讨厌的就取消，百姓认为不够和不妥的地方，就加以修改补充。并采取一系列的政策，增加生产，鼓励多生育人口。对有学问有才能的人，勾践在诸多方面给予优厚的待遇，多多听取他们的建议。对从四面八方前来投奔的人才，勾践则在祖庙里用隆重礼节接待他们，表示这种有利于国家振兴的事情，应该禀报给列祖列宗。

越王陵
越王陵在越国都城会稽西南的印山之巅。

春秋战国时期越王古剑

勾践有时坐船巡行各地，遇到有为的年轻人，就请他们共同进餐，然后详细问明他们的情况，以备日后录用他们。不是自己亲自种出来的粮食，勾践不吃，不是夫人织制的衣服，勾践不穿。在国内，由于十年免收租税，使百姓富足，家家都储有三年的粮食。

铜钩形兵器
这是春秋战国时期的青铜兵器。

十年过去了，越国国富民强，兵马强壮。于是，百姓们向越王勾践请求说："如今越国四境之内，对国君敬爱的程度，就如同对自己的父母一样，做子女的都想为父母报仇，当臣子的也都一心想替君王报仇。所以一旦跟吴国打起仗来，大家都会竭尽全力奋战，就请您下令和吴国人再决战一番吧。"

勾践把将军们召集在一起，向他们表示决心说："我听说古代的贤君不为士兵少而忧愁，而是忧愁士兵们缺乏自强的精神。我不希望他们不用智谋，单凭个人的勇气做事，希望你们能步调一致，同进同退。前进的时候要想到会得到奖赏，后退的时候要想到会受到处罚。这样，就会得到应有的赏赐。进不听令，退不知耻，会受到应有的惩罚。"

勾践希望士兵们在打仗时能共同进退，不单凭个人勇敢行事。

到了出征的时候，越国的人都互相勉励。大家都说，这样的国君，谁能不为他效力呢。由于全体将士斗志十分高涨，勾践终于打败了吴王夫差，灭掉了吴国。

破釜沉舟

【词义】 釜：古代用来煮饭的大锅。舟：小船。这则成语的意思是砸破烧饭用的大锅，凿沉船只。形容不顾一切，下定决心拼死一战。

【用法】 比喻下决心不顾一切地干到底。

秦朝末年，各地农民起义不断，原六国的贵族趁机又纷纷建立起自己的国家。秦二世派大将章邯攻打赵国，赵军不敌，退守巨鹿(今河北平乡)，被秦军团团围住，形势危急。楚怀王得知后，马上封宋义为上将军，项羽为副将，派他们率军去救援赵军。

《巨鹿之战》

不料，宋义把军队带到安阳(今山东曹县)后，接连46天停滞不前。项羽性子急，一再要求他赶紧渡江北上，赶到巨鹿，与被围的赵军来个里应外合，共破秦军。但宋义却另有所谋，想让秦、赵两军打得精疲力竭时再出兵，这样取胜的把握比较大。他严令军中，不听调遣的人，不管是谁都要杀。但这个时候，宋义却邀请宾客，大吃大喝，而手下的士兵们却忍饥挨饿。

陶船

项羽忍无可忍，闯进营帐杀了宋义，并对全军将士说，宋义勾结齐国反楚，楚王已经下了密令杀他。将士们本来对宋义就恨之入骨，于是马上拥戴项羽为代理上将军。项羽把杀宋义的事情及原因上奏了楚怀王。楚怀王顾忌项羽军权在手，只好正式任命他为上将军。

项羽杀宋义的事，震惊了楚国，于是项羽在各国也有了些威名。之后，项羽马上派出两名将军率两万军队渡河去援救巨鹿。在取得小胜并接到增援的请求后，他下令全军渡河救援赵军。

项羽在全军渡河之后，采取了一系列果断的行动：他命令将士们把所有的船只凿沉，击破烧饭用的锅子，烧掉宿营的屋子，只携带三天干粮，以此表示决心死战，没有一点后退的打算。

这支有进无退的大军到了巨鹿外围，立即包围了秦军。经过几次激战，截断了秦军的补给线。负责围攻巨鹿的两名秦将，一名被活捉，另一名投火自焚。楚军大胜。

在这之前，来援助赵国的各路诸侯虽然有几路军队就驻扎在巨鹿附近，但都不敢与秦军交锋。楚军拼死决战取得了胜利，大大地提高了项羽的声威。

从此，项羽率领的军队成了当时反秦力量中最强大的一支。

后来，项羽也成了当时农民起义军的著名领袖人物，并在不久后，和刘邦的起义军一起，推翻了秦朝的统治。

项羽破釜沉舟，表示下定决心拼死一战。

扑朔迷离

【词义】扑朔：乱动。迷离：眼睛半闭。这则成语是指兔子被提起双耳悬空时，雄兔四脚乱动，雌兔双眼半闭，可在地上跑时就辨认不出雌雄了。

【用法】原意只是指难辨真伪，后演变为对复杂的情况无从判断，难以了解底细。也可用于表示对某人的难以了解。

在宋朝人郭茂倩汇编的《乐府诗集》中，有一首南北朝时的叙事民歌《木兰诗》，诗中叙述的是我国古代一位女孩代父从军的经过。

版画《木兰从军》

从前，有个名叫花木兰的姑娘，她的父亲原是朝廷的武将，后来年纪大了，退休在家。花木兰小时候，曾经跟父亲习武，十八般武艺，样样精通。

国家已经多年没有战事，木兰每天都纺线织布帮助家庭维持生计，全家过着平静的生活。可是有一年，国家发生战争，朝廷征召民众为国家效力，花木兰的父亲也在被征召之列。花木兰看到父亲年纪大了，身体又不好，而弟弟年龄还小，不能替父从军，于是就想自己扮男装，代父亲前去从军。木兰把自己的想法跟父母说了，她的父亲起先坚决不肯，但后来被她的孝心感动，而且一时之间也没有更好的办法，最后终于同意了。

《梧桐双兔图》

到了出征的时候，花木兰辞别了父母，女扮男装，随大军辗转到边疆作战。她虽然是个女子，但武艺高强，聪明机智，在战场上表现得十分英勇，屡建奇功。就这样，经过十年的苦战，花木兰终于和她的战友们一起打败了敌人，凯旋荣归。

因为花木兰军功卓著，皇上在犒赏有功将士的时候，一定要封花木兰为兵部尚书。可是，她却再三辞谢，只求早日回家与父母团圆。皇帝没有办法，只好答应了她的请求。

木兰回乡的喜讯传来，年迈的父母互相搀扶着来到城外迎接木兰，姐姐高兴得穿上节日的盛装，弟弟杀猪宰羊要为二姐洗尘。木兰踏进阔别已久的闺房，脱下战袍，换上了女儿妆，倚窗梳理，把自己的头发重新盘成女人的样式，经过打扮，木兰变得和家乡的姐妹一样漂亮。往日的战友见了，个个惊讶不已，没想到十年来，和他们在战场上一起奋勇杀敌的大英雄竟然是个纤纤女子。

看到这个情景，木兰笑着对战友说："雄兔脚扑朔，雌兔眼迷离；双兔傍地走，安能辨我是雄雌？"

回到家中的木兰重新换上了女子的装扮，让昔日的战友都惊讶不已。

旗鼓相当

【词义】旗鼓：古代作战时用以指挥军队进退转移的军旗和战鼓。相当：不相上下。这则成语指两军对敌，实力相当。
【用法】比喻对立双方势均力敌，不相上下。

公元9年，已经完全控制了西汉王朝的内外大权，做了四年"居摄"（代替皇帝管理朝政）的王莽，终于不愿再屈居人下，索性废了尚未正式称帝的幼年王子刘婴，自己登上了皇帝宝座，并改国号为"新"。王莽篡权自立为皇帝，但他名不正，言不顺，登基后又多行苛政，终于引起了天下大乱。

任城遗址
刘秀曾会师任城，攻击庞萌，大获全胜。

先是公元14年，山东琅邪郡吕母起义。紧接着公元17年绿林军起义。次年，赤眉军起义。连年的内外征战，使得王莽的势力迅速衰微，一些汉室宗亲与一些地方割据势力也趁机纷纷起兵。

公元20年，刘秀在河南起兵。第二年九月，平林军（绿林军的一支）与刘秀联合，拥戴刘秀的一个族兄刘玄为更始将军。二月又立他为帝，年号更始。七月，天水成纪(今甘肃秦安)人隗嚣与其兄隗义及杨广、周宗等起兵响应。公元23年，王莽政权彻底垮台，王莽也被商人杜吴所杀，斩首示众。

刘秀借助隗嚣的力量牵制了公孙述兵力，为刘秀将来平定天下打下了基础。

公元25年，刘秀在洛阳建立了东汉王朝，史称汉光武帝。但是，这时全国还没有统一。当时，曾经在王莽当权时担任蜀郡太守的公孙述，据有益州之地，并在成都称帝。

为了孤立公孙述，刘秀决定拉拢隗嚣。而隗嚣为了寻找政治出路，也曾上书刘秀，表示愿向东汉称臣。于是，刘秀封隗嚣为西川大将军。以后，隗嚣又打退了从长安往西发展的赤眉起义军。当时，有些地方势力跟公孙述勾结在一起，出兵袭扰陕西中部一带，进攻长安。隗嚣率兵配合刘秀军队，打退了他们的联合进攻。为此，隗嚣得到了刘秀的信任和尊重。

为了阻止盘踞四川的公孙述势力向外扩展，刘秀曾给隗嚣写了一封措词委婉的书信，希望他能够凭借自己的兵力，堵击公孙述的进犯。他在信中说："我现在忙于在东方作战，大部队都集中在那里，西方兵力薄弱。如果公孙述出兵到汉中并企图进犯长安，我希望能够借助于将军的战鼓和军旗，使双方势均力敌。倘能如此，我就算得到了上天赐的福。"

汉光武帝刘秀

奇货可居

【词义】奇货：珍稀的货物。居：存、囤积。这则成语的意思是把珍奇的货物囤积起来，等待高价出售。
【用法】比喻以某物为资本，博取功名财利。

战国时，有个叫吕不韦的大商人，他经常到赵国的都城邯郸去做买卖。一次偶然的机会，吕不韦在路上发现一个很有风度的年轻人。有人告诉吕不韦说："这个年轻人是秦昭王的孙子，太子安国君的儿子，名叫异人，正在赵国当人质。"当时，秦赵两国经常交战，赵国无暇照顾异人，弄得他经常食不果腹，甚至连冬天御寒的衣服都没有。吕不韦了解到这些情况，马上意识到如果在异人身上投点资，说不定有一天会换来不可估量的利润。他不禁自言自语道："此奇货可居也。"意思是将异人当作珍奇的物品储藏起来，等待机会，一定能卖个好价钱，大赚一笔。

赵国都城邯郸赵武灵王丛台
当初，吕不韦就是在这里遇见异人，并开始其一生最大的一次投资活动。

吕不韦 吕不韦回到寓所后问他的父亲："种地能获得多少利？"他父亲说："十倍！"吕不韦又问："贩运珠宝呢？"他父亲回答："百倍！"吕不韦接着问："那么把一个失意的人扶植成国君，从而掌管天下钱财，能获多少利呢？"他父亲吃惊地说："那就没有办法计算了！"吕不韦听了父亲的话，决心做成这笔大买卖。他先拿出一大笔钱，买通监视异人的赵国官员，让他与异人有了一面之交。见面时，他对异人说："我想办法让秦国将你赎回去，然后立你为太子。那么，你就是未来秦国的国君。你看这样好吗？"异人听了吕不韦的话又惊又喜，马上说："那是我梦寐以求的事。如果真有那一天，我一定好好地报答你！"

两人将此事议定，吕不韦立即动身去秦国。他带着无数财宝用以贿赂秦国太子安国君的左右亲信，通过他们说服安国君，让他把异人赎回秦国。当时安国君最宠爱的华阳夫人一个孩子也没有。于是吕不韦把工夫下在了华阳夫人的身上。吕不韦送给华阳夫人无数财宝，让她收异人做了嗣子。秦昭王死后，安国君即位，史称孝文王。在华阳夫人的帮助下，异人被立为太子。孝文王即位没多长时间就因病死了，太子异人便即位为王，即庄襄王。

庄襄王即位后，念念不忘吕不韦对他的帮助，拜吕不韦为丞相，封为文信侯，并把河南洛阳一带的十二个县作为他的封地，以十万户的租税作为他的俸禄。吕不韦终于从当年的"奇货"那里得到了回报，成为秦国权倾朝野的重臣。

吕不韦见到异人，得知他的背景后，便认为他奇货可居，于是主动接近异人，准备帮助异人成为秦国国君，自己从中获益。

取而代之

【词义】取：夺取。代：代替。这则成语的意思是夺取别人的地位、权力而代替他。
【用法】现在泛指以一种事物代替另一种事物。

公元前226年，秦王嬴政决定派兵吞并楚国。秦王问诸将进攻楚国需要多少兵力，老将王翦认为楚国地广兵强，必须有六十万精兵才能伐楚，而另一个大将李信则说只用二十万军队就能攻下楚国。秦王以为王翦因年老怯战，就没有听取他的意见，于是，派李信和蒙恬率军二十万攻打楚国，结果秦军大败而归。秦王这才知道老将王翦确有先见之明。

三年后，秦王重整旗鼓，让王翦统率六十万大军浩浩荡荡地南下攻楚。楚将项燕率军抗敌，双方几经交锋，楚军不及秦军骁勇，加之寡不敌众，结果大败，项燕也在军中阵亡。随后，楚国被灭。秦王吞并六国之后，下令将各国王室及大臣掳到秦都咸阳，或杀或囚，意在杜绝后患。项燕的儿子项梁带着侄儿项羽侥幸逃脱。项梁怀着国破家亡的仇恨，觉得应将项羽培养

位于江苏徐州的项羽戏马台。相传，项羽曾在此操练兵马。

项羽

成有用之才，以图复国，便亲自教导项羽读书，可项羽并不喜欢读书，读得很不用心。项梁几次督促却见效不大，只好改教项羽学习剑法。可是，项羽学剑也不大用心，平时训练就不刻苦，只要项梁不在身边，就马上找村童玩耍。这可惹怒了项梁，他将项羽叫到面前，生气地问："孩子，你这也不学，那也不学，文、武两途你都不肯走，你到底想干什么呀？"

项羽瞪起眼睛，振振有词地答道："读书学会写自己的名字就够用了。剑术再精也只能是一个人作战，没大用处。我要学统率万人作战的本事。"

项梁出身军人世家，对兵法颇有些研究，而且也不反对项羽学兵法，于是又改教项羽研读兵书战策。初学时，项羽兴味盎然，表现得特别努力。但他不肯深入钻研，只是粗枝大叶地学习一些皮毛。

有一天，秦始皇巡行天下，一路前呼后拥，旌旗招展，八面威风。车驾经浙江到江苏，恰好被项羽和项梁在路上看到，项羽顿生羡慕之心，脱口而出："我将来一定可以取代他。"

项梁听了大吃一惊，急忙掩住项羽的嘴巴说："这话是要犯灭门之罪的。"话虽这么说，但项梁却为项羽胸怀大志而高兴。

项羽虽然儿时顽劣不爱学习，但他志向远大，看到秦始皇出巡的队伍那么气派，竟说出了可取而代之的话。

前事不忘，后事之师

【词义】 师：师表、榜样。这则成语的意思是指将以前发生的事作为以后的借鉴。
【用法】 形容不忘记以往的经验教训，将其作为今后做事的借鉴。

战国初，晋国的卿大夫（周王及诸侯分封的臣属，掌握国政和统兵之权）知伯，在率领韩、赵、魏三卿灭掉晋卿中行氏之后，便向韩、赵、魏三家索取疆土。韩魏两家因害怕知伯都给了他土地，但赵襄子不肯给。于是知伯又联合韩氏和魏氏的军队攻赵。

《孔子圣迹图》

张孟谈是赵国的左司马，他献计协助赵襄子，暗中联络韩、魏两国，告诉他们说，如果赵国被攻灭，对他们也是不利的。最后，韩魏两国辨明利害，便与赵国的军队秘密联合起来，偷袭知伯的军队，活捉了知伯。赵、魏、韩将晋国瓜分，晋国名存实亡。

大功告成后，张孟谈却向赵襄子提出辞呈。他说：“如今臣的声名显赫，权力很大，而且众人顺服。臣希望舍弃功名，丢掉权势，离开这里。”

赵襄子觉得很奇怪，问张孟谈为什么要功成身退。张孟谈回答说：“从前有人说，春秋五个霸主之所以能很好地治理天下，那是因为国君都能驾驭臣子，而绝不为臣子所驾驭。如今我作为臣子，名声显达，地位尊贵，权力很大，信服的人太多了，所以到了应该放弃功名，削掉权势的时候了。”

赵襄子听了，很不高兴，说：“这是为什么呀？我听说尽心辅佐君主的人，才能名声显赫；功劳多的人，才能身价高；对国家大事负责的人，才能委以重任；只要自己忠义诚实，众人便会信服。以前贤明的君主所以能安邦定国，就是因为这样做的缘故。你是国家需要的人才，为什么要辞职呢？”

青铜坐式龙
春秋战国时期，青铜制品已广泛被应用到日常生活中。

张孟谈说：“大王所说的是一个人功成名就值得赞美的一面。臣所说的是掌握国家权力的道理。臣观察以往的事情和古人说的结论，都认为天下人对美好事物的认识是一致的。可是以君王和臣下的权力相等为美，却是没有过的事。功成名就更要激流勇退，留恋功名迟早会身败名裂。不要忘记从前的事，可以把它作为以后行事的指导。您即使不同意我辞职，我也不可能再帮您办事了。”

张孟谈不贪图功名地位，懂得作为臣子不能功高盖主的道理，所以隐居乡间。

赵襄子见张孟谈决心已下，只好同意了他的请求。张孟谈离开了都城后，回到乡间一直过着悠闲的生活。

强弩之末

【词义】弩：一种用机械力量射箭的弓。末：尽头，用弩发射出的箭到了快掉下来的时候。这则成语的意思指强劲的弩发射出的箭已经到了射程的末端。

【用法】比喻强大的力量已经到了衰竭的地步，不能再起作用。

韩安国，字长孺，西汉成安（今河南商丘）人。初为梁孝王刘武的中大夫、内史，在平定吴楚"七国之乱"时曾立过功，后来因为触犯国法被革去职务，赋闲在家，过着栽花养鸟不问世事的隐士生活，但他并不甘心过这样的生活。汉武帝刘彻即位后，任用田蚡做太尉。韩安国便去贿赂田蚡，请

汉代画像砖上的蹬弩放箭图

他保举自己。田蚡便向汉武帝举荐韩安国，汉武帝得知韩安国很有才能，便派他担任北地都尉的职务，后又升他为大司农。

公元前135年，由于韩安国平定战乱有功，汉武帝又让他担任御史大夫。在这一年，匈奴突然派使臣来请求和亲。匈奴是汉朝北疆外的游牧民族，性情强悍，素习骑射，汉朝以前就成为北方边患。自汉高祖刘邦时起便对汉朝时而侵扰，时而和亲。公元前160年，汉文帝刘恒在位时，匈奴军臣单于继位，初时与汉和亲，仅过了一年就又开始侵掠汉朝的上郡、云中等处，杀掠甚重；景帝时又与汉朝和亲，但仍是时有侵扰。这回又来，汉武帝一时也难以决定，便召集朝廷的文武大臣，共同来商议这件事。

汉代木漆弩

掌管边疆少数民族事务的大行令王恢对于匈奴的情况相当了解。他认为凭汉朝现在的军事实力，一定能扫平匈奴，因此他反对与匈奴和亲，而且建议汉武帝立即采取行动，发兵征伐匈奴。在场的官员听了，大都保持沉默，不发表意见，只有韩安国站出来大声反对说："现在匈奴的兵力日益壮大，而且流窜不定，如果我们冒然出兵千里去围剿他们，不但很难成功，而且还会给匈奴以逸待劳、得以制胜的机会。这种情形就像是射出的箭矢飞行到最后没有力量的时候，连最轻薄的绸缎也无法射破，狂风的尾巴连很轻的羽毛也无法吹动一样。我们现在如果发兵征伐匈奴，实在是不明智的举动。依我看，倒不如和他们暂时缔约谈和，再周密安排作战计划。"大臣们觉得韩安国的见解很有道理，汉武帝便采纳了他的建议，同意和匈奴议和。于是，一场战争，就此冰消瓦解。

汉朝时，匈奴常常侵扰边境，给人民生活造成了很大的困扰，为使边疆安定，汉朝统治者只好与匈奴和亲。

请君入瓮

【词义】君：你。瓮：陶制器具，形状像坛子，口小体大。这则成语的意思是指请你进入瓮中，用你的办法惩治你自己。
【用法】比喻以其人之道，还治其人之身。

武则天是中国历史上唯一的一位女皇帝，她为了维护自己的统治，采取高压的恐怖政策，并且奖励告密的人。假如告密者所举发的事是真的，那么皇帝就会给他升官晋级；如果是诬告，告密的人也不会受处分。这使得告密的人越来越多。

武则天

正因为武则天采取这种政策，所以她手下的一些酷吏便想尽办法诬陷政敌，并不断发明残忍的刑具来逼迫犯人认罪。在这些酷吏中，最有名、最为狠毒的两个要数周兴和来俊臣了。他们利用诬陷、控告和残酷的刑法，杀害了许多正直善良的文武官吏和平民百姓。其实，武则天对这些酷吏只不过是加以利用，当他们没有利用价值时，也会将他们逐斥或者杀掉。

有一次，一封告密信送到武则天手里，内容竟是告发周兴与人联络谋反的。武则天看信后大怒，责令来俊臣严查此事。来俊臣心里直犯嘀咕，他想，周兴是个狡猾奸诈之徒，仅凭一封告密信，是无法让他说实话的；可万一查不出结果，女皇怪罪下来，自己也担待不起呀。这可怎么办呢？他苦思半天，终于想出了一条妙计。

一天，来俊臣准备了一桌丰盛的酒席，把周兴请到自己家里。两个人把酒言欢，边喝边聊。酒过三巡，来俊臣叹口气说："兄弟我平日办案，常遇到一些犯人死不认罪，不知老兄有何好办法？"周兴

三彩陶塔形罐（唐）

得意地说："这还不好办？"说着端起酒杯抿了一口。来俊臣立刻装出很恳切的样子说："哦，请老兄快快指教。"周兴阴笑着说："你找一个大瓮，四周用炭火烤热，再把犯人放到瓮里，无论犯人多么狡猾，也受不了火烤的滋味。你想想，还有什么犯人敢不招供呢？"来俊臣点头称是，随即命人抬来一口大瓮，按周兴说的那样，在四周点上炭火，然后回头严厉地对周兴说："有人密告你谋反，上边命我严查。对不起，现在就请老兄自己钻进瓮里吧。"

周兴一听，手里的酒杯"啪哒"掉在了地上，周兴跪倒在地，连连磕头说："我有罪，我有罪，我招供。"周兴随即被来俊臣判了死罪，武则天念他"过去的功劳"，赦免了他的死罪，改判流放。像周兴这样恶贯满盈的酷吏，一旦失去权力，他过去的仇家、受他毒害的人都要找他复仇。周兴在流放途中就被人杀死了。

来俊臣按照周兴说的办法，命人抬来大瓮，点燃炭火，接着就请周兴自己入瓮。周兴看后就被吓得什么都招认了。

穷兵黩武

【词义】穷：竭尽所有。黩：轻率，妄动。这则成语的意思是指用尽兵力，恣意发动战争。
【用法】形容掌握大权者迷信武力、发动战争的行为。

东吴后期的名将陆抗，二十岁时就被任命为建武校尉。公元264年，孙皓成为东吴的国君，任命陆抗担任镇军大将军。当时，东吴的朝政非常腐败黑暗。孙皓荒淫暴虐，任意杀人。陆抗对孙皓的所作所为非常不满，多次上疏，劝谏他应对外加强防守，对内改善政治，以增强国力。但孙皓对他的建议总是置之不理。

秦淮河今貌

秦淮河位于东吴时期都城建业（今江苏南京），是当时对外的交通要道，供应京城的粮食都由此运送。

公元272年，镇守西陵的吴将步阐投降晋朝。陆抗得知后，立即率军征讨步阐。他知道晋军一定会来接应步阐，便命令当地军民在西陵外围修筑一道坚固的围墙。陆抗手下的将士多次要求攻打西陵，但陆抗总是不许。等到工事完成后，晋军已经赶到西陵，准备接应步阐。陆抗率军击退了晋军，后又向西陵发起了猛攻，很快攻进城内，将叛将步阐杀死。

陆抗

当时，晋朝的车骑将军羊祜镇守襄阳。他见陆抗能攻善守，知道想打败东吴并不容易，因此对东吴采取和解策略：部下掠夺了东吴的孩子，他下令放回；行军到东吴边境，收割了东吴方面的庄稼，就送绢帛给东吴作抵偿；猎获已被吴人打伤的禽兽，就送还东吴。陆抗明白羊祜的用意，也用同样的态度对待晋方。因此，吴、晋的部分边境地带一时出现了和好的局面。但孙皓并不高兴边境和好，他心里想着何时出兵攻晋。

多年的战争使百姓生活十分困苦，士兵也疲劳不堪，但昏庸无道的统治者依然不停地发动战争。

陆抗见连年的战争使百姓精疲力竭，便向孙皓上疏说："现在，朝廷应该先富国强兵，加紧农业生产，储备粮食，让有才能的人发挥作用，使各级官员不荒怠职守，严明升迁制度以激励百官，审慎实施刑罚以警戒百姓，用道德教导官吏，以仁义安抚百姓。如果听任众将追求名声，用尽所有兵力，好战不止，耗费的资财动以万计，士兵疲劳不堪，这样，敌人没有削弱，而我们自己倒像生了一场大病。"

陆抗还郑重指出，吴、晋两国实力不同，今天即使出兵获胜，也得不偿失。所以，应该停止用兵，积蓄力量，以待时机。但是，孙皓对陆抗的这些忠告都听不进去。后来陆抗去世，晋军讨伐东吴，沿着长江顺流东下，势如破竹，吴国终于被晋所灭亡。

任人唯贤

【词义】唯：只。贤：指德才兼备的人。这则成语的意思是用人只凭德才。
【用法】形容领导者的贤明，只凭德才来任用人，而不管他跟自己的关系是否密切。

春秋时，齐国国君齐襄公有两个弟弟，一个是公子纠，另一个是公子小白，他们各有一个很有才能的师傅。由于齐襄公荒淫无道，众兄弟恐怕祸及己身，都暗中替自己打算。公元前686年，公子纠跟着他的师傅管仲逃到鲁国去避难，公子小白则跟着他的师傅鲍叔牙逃往莒国。不久，齐国发生内乱，襄公被杀，乱臣又另外立了新国君。第二年，大臣们又杀了新君，派使者到鲁国去迎回公子纠当齐国国君，鲁庄公则亲自带兵护送公子纠回国。

管仲

公子纠的师傅管仲，怕逃亡在莒国的公子小白因为离齐国近，抢先回国争夺君位，所以在得到鲁庄公同意后，管仲便先带领一支人马去拦截公子小白。

果然，管仲的队伍急行到即墨附近时，发现公子小白正在赶往齐国，便上前说服他不要回去，但小白坚持要回齐国。于是管仲偷偷向小白射了一箭，小白应声倒下。管仲以为他已被射死，便不慌不忙地回去护送公子纠前往齐国。

不料，公子小白并未被射死，经过一番救治，已无大碍，便赶在管仲和公子纠之前回到了齐国都城，说服大臣们后，即位为国君，这就是齐桓公。管仲与公子纠在鲁庄公军队的保护下到达齐国后，发现公孙小白已经成为国君。鲁国十分恼火。于是，齐、鲁之间发生了战争，结果鲁军大败，只得答应齐国的条件，将公子纠处死，又把管仲抓起来。

守边界的官员对管仲这个阶下囚非但没有难为，还恭敬地为他准备饭菜。管仲答应这个官使只要自己得到任用，一定会好好报答他。

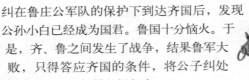

春秋时期的牛形尊

齐国以为国君报仇为名，要求把管仲带回齐国处置。于是，管仲被捆绑着，从鲁国押往齐国。一路上，他又饥又渴，吃了许多苦头，来到绮乌这个地方时，他去见那里守卫边界的官员，请求给点饭吃。不料，那守边界的官员竟跪在地上，端饭给管仲吃，神情十分恭敬。等管仲吃好饭，他私下问道："如果您到齐国后，侥幸没有被杀反而得到任用，您将怎样报答我？"

管仲回答道："要是真像你所说的那样，我能得到任用，我将要任用贤人，使用能人，评赏有功的人，到时我会好好地报答你的恩情。"

管仲被押到齐国都城后，他的好友鲍叔牙亲自前去迎接。后来齐桓公不仅没有对他报一箭之仇，反而任命他为相国，而鲍叔牙自愿当他的副手。原来，鲍叔牙知道管仲的才能大于自己，所以说服齐桓公这样做。

三寸之舌

【词义】寸：中国市制长度单位，一尺的十分之一。舌：人或动物嘴里辨别滋味、帮助咀嚼和发音的器官，这里是辩论的代称。这则成语的意思是毛遂以自己出众的口才完成了使命。
【用法】形容能言善辩的口才。

毛遂，战国薛国人，年轻时游于赵国，在赵国公子平原君赵胜门下做了个迎来送往、办点府中琐事的食客。3年之中，整日无大事可做，因此没有什么名声，几乎不为人所知。公元前257年，秦昭王派兵围困了赵国的首都邯郸，企图吞并赵国。赵孝成王急忙派平原君为使臣到楚国去求援，要求与楚国订"合纵"盟约联合抗秦，以救赵国之危。毛遂自愿前往，但平原君平时对他毫无印象，考问了他一番后，勉强同意他一起去。

人形铜灯
这是春秋战国时期的照明用具。

春秋战国时期秦国编钟

貌不惊人的毛遂，其实是个能言善辩的人。到了楚国后，他和同行的十九个人谈论起天下大事，头头是道，大家对他的学问和辩才都佩服不已。

平原君与楚平王会谈那天，两人从早晨一直谈到中午，还未谈出结果。其他的门客十分焦急，毛遂便自告奋勇上殿去看看情况。

毛遂按着剑从容不迫地走上了台阶。楚王根本没有把毛遂放在眼里，非常傲慢地要他退下去。但毛遂却紧握剑柄，走到楚王跟前，以武力威胁楚王。接着，毛遂根据形势义正词严地分析了楚、赵两国的关系，说明赵国派使臣来缔约联合抗秦，乃是为了救助楚国，而不只是为了赵国自己。

毛遂以三寸之舌替赵国赢得了尊重，使平原君得以和楚国订立盟约，联合抗秦。

楚王思考了一下，觉得毛遂说得确实有理，就与平原君一起举行了缔约仪式。这样，联合抗秦的大事圆满完成了。

平原君带着一行人回到赵国后，和人谈起毛遂这次的功劳，感慨万分地说："我今后再也不敢谈论自己如何辨识人才的事了。我见到过的人才，少说也有几百人。自以为天下间真有本事的人都逃不过我的眼睛，但却偏偏没有看出毛遂先生的才干。毛遂先生一到楚国，就使赵国的地位像九鼎那样的国宝一样尊贵。毛遂先生的三寸之舌，真是胜过了百万雄师！"

从那以后，毛遂得到了平原君的重用，被奉为上宾。

三顾茅庐

【词义】 顾：拜访。茅庐：茅草屋。这则成语的意思是指三次到茅草屋中拜访。
【用法】 比喻诚心实意地邀请或多次登门造访，形容非常有诚意。

东汉末年，丞相曹操挟天子以令诸侯，独断专权。刘备在徐庶的辅佐下，几次与曹操交兵，都使曹操大败而归。为了除掉刘备的这个谋士，曹操派人将徐庶的母亲扣为人质，以此逼徐庶归顺他。母亲被扣使徐庶万分焦急，他只好辞别刘备，奔赴曹营救母。临行前，徐庶向刘备推荐诸葛亮。

皮影戏《三顾茅庐》
左侧为诸葛亮。讲的是刘备三次去隆中拜访诸葛亮，请他辅佐自己的故事。

刘备听了徐庶的推荐，立即带领关羽和张飞赶到南阳去请诸葛亮出山。他们连夜赶到南阳，却扑了个空。因为诸葛亮不在家，看门的书童也不知道自己的主人到哪里去了，什么时候回来。三人只好乘兴而来，败兴而归。不久，有人报告说诸葛亮已回到南阳了。刘备非常欣喜，带上两位兄弟，顶着漫天的大雪，马不停蹄地二请诸葛亮。结果赶到那里时，诸葛亮已在前一天又出门周游去了。两次去都没有请到诸葛亮，关羽和张飞都有些恼火，但刘备却不灰心。这一天，他们又第三次来到诸葛亮住的茅庐，正赶上诸葛亮在睡觉。刘备出于对诸葛亮的尊重，不去惊动他，静静地等候在门外。

位于今湖北襄阳市的古隆中

张飞是个急性子，哪里耐得住，不一会儿便发起火来，想闯进去，揪出那诸葛亮。刘备上前劝止了他。诸葛亮一觉醒来，书童对他说刘备刘皇叔在门外恭候多时了。诸葛亮便整顿衣冠，将刘备三人请进茅庐，落座详谈。

刘备见到诸葛亮后，十分诚恳地表明了自己安定天下，让百姓过上太平日子的决心和意愿。

诸葛亮点头称赞，说道："曹操手下兵多将广，谋士众多，他本人又颇会用兵，而且他还能以皇帝的名义号令天下。目前，您无力与他一争雌雄；东吴的孙权，统治江南，从他父亲孙坚到他这一代已历三代，根基牢固，也不能与他正面冲突。将军您先攻荆州，再占领四川，然后以四川为根据地进取陕西，从荆州出兵进攻洛阳，这样，百姓一定会欢迎您。做到这些，天下也就平定了。"

诸葛亮对天下形势的一番总体分析，使刘备佩服得五体投地。而诸葛亮更感激刘备对他的信任与一片诚意，同意出山辅佐刘备。

刘备急需人才，想请诸葛亮出山，到茅庐三次才见到诸葛亮。

神机妙算

【词义】这则成语的意思是指灵巧机变的谋划和神妙的计谋。
【用法】比喻计谋十分高明。

公元208年，曹操率领二十余万大军南下，准备一举消灭孙权和刘备的势力，统一全国。刘备派诸葛亮去东吴联合孙权，共同对付曹操。

诸葛亮用大雾作遮掩，用计得到十万支箭。

东吴的大都督周瑜是位名将，但他心胸狭小，非常嫉妒诸葛亮的才能，总想借机把他除掉。诸葛亮很了解周瑜的心思，可是为了顾全大局，只好与周瑜一起共事。

有一次，因水中交战需要，周瑜想刁难诸葛亮，要他在十天之内赶造十万支箭。谁知，诸葛亮接受了这个造箭的的任务，并且立下军令状，到时交不出十万支箭，甘愿接受任何处罚。

周瑜暗暗高兴，料定诸葛亮不可能完成这个任务，到时就可以毫不费力地把他除掉。周瑜还暗中吩咐造箭军匠故意拖延时间，不给诸葛亮准备足够的所需材料。但是，诸葛亮胸有成竹，自有妙计。他私下向东吴大将鲁肃借了二十只快船，每只船上都配置三十名士兵，船上用青布做帐幕，还在每只船上扎放一百多个草人。

三国时期战船模型

两天过去了，诸葛亮一点儿动静都没有。周瑜认为这次诸葛亮必死无疑。不料到了第三天凌晨，诸葛亮趁江面上笼罩着大雾，便下令将草船驶近曹军水寨。他一面和鲁肃在船中饮酒，一面命令士兵在船上擂鼓呐喊，装作要攻打曹军的样子。

曹操正在休息，忽然听到江面上鼓声、呐喊声大作，以为敌军趁大雾，前来袭击水寨，慌忙命令曹军不要出击，奋力用箭射向对方。霎时间，曹操水陆两军一万多弓箭手一齐朝江中射箭。不多时草人身上便插了许多的箭。

等到太阳初开，大雾散去之后，诸葛亮下令各船迅速驶回。这时，二十只快船上的草人上已经插满了箭，数量远远超过了十万支。他又让各船士兵齐声高喊"谢丞相赠箭"。等曹操明白真相时，诸葛亮的船已经驶出二十多里，无法追赶了。曹操懊悔不已。

鲁肃把诸葛亮草船借箭的经过告诉周瑜以后，周瑜大吃一惊，感慨万分地叹道："诸葛亮神机妙算，我的确不如他啊。"

周瑜得知诸葛亮利用计策真的得来十万支箭，也不由得佩服诸葛亮的神机妙算。

识时务者为俊杰

【词义】时务：形势或潮流。俊杰：杰出的人物。这则成语的意思指认清形势的人才是英雄豪杰。
【用法】用来称赞能认清形势或潮流的人。

三国时期，刘备曾被曹操打败。刘备知道自己势单力孤，便率领军队和几位兄弟一起投靠了荆州刘表，刘表让他们在荆州附近的新野小县驻扎。

三国时期人物壁画

刘备到新野不久，他的宽宏仁义、雄才大略和关羽、张飞、赵云三员大将战无不胜的勇猛，引起了刘表的部下和其妻蔡夫人的戒心。蔡夫人几次要刘表除掉刘备，免除后患，但刘表因为与刘备有亲属关系，一直不肯对刘备施以毒手。后来，刘备听说隐士水镜先生司马徽是个很有才能的人，便去拜访，向他询问天下大事、政治时局。司马徽知道刘备是个将来能成大事的人，便向他推荐了诸葛亮和庞统，并明知故问地对刘备说："刘皇叔，以你的才干和人品，早就应该做出一番轰轰烈烈的大事了。何以到现在还没有开创基业呢？你想过这是什么原因吗？"

庞统

刘备听了司马徽的问话，略一沉思答道："先生，我也曾为此事前思后想，我以为可能是我的时运不好吧！"

司马徽说："我不这样认为。要成就大事业，不能将失败的原因归于运气不佳，应该从主观去寻找原因。在我看来，你之所以还没有成就事业，是因你周围缺乏真正助你一臂之力的能人。"

刘备不同意司马徽的说法，反驳说："我自己虽然没有什么本事，但要说我的周围，那可是人才济济。我武有关羽、张飞、赵云，他们能征善战，都有万夫不挡之勇；文有孙乾、简雍等，他们都能运筹帷幄，足智多谋。不能说我身边没有人才啊！"

刘备拜访司马徽向其询问天下大事。司马徽向刘备说明只有能抓住时机、认清天下形势的人才是刘备现在最需要的。

司马徽说："关羽、张飞、赵云都是能抵千军万马的勇将，这一点没错，可惜现在他们的才能没有得到更好的发挥。至于说到孙乾、简雍，他们不过是一介书生而已，并不懂得当今天下形势的特点，所以他们不会对你有多大的帮助。真正有本事的人是那种能抓住时机、开创局面的人，他们对你的事业有更大的帮助。你还是赶快寻找这样的贤人吧！"

刘备忙问道："这样的人才，应该到哪里去寻找呢？"司马徽说："卧龙、凤雏，二人得一，可安天下。"

第六章
生活启示

HISTORICAL STORIES OF CHINESE IDIOMS

　　成语是由古人在生活中积累，在学习中总结而出的语言精华。它经过了岁月之河的洗礼，蕴涵了许多关于生活的启示。晋文公做盟主的时候，各国诸侯的使者前来觐见时，文公都派人热情款待，让使者们有宾至如归的感觉；王远与麻姑两位仙人在一起谈论着几百年间沧海桑田的变换，说明了人世间变化的巨大；盖勋为人正直，不因为私怨而乘人之危，陷害仇人；孟郊经过多年的努力考取了进士，欣喜无比，一时间春风得意，过去的困苦生活再不值得提起了；毛空看不起自己的邻居艾子为弟子讲学，为了显示自己也很有才学，将道听途说来的不切实际的事情讲给艾子，终难自圆其说……成语源于生活，也应更多的用在生活当中。这个篇章中的成语故事，给了我们许多的生活启示，让我们了解更多的生活哲理。

爱屋及乌

【词义】这则成语的意思是指因为喜爱那所房屋，所以就连屋顶上的乌鸦也一同喜爱。
【用法】用来比喻因为喜欢某个人，从而连带地喜欢与他有关的人或物。

商朝末年，商纣王穷奢极欲，残暴无道，使百姓民不聊生。西方诸侯国的首领姬昌决心推翻商朝统治，积极练兵备战，势力逐渐强大，并把都城向东造至陕西丰邑，准备东进，可惜他还没有实现自己宏大的愿望就逝世了。

周公庙

姬昌死后，他的儿子姬发继承王位，后人称其为周武王。周武王在军师姜太公及弟弟周公姬旦、召公姬奭的辅佐下，联合各路诸侯，出兵讨伐商纣王。双方在牧野交兵。这时的商纣王已经失尽人心，他手下的军队慑于周军的雄壮，纷纷倒戈，终于大败。商朝的都城朝歌很快就被周军攻克。商纣王在鹿台自焚，商朝灭亡。

姜太公

商纣王死后，周武王的心中却并不安宁，因为他感到天下还没有安定。他召见姜太公，问道："进入殷都后，我应该怎么处置旧王朝的那些权臣贵族、官宦将士呢？"

姜太公说："我听说过这样的话：'如果喜爱某个人，就连同他屋上的乌鸦也喜爱；如果不喜欢那个人，就连带厌恶他家的墙壁篱笆。这个意思很明白，杀尽全部敌对分子，一个也不留下。'大王您看怎么样？"

武王认为这样做太过残忍。这时召公姬奭(shi)上前说："我也听说过：'有罪的人，要杀；无罪的人，就应该让他继续活下去。应当把有罪的人都杀死，不让他们留下残余力量。'大王您看如何？"

武王认为这样做也不妥。这时周公上前说道："我看应当让各人都回到自己的家里，各自耕种自己的田地。君王不应该只偏爱自己旧时的朋友和亲属，应该用仁政来感化普天下的人。"

武王听了非常高兴，心中豁然开朗，觉得用这种办法治理国家，天下就可以从此安定了。

后来，武王按照周公提出的建议施行仁政，善待旧时的贵族、官宦、将士，善待天下的百姓，使他们各得其所。天下果然很快安定下来，民心归顺，西周也变得更强大了。

周武王对姜太公爱屋及乌的建议并不十分满意。最后听取了周公的建议，施行仁政，终于使国家安定下来。

白头如新

【词义】白头：白发，指老年。这则成语的意思是互相认识很久，到了老年，还如同刚刚认识一样。
【用法】指交情很浅。

邹阳是西汉时齐国人，客游梁国，常和原吴国人庄忌、淮阴人枚乘等人往来。邹阳听说梁孝王礼贤下士，就来到梁国来游学，并上书给梁孝王，纵谈天下，展示自己的才华。用书信的方式引起朝中要人的重视，一直是古时读书人的一种求官作径，邹阳也想通过这条路步入仕途。

古时候，志趣相投的文人们经常聚集在一起谈古论今。

羊胜、公孙诡是邹阳的朋友，他们三人的文章不相上下，但羊胜嫉妒邹阳的才华，几次在梁孝王面前说邹阳的坏话。终于有一天梁孝王被说火了，下令将邹阳抓进监牢，要把他处死。邹阳十分激愤，不甘心就这样被流言所害。他在狱中给梁孝王写了一封信，信中写道：

"忠义必然得到厚报，诚信不会遭到怀疑。过去我一直对这句话信以为真，现在看来，这两句话简直是谎言。荆轲对燕太子丹绝对忠诚，他冒着必死的危险去刺杀秦王，为燕国报仇，可是太子丹还一度怀疑他胆小畏惧，不敢立即出发去秦国；卞和将稀世的宝玉献给楚王，可是楚王硬说他犯了欺君之罪，下令砍去他的双脚；李斯尽心辅助秦始皇执政，使秦国富强，结果却被秦二世处死。

微伯鬲
鬲是古代饮具，样子像鼎，足部中空。

"俗话说：'有的人相处到老，如同新识；有的人偶然相遇，却一见如故。'这是为什么呢？相知还是不相知，并不在相处时间长短啊。所以，从前樊於期从秦国逃往燕国，把首级送给荆轲用来奉行燕丹的使命；王奢离开齐国前往魏国，在城上用自刎来退去齐军保全魏国。王奢和樊於期的牺牲不是因为齐、秦是新交，燕、魏是老相识，他们离开齐国和秦国，为燕、魏的国君去死，是因为对正义无限仰慕的原因啊。白圭战败，丢掉了许多城池，却为魏国夺取了中山。这是为什么呢？实在是遇到明主的原因啊。白圭在中山名声显扬，中山有人到魏文侯面前毁谤他，文侯却拿出夜光璧赠给白圭。这是为什么呢？君臣之间，剖心披胆，深信不疑，怎么能听到流言蜚语就变心呢！所以圣明的君主治理国家，如同陶人运钧自有治国之道，教化天下，而不被鄙乱的议论所左右，不被众多口舌贻误大事。如今，让有远大抱负的人被位高权重的人所压制，有意用邪恶的面目、肮脏的品行来侍奉阿谀献媚的小人而求得亲近于大王左右，那么有志之士就会老死在岩穴之中了，怎么肯竭尽忠诚信义追随大王呢！"

邹阳不甘心被流言所害，词真意切地上书梁孝王，终于打动梁孝王，并得到重用。

梁孝王看完邹阳的信后，很受感动，命人将邹阳释放，待为上宾。

宾至如归

【词义】宾：客人。归：回家。这则成语的意思是客人来到这里就像回到了自己家里一样。
【用法】多用来形容招待周到、殷勤，使客人十分满意。

子产，即公孙侨，是春秋时郑国的大夫，曾当过多年国相，执掌郑国政权。

三足玉杯
古代的盛酒器具，
也可作为装饰。

公元前542年，子产奉郑简公之命出访晋国，带去许多礼物。可是晋平公迟迟不接见他们。子产对晋国这种傲慢的态度非常气愤，但是郑国弱小，不能和晋国直接闹翻，于是他就派随行的人员把晋国宾馆的围墙拆掉，然后把车马赶进去，安放好带来的物品。

晋平公得知这一消息，吃了一惊，派大夫士匄（gài）到宾馆责问子产。大夫士匄说：

"我国是诸侯的盟主，来朝贡的诸侯官员很多。为了防止盗贼，保障来宾安全，特意修建了这所宾馆，筑起厚厚的围墙。现在你们把围墙拆了，其他诸侯来宾的安全怎么办呢？国君特派我来询问你们拆围墙的缘由。"

兽面纹陶范

子产回答说："我们郑国是小国，需要向大国进献贡品。这一次我们带来了从本国搜集来的财宝前来朝会，偏偏遇上你们的国君没空，既见不到人，也不知道进见日期。

"人们说晋国铜鞮山的宫室有好几里地面，而贵国让诸侯的使者住的却是像奴隶住的屋子。而且门口进不去车子，接见又没有确切的日期，我们不能翻墙进去，如果不拆掉围墙，让这些礼物受潮受热腐烂长虫，那可就是我们的罪过了。我听说文公做盟主的时候，自己住的宫室低小，没有可观的台榭，而给使者住的宾馆却修得又高又大，像现在的宫殿一样。宾馆内的仓库、马厩能及时修缮，司空按时修整道路，泥瓦匠按时重新粉刷墙壁。诸侯的使者到了，接待的人点起火把迎接，仆人在宾馆巡逻，车马有一定的处所，宾客的仆人有人接替，管车辆的官员给车上油。官员们各司其职。文公从不让宾客耽误时间，也没因此误了自己的公事。他跟宾客同忧乐，有事就加以安抚；对宾客不知道的事情，就加以说明；宾客缺乏的东西，就加以周济；宾客来了，就像回到家里一样，哪有什么灾祸？他们不怕抢劫偷盗，也不怕干燥潮湿。"

士匄把情况报告给了晋平公，平公听后十分惭愧，马上接见子产，隆重地宴请了他们，并给予丰厚的回赠，还下令重新建造宾馆。子产以他的智慧维护了郑国的尊严。

子产用晋文公对待诸侯使者的例子，来责备晋平公对宾客的怠慢，维护了郑国的尊严。

病人膏肓

【词义】膏：指心尖的脂肪。肓：心脏和隔膜之间的部分。膏肓：指药力达不到的地方。这则成语的意思是指病情已发展到药力不能治疗的地方。

【用法】比喻病情十分严重，已达到没有办法医治的地步。也用来比喻事态严重，已无法挽回。

春秋时期，晋景公是晋成公的儿子，名叫獳。他昏庸无能，信佞臣，听谗言，无辜杀害了忠臣赵盾的后代赵同、赵括全族。

三年后，晋景公梦见厉鬼，披发垂地，以手击胸，暴跳于地，身材高大，形状非常恐怖，厉声骂道："无道昏君！我子孙何罪？你不仁不义，无辜枉杀，我已诉冤于天帝，请准来取你的性命。"说罢，直对景公搯攫过来。景公十分害怕，便往内宫奔逃。厉鬼毁坏大门而入，景公害怕，躲入内室，大鬼又破门追入内室。景公非常惊恐，呼叫着醒了过来，原来是一场噩梦，可从此一病不起。

《村医图》局部

后来，景公的病一天比一天严重。有一大夫上奏说："秦国有一位良医，是神医扁鹊的高徒，有起死回生的医术，现在是秦国的太医，若能请来，主公的病一定有救。"于是，景公立刻派人去秦国求医。秦桓公派遣良医高缓，来晋治病。秦医未到，景公的病况已经危殆。晋景公恍惚中做了个梦，梦见两个小孩正悄悄地在他身旁说话。

一个说："那个高明的医生马上就要来了，我看

银漏斗

青铜鎏金医用冷却器

我们这回难逃了，我们躲到什么地方去呢？"

另一个小孩说道："这没什么可怕的，我们躲到肓的上面，膏的下面，无论他怎样用药，都奈何我们不得。"两个童子说完了话，就从景公鼻孔钻了进去。景公惊醒，感觉胸膈间疼痛万分，坐卧不安。

高缓来到后，立刻被请进了景公的卧室给他治病。诊断后，高缓摇摇头对晋景公说："大王的病很严重，已没办法医治了。疾病在肓之上，膏之下，用针灸法医治已经不行，扎针达不到，吃汤药，其效力也达不到。所以实在没办法治了。"

景公听了，心想，医生所说的与梦中两个小孩说的一样，便点了点头说："你的医术真高明啊！"说罢，叫人送了一份厚礼给医生，让他回秦国去了。没多久景公就病死了。

晋景公听高缓所说的病情与梦中的两个童子说的一样，知道自己无法医治了，就让名医回国去了。

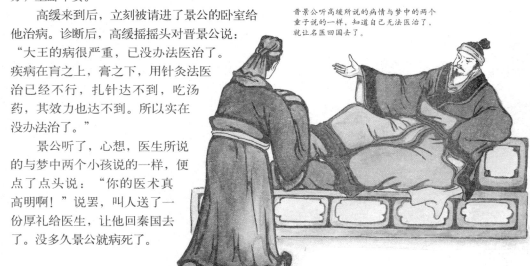

伯乐相马

【词义】伯乐：春秋时秦国人，本姓孙，名阳，有鉴别千里马的特殊技能。相：观察。这则成语的意思是指伯乐善于观察，能够发现千里马。
【用法】比喻有真知灼见的人，善于发现人才、选拔人才。

《相马图》

传说天上管理马匹的神仙叫伯乐。在人间，人们把精于鉴别马匹优劣的人也称为伯乐。

春秋时代有个叫孙阳的人。由于他对马的研究非常出色，人们渐渐忘记了他本来的名字，干脆称他为伯乐。

一次，伯乐受楚王的委托，购买能日行千里的骏马。伯乐向楚王说明，千里马少有，找起来不容易，需要到各地巡访，让楚王不必着急，他会尽力将事情办好。

伯乐跑了好几个国家，仔细寻访盛产名马的燕赵一带，十分辛苦，但还是没发现中意的良马。一天，伯乐从齐国返回，在路上，看到一匹马拉着盐车，很吃力地在陡坡上行进。马累得呼呼喘气，每迈一步都十分艰难。伯乐对马向来亲近，不由走到马的跟前。马见伯乐走近，突然昂起头来瞪大眼睛，大声嘶鸣，好像要对伯乐倾诉什么。伯乐立刻从声音判断出，这是一匹难得的骏马。

伯乐对驾车的人说："这匹马在疆场上驰骋，任何马都比不过它；但用来拉车，它却不如普通的马。你还是把它卖给我吧。"驾车人认为伯乐是个大傻瓜，他觉得这匹马太普通了，拉车没气力，吃得又多，又骨瘦如柴，于是毫不犹豫地同意了。伯乐牵着千里马返回楚国。伯乐牵马来到楚王宫，拍拍马的脖颈说："我给你找到了好主人。"千里马像明白伯乐的意思，抬起前蹄把地面震得咯咯作响，引颈长嘶，声音洪亮，如大钟磬石，直上云霄。楚王听到马嘶声，走出宫外。伯乐指着马说："大王，我把千里马给您带来了，请仔细观看。"

楚王一见伯乐牵的马瘦得不成样子，认为伯乐愚弄他，有点不高兴，说："我相信你会看马，才让你买马，可你买的是什么马呀，这马连走路都很困难，能上战场吗？"

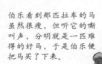

伯乐看到那匹拉车的马虽然很瘦，但听它的嘶叫声，分明就是一匹难得的好马，于是伯乐便把马买了下来。

伯乐相马玉佩

伯乐说："这确实是匹千里马，不过拉了一段时间的车，又喂养不精心，所以看起来很瘦。只要精心喂养，不出半个月，它一定会恢复体力。"

楚王一听，有点将信将疑，便命马夫精心把马喂好。果然，一段时间后，那匹马变得甚是神骏威武。后来这匹千里马为楚王驰骋沙场，立下不少功劳。楚王对伯乐更加敬重了。

沧海桑田

【词义】沧海：一望无际的大海。桑田：可以种植的田地。这则成语的意思是茫茫的大海，千变万化，霎时间变成了良田。
【用法】比喻世事变化非常大。

从前有两个仙人，一个叫王远，一个叫麻姑。有一次，他们相约去蔡经家饮酒。到了约定的那天，王远在一批乘坐麒麟的吹鼓手和待从的簇拥下，坐在五条龙拉的车上，前往蔡经家。但见他戴着远游的帽子，挂着彩色的绶带，佩着虎头形的箭袋，显得威风凛凛。王远一行降落在蔡经家的庭院里后，簇拥他的那些人就消失了。接着，王远和蔡家的成员互相致意后，便独自坐在那里等待麻姑的到来。王远等了好久，也不见麻姑来，便朝空中招了招手，吩咐使者去请她。蔡经家人谁也不

蓬莱岛

在亿万年间，沧海已经几次变成桑田。

知道麻姑是天上哪位仙女，便翘首以待。过了一会，使者在空中向王远禀报说："麻姑命我先向您致意，她说已有五百多年没有见到先生了。此刻，她正奉命巡视蓬莱仙岛，稍待片刻，就会来和先生见面的。"

王远微微点头，耐心地等着。没多久，麻姑从空中降落下来。她的随从人员只及王远的一半。蔡经家的人这才见到麻姑。麻姑看上去似人间十八九岁的漂亮姑娘。她披着长到腰间的秀发，衣服不知是什么质料制的，上面绣着美丽的花纹，光彩夺目。

麻姑和王远互相行过礼后，王远就吩咐开宴。席上的用具全是用金和玉制成的，珍贵而又精巧；里面盛放的菜肴，大多是奇花异果，香气扑鼻。所有这些，也是蔡经家的人从未见过的。席间，麻姑对王远说："自从得了道接受天命以来，我已经亲眼见到东海三次变成桑田。刚才到蓬莱，又看到海水比前一时期又浅了一半，难道东海又要变成陆地了吗？"

两位仙人在宴席间感慨地谈论着沧海桑田的变化。

王远叹息道："是啊，圣人们都说，大海的水在下降。不久，那里又将扬起尘土了。"

麻姑一一见过蔡家的女眷，忽然间叫住了蔡经的弟媳，麻姑叫她拿些米来，然后把米洒在桌上，结果这些米竟变成了一粒粒丹砂，麻姑把这些丹砂送给了蔡家的人。王远看到这情形，也把他从天庭带来的一升美酒，拌了一斗水后，邀请蔡家同饮。宴饮完毕，王远、麻姑各自召来车驾，升天而去。

豺狼当道

【词义】豺狼：凶猛的野兽。当道：横在路中间。这则成语的意思是豺狼横在路中间。
【用法】比喻坏人掌权。

张纲，东汉人，为人刚正不阿，是个忠义之臣，以自己的德行服众，深受人民爱戴。

公元142年，汉顺帝派周举、张纲等八名大臣，到各地去考察官吏情况。在这八个人当中，张纲年纪最轻，官职也最小，但他为人正直，敢于说话。张纲对朝廷内部的政治腐败昏暗非常不满。他认为，要整顿好官吏，首先要惩办朝廷中贪赃枉法的大官，如果能这样做，那么地方上的小官吏就不敢为非作歹了，否则，根本不能解决问题。所以，张纲对这次考察并不感兴趣，没有马上出发，经上司再三催促，才勉强离京。

张纲的车辆还未驶出京城洛阳的范围，在都亭他就下令停车，命手下人把乘坐的车子拆毁，把车轮埋在地下，不再往前走。下人不解地问他为什么要这么做，他愤慨地说："豺狼横在路的中间，何必再去查问那些狐狸？"

错银铜牛灯（东汉）

张纲的意思很清楚，那些横行不法的大官在朝廷中掌握大权，又何必去查问那些违法乱纪的小官呢？言下之意还是，首先要惩办不法的大官。

张纲回到京城后，向汉顺帝上奏大将军梁冀"肆无忌惮、贪污受贿、谄媚阿谀、陷害忠良"等十五项大罪，请求皇帝严加惩办。张纲的书奏，令京师震悚，百官惴惴。因为梁冀不仅是总揽朝廷大权的大将军，还因为他的一个妹妹

汉朝武士装束

是当朝太后，另一个妹妹还是顺帝皇后，仗着是皇帝国戚，而且内宠正盛，梁氏一家又姻亲满朝，盘根错节，不可一世。由于汉顺帝很宠爱梁冀的妹妹梁皇后，而梁冀又是皇亲，加上梁冀亲党互相庇护隐瞒，所以汉顺帝虽然知道张纲的忠直，他的请求也正直有理，却没有照着办理。

因为此事梁冀恨张纲入骨，但因顺帝明察，一时又下不了手杀他。当时广陵一带盗贼猖獗，梁冀就趁机举荐张纲为广陵太守，想派他去那个是非之地，借当地的乱兵和贼人的刀杀掉他。但是不想张纲居然不废一兵一卒，用诚意说服了大盗弃暗投明，扬州、徐州一派平和。不久，张纲在广陵病故，死时不过中年。

张纲本来要去地方考察官吏，但他觉得朝廷中腐败的大官得不到惩治，地方是治理不好的。于是他就将车子拆毁，车轮埋在地上返回京城了。

车水马龙

【词义】这则成语的意思是车像流水，马如游龙。
【用法】形容车马来来往往的热闹景象。

东汉名将马援的小女儿马氏，由于父母早亡，年纪很小的时候就操持家中的事情，把家务料理得井然有序。十三岁那年，马氏被选进宫内。她先是侍候汉光武帝的皇后，很受宠爱。光武帝去世后，太子刘庄即位，就是汉明帝，马氏被封为贵人。由于皇太后对她非常宠爱，后来她被立为明帝的皇后。

马氏虽然贵为皇后，但生活依然俭朴。而且她知书达理，时常认真地阅读《春秋》、《楚辞》等著作。有一次，明帝故意把大臣的奏章给她看，并问她应该如何处理。她看后提出了中肯的意见。但她并不因此而干预朝政，此后也不主动去谈论朝廷的事。明帝死后，太子刘炬即位，这就是汉章帝。马皇后被尊为皇太后。不久，章帝打算封皇太后的弟兄为侯。马太后遵照光武帝有关后妃家族不得封侯的规定，极力反对这样做，这件事就这样搁置下来，没有办。

第二年夏天，国家发生了大旱灾。一些大臣上奏说，今年所以大旱，是因为去年不赐封外戚的缘故，再次要求分封马氏家族的人。马太后还是不同意，并且为此专门颁下诏书，诏书上说："凡是提出要封外戚为侯的人，就是想献媚于我，目的是想从中取得好处。天下大旱跟封爵有什么关系？要记住前朝的教训，娇宠外戚会招来倾覆的大祸。先帝不让外戚担任重要的职务，防备的就是这个。怎能再让马氏走老路呢？马家的舅父，个个都很富贵。我身为太后，还是食不求甘，穿着简朴，左右宫妃也尽量俭朴。我这样做的目的，是为下边做个样子，让外戚见了好反省自己。可是，他们不反躬自责，反而笑话我太俭省。前几天，我路过娘家住地濯龙园的门前，见从外面到舅舅家拜候、请安的，车子像流水那样不停地驶去，马匹往来不绝，好像一条游龙，招摇得很。他们家的佣人，也个个穿着光鲜。再看看我的车上，比他们差远了。我当时竭力控制自己，没有责备他们。他们只知道自己享乐，根本不为国家忧愁，我怎么能同意给他们加官晋爵呢？"所以马家的亲戚最终也没能得到赐封。

汉代驭马陶俑

东汉时期的鼓乐陶俑

马皇后一生节约简朴，为天下人做了一个很好的榜样，而且她还不因自己身份尊贵而娇宠自己的亲属。

城门失火，殃及池鱼

【词义】失火：发生火灾。殃：灾祸。池：护城河。这则成语的意思是指城门着了火，护城河里的水被用于救火，鱼因缺水而受连累死去。
【用法】后用来比喻无故被牵连而遭受灾祸或损失。

城门与城池

南北朝时，北朝东魏有一员大将，叫侯景，坐镇河南，拥有十万军队。公元547年正月，东魏丞相高欢死后，侯景因与丞相高欢之子高澄不和，觉得高澄会对自己不利，于是先占领了黄河以南地区，背叛东魏，归附西魏。

梁武帝萧衍

但侯景背信弃义，写信给梁武帝萧衍要归附梁朝。后来，东魏司空韩轨等围攻侯景于颍川(今河南长葛西)，侯景看梁军不能及时解救自己，于是又以割东荆(今河南泌阳)、北兖州(今江苏淮阴西南)等四城为条件，请求西魏出兵援救。西魏一面加封侯景为大将军兼尚书令，同时派李弼等率兵一万赴颍川，接应侯景，以抗东魏。韩轨探知西魏军至，便撤兵还邺(今河北临漳西南)。李弼引兵返回长安(今西安西北)。西魏荆州刺史王思政入据颍川，侯景以略地为名，引兵驻扎悬瓠(今河南汝南)。西魏丞相宇文泰担心侯景有诈，召他入朝，欲解除其武装。侯景不从，王思政又分遣诸军占据侯景所辖七州、十二镇。高澄派韩轨讨伐侯景，侯景担心与西魏的联系被切断，就投降南方的梁朝。梁朝许多大臣认为侯景反复无常，不能接受他的投降，以免损害和东魏的友好关系。但是梁武帝却相信这是统一国家的预兆，接受了侯景投降，封他为河南王。

之后，梁武帝派萧渊明领兵讨伐东魏。但东魏将领慕容绍宗用诱敌之计，引诱萧渊明深入追击，然后以伏兵夹击，活捉萧渊明，梁军伤亡逃走的有几万人。

大胜之后，军司杜弼写了一篇给梁朝的檄文。文中说："东魏皇帝和大丞相有心平息战争，所以多年和南朝通和。现在侯景生了背逆之心，先投靠西魏，后来又说尽好话投靠梁朝，企图容身。而梁朝君臣竟然幸灾乐祸，忘了道义，联结奸人，断绝了与邻邦的友好关系。侯景这样的卑鄙小人，一有机会还会兴风作浪。怕只怕楚国的猴子逃亡，灾祸延及林中树木；宋国城门失火，连累池中鱼儿遭殃。你们今天收留了侯景，将来会无辜地使长江淮河流域、荆州扬州一带的官员百姓遭受战争之苦。"

正如杜弼文中所说的一样，第二年八月，侯景发动叛乱，造成梁朝多年政局动荡，使人民遭受战乱的苦难。

侯景反复无常，看见哪边势力强大就依附哪边，致使战祸不断，殃及人民受苦。

惩前毖后

【词义】惩：警戒。毖：谨慎，小心。这则成语的意思是指将以前的错误作为教训，以后谨慎小心，避免重犯。
【用法】形容做事谨慎，不重复以前犯过的错误。

这一年，武王姬发联合各路诸侯一同讨伐商纣王，并于牧野大败商军。商纣王见大势已去，于鹿台自焚身亡，商朝灭亡，周朝建立。

周朝建立不久，武王病故，其子姬诵嗣位，史称周成王。当时周成王年幼，不知如何处理朝政，便由武王之弟姬旦（即周公）辅佐，全权处理朝政。

金兽形饰

但是这武王家族也有许多不安分的人，特别是武王的两个弟弟管叔和蔡叔，他们都有很大的政治野心。他们认为姬诵年龄尚幼，朝政由周公辅佐，这正是实现自己野心的好机会。于是他们散布流言蜚语，说周公要废掉成王篡夺天下，企图借机制造混乱。

周公听了这些流言，心中非常不安。虽然他问心无愧，但觉得自己所处的地位容易被人们猜疑，便对年少的周成王说：

洛阳周公庙

"大王，最近几年来我身体很不好，准备到洛阳休养一个时期。朝中的大政要事您就与众位大臣们多商议一些吧！"

成王不知道周公仅仅是为了避嫌才离开，真的以为他有病了，也就十分勉强地同意了。

周公征得了成王的同意，立即动身去洛阳休养。周公离开没有多久，周成王就十分思念他，因为遇到有难以解决的问题时，身边总是无人商量。成王便派人到洛阳去看望周公。

周成王的使者来到洛阳，向周公言明周成王对他的思念，使者看到周公身体很好，便告辞周公回去向周成王复命。使者对周成王说：

"周公的身体很好，我看他没有什么病。据我了解，他是为了避免嫌疑才一时离开大王的。"

周成王了解了真相后，马上亲自赶到洛阳，迎接周公还朝，处理国事。

管叔和蔡叔看到周公又复出，知道自己的阴谋难以得逞，索性勾结商纣王的儿子武庚公开进行叛乱。

周公听说管叔和蔡叔勾结武庚谋反，深感意外，便要求亲自统率大军平息叛乱。

管叔和蔡叔平时就不得人心，而武庚的部下原本就不愿意再动干戈，叛乱不久便被平息了。

几年以后，成王长大成人，能够独立处理朝政了。周公便将大政归还给他。周成王感激周公的勤恳无私，便在祭祀祖先的典礼上，念了一首《小毖》诗，其中有一句说："要惩戒过去的错误，防止后患。"

周公尽心辅佐成王，不贪图权贵，最终将权力还给成王，而成王也表示要惩前毖后治理好国家。

乘人之危

【词义】乘：趁着。危：危险，灾难。这则成语的意思是趁着别人有危难时去侵害或要挟。
【用法】形容在人危难之时加以伤害。

盖勋，字元固，敦煌郡广至县（今甘肃安西）人，东汉末期著名的清官。

《宴饮百戏图》
汉代庄园主宴请宾客的场面，同时还有各种表演助兴。

盖勋出身于世代仕宦家庭，个人具有善事父母，注重自身廉洁的品德修养，因而长大后被郡国官吏举为孝廉。他以孝廉的身份步入仕途后，初任汉阳郡（今甘肃甘谷县）长史。盖勋所在的郡属凉州刺史梁鹄管辖，而且两人又是朋友。

当时，受凉州刺史管辖的武威太守横行霸道，倚仗权势，恣意贪横，干尽了坏事，老百姓对他恨之入骨，又敢怨不敢言。梁鹄的属官苏正和不畏强权，依法查办了武威太守的罪行。梁鹄生怕追查武威太守的罪行牵涉到高层权贵，连累自己，因而焦虑不安。他甚至想杀了苏正和灭口，但又吃不准这样做是否妥当，于是就想去找好友盖勋商量究竟该怎么办。因为盖勋与苏正和是死对头。原因是：有一次，两人在街头上相遇，结果互不相让。苏正和认为他在执行公务，盖勋应该让他先过。但盖勋认为，他的职务高于苏正和，苏正和理应相让。此后两人一直争执不下。盖勋的部下听说了苏正和得罪了权贵的事，劝盖勋借此机会杀了苏正和，来个公报私仇。盖勋听了，断然拒绝。他说："为个人的私事杀害良臣，是不忠的表现；趁别人危难的时候去害人家，是不仁的行为。我是不会这么做的。"

东汉灭火陶井

一天，梁鹄来找盖勋，见面后，梁鹄说道："我就直说了吧。武威太守贪污的事如果查出来，我作为刺史，是朝廷派来的监察官员，当引咎辞职。所以我打算请您想个办法，除掉苏正和。"

盖勋劝梁鹄说："喂养鹰鸢，要使它凶猛，这样才能为您捕获猎物。如今它已经很凶猛了，您却想把它杀掉。既然如此，养它又有什么用呢？大人身为朝中重臣，辞职事小，如果事情有关大人的清名，那可就不小了。"

盖勋虽然与苏正和有仇，但盖勋为人正直，不愿乘人之危陷害苏正和。

事后，苏正和亲自到盖勋的门前道谢。盖勋不见，让人传了句话出来："吾为梁使君谋，不为苏正和也。"

重蹈覆辙

【词义】蹈：踏上。覆：翻车。辙：车碾过的痕迹。这则成语的意思是指重新走上翻车的老路。
【用法】比喻不吸取失败的教训，重犯以往的错误。

东汉中后期，外戚专权，使皇帝的地位大大降低。汉桓帝时为了打击外戚梁冀的势力，只能依靠身边的宦官。

但梁冀耳目众多，许多太监、御林军、宫女都是他的"眼线"，皇帝稍有不慎，就可能会被废杀。一次，汉桓帝刘志偷偷问一个叫唐衡的小太监，朝内外与梁冀不和的人有谁。唐衡说有中常侍单超、徐璜以及黄门令具瑗等。桓帝便秘密召单超、徐璜等人进内殿相见。桓帝说："梁氏兄弟专权，胁迫内外，朕现在想除掉他，爱卿们以为如何？"几个宦官连声称是，都说梁冀是奸臣当诛，并恳劝皇帝要下定决心，不要中途改变主意。桓帝说："奸臣当国，必诛不赦！"

公元159年，汉桓帝与宦官单超等人合力，要将长期独揽朝政的外戚大将军梁冀一伙诛灭。梁冀听闻单超等人与皇帝密议的消息，就

李膺

派中黄门张恽带禁军进入宫内把守。具瑗命人逮捕张恽，斥责他"擅自入殿，欲图不轨"。见事已发，桓帝亲临前殿，召诸尚书入见，分遣兵士守卫皇宫，派具瑗率内庭禁卫军一千多人与司隶校尉张彪一起包围了梁冀府第，收缴其大将军印绶。由于事出仓促，不可一世的大将军梁冀在忽然之间感觉末日来临，他深知自己罪恶滔天，就与老婆孙寿双双饮毒自杀。但是，这些宦官和外戚一样，很快发展成新的政治集团，而且权力越来越大。他们广树党羽，把持朝政，残酷地搜刮人民。这样，东汉末期由外戚专权转变成了宦官专权，最终激起了人民的强烈反抗，也引起世家豪族以及一些文人的不满。

绿釉陶尊

在这种形势下，司隶校尉李膺与太学生首领郭泰等结交，反对宦官专权。公元166年，有人诬告李膺等人结党诽谤朝廷，将他们逮捕下狱，称他们为"党人"，受到株连的有数百人。

桓帝皇后的父亲窦武，对宦官专权非常不满。他给桓帝上了一道奏章，痛斥宦官祸国殃民，为李膺等人伸冤。窦武在奏章中写道："今天再不吸取过去外戚专权祸国的教训，再走翻车的老路，恐怕秦二世覆灭的灾难就会重新出现，像赵高发动的那种事变，不是早上就是晚上还会出现。"桓帝幡然省悟，释放了李膺等人，但仍将他们终身禁锢，不许做官。

大将军梁冀因自己罪恶滔天，知道一定会被严惩，所以服毒自杀了。

春风得意

【词义】 这则成语的意思是指在春风轻拂中洋洋自得。
【用法】 用来比喻一个人在达到自己想像的某种目的后表现出的得意的样子。

孟郊，唐代著名诗人，字东野，浙江湖州人。他性格孤僻，很少同别人交往，年轻时曾隐居在嵩山。大诗人韩愈在河南做官时结识了孟郊，对他非常赏识。一有时间，韩愈便约孟郊饮酒叙谈，他们之间从不计较什么你是官我是民的差别。每次叙谈，韩愈总觉得像孟郊这样人品出众、诗文高妙的人隐居在深山中实在可惜，多次劝他出山应试，求取功名，为国家和百姓出力。但每当提起这些的时候，孟郊便对韩愈说："我的性格不适合做官，一旦做了官只怕处理不好与上司的关系，此外我也不善于处理那些政务。"

古代科举考试

韩愈劝他说："我的性格也很耿直，不也能做官？至于做什么官，以你的文才满可以当翰林学士。还是做官为好，大丈夫哪能老死深山，而不为国家效力呢？"

孟郊经不住韩愈的再三劝说，便打点行装，赶到京城长安参加进士考试。也许是久居深山的原因，也许是因为运气不佳，孟郊接连考了两次都没能考取功名。转眼间十年就过去了。在这十年间，孟郊功名没有求成，就一直住在京城长安。为了求功名，他只能专心读书，没有时间去谋生，所以只有靠朋友们的接济过活，生活的困顿、艰辛就可想而知了。

孟郊

一次，孟郊参加进士考试，陆贽为主考官，古文家梁肃为辅佐。韩愈、李观等都在考场。孟郊与韩愈的交情自不必说，与李观也十分要好。李观曾向梁肃推荐孟郊，称赞孟郊的诗是："五言高处，在古无二，其有平处，不顾二谢。"并说："孟郊不但诗写的好，人品也端正。"但就是这样，孟郊仍然未能考取。直到五十岁时，孟郊才终于考取了进士。他欣喜无比，挥笔写下了一首七言绝句："昔时龌龊不足夸，今朝放荡思无涯。春风得意马蹄疾，一日看尽长安花。"

孟郊的情感溢于言表：过去的困苦生活再不值得提起了，只有今天才觉得感情如潮水一般奔流无际。迎着快乐的春风，跨上飞奔的骏马，一天就将长安城的美景，全都收入眼中了。

经过十几年的辛苦努力，孟郊终于考取功名，达成了心愿，一时间春风得意，欢喜非常。

大材小用

【词义】这则成语的意思是大的材料用在微小的地方。
【用法】比喻用人不当，浪费人才。

辛弃疾，字幼安，号稼轩，历城（今山东济南）人，南宋著名爱国词人。父亲在他童年时就去世了，是祖父把他抚养成人。辛弃疾曾拜当时著名的田园诗人刘瞻为师，和党怀英两人同是刘瞻最得意的学生。

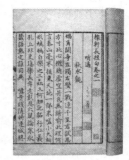

《稼轩长短句》书影

有一次，刘瞻问他们两人道："孔子曾经要学生谈各人的志向，我也问问你们将来准备干什么。"

党怀英回答说："读书是为了取得功名，光宗耀祖。我一定要到朝廷里去做大官，如果做不了官，就回家隐居，学老师的样子以写田园诗为乐。"刘瞻听了很高兴，连连称好，认为他的志向很高洁。

辛弃疾却回答说："我不想做官，我要用词写尽天下的赋，用剑杀尽天下的贼！"刘瞻听了大吃一惊，要辛弃疾今后不要再说这样荒唐的话。

此后，辛、党两人的生活道路截然不同：辛弃疾英勇地投身到抗金的民族战场上去，以爱国词人著称于世；而党怀英则混迹于金人统治集团，为金人做了一些帮闲乃至帮凶的事情。金人南侵后，辛弃疾组织了两千多人的队伍在故乡起义。后来，又率领队伍投奔济南府农民耿京组织的起义军。不久，起义军接受朝廷任命，与朝廷的军队配合作战，打击南侵的金军。

1203年春，辛弃疾才被任命为绍兴府知府兼浙江东路安抚使。绍兴西郊有一处地方叫三山，当时著名诗人陆游就在那里闲居。陆游的爱国诗句早已为辛弃疾所敬仰。因此辛弃疾到任不久，就去拜访了这位诗人。两人一起谈论国家大事，十分投机。

辛弃疾

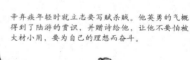

辛弃疾年轻时就立志要写赋杀贼。他英勇的气概得到了陆游的赏识，并赠诗给他，让他不要怕被大材小用，要为自己的理想而奋斗。

次年春天，宋宁宗降下圣旨，要辛弃疾到京城临安去，征询他对北伐金国的意见。辛弃疾把这件事告诉陆游，陆游觉得这是辛弃疾施展自己才能的好机会，为他感到高兴。为了鼓励辛弃疾，陆游特地写了首长诗赠给他，诗中写辛弃疾是与古代大政治家、军事家管仲、萧何一流的人物，现在当浙江东路安抚使，实在是把大的材料用在小处；鼓励他为恢复中原而努力，千万不要因为受到排挤不得志而介意。

六十七岁那年，这位始终是被大材小用的爱国英雄，终于在忧愤中去世。

大义灭亲

【词义】义：正义。灭亲：不徇私情。这则成语的意思是为了维护正义，对犯罪的亲属不徇私情，绳之以法。
【用法】形容正直无私，为了维护国家和人民的利益，对犯罪亲人不徇私情，使其受到应有惩罚的人。

春秋时期，卫庄公在位时，十分溺爱小儿子州吁，养成了他骄横无理的毛病。大夫石碏（què）奉劝庄公说："我听说疼爱孩子应当正确地教导他，不让他走上邪路。骄横、奢侈、淫乱、放纵是导致邪恶的原因。这四种恶习就是因为孩子太过被长辈溺爱而产生的。如果您想立州吁为太子，就趁早确定下来；如果定不下来，那以后就可能酿成祸乱。如果孩子受宠而不骄横，或者骄横而能安心在低下的地位，或者地位在下而不心怀怨恨，或者心怀怨恨而能自己克制，这样的人是世间难找的。况且低贱妨害高贵，年轻欺凌年长，疏远离间亲近，新人离间旧人，弱小压迫强大，淫乱破坏道义，这是六件背离道理的事。国君仁义，臣下恭行，为父慈爱，为子孝顺，为兄爱护，为弟恭敬，这是六件顺理的事。背离顺理的事而效法违理的事，这就是导致灾祸的缘由。作为君主，应当尽力除掉祸害，而现在君主您却在加速祸害的到来，这大概行不通吧？"但庄公并没把石碏的话放在心上，后来还任命州吁为将军。石碏的儿子石厚与州吁关系甚好，两人狼狈为奸，经常驾车乱闯，搅得卫都鸡犬不宁。

铜剑

庄公死后，桓公即位。公元前719年，石厚跟随州吁刺杀了桓公，篡夺了王位。州吁自立为国君，封石厚为上大夫。两人非常得意，但卫国人对这个国君却并不认可。

州吁见无法安定卫国的民心，于是通过石厚向石碏请教安定君位的方法。石碏说："如能朝见周天子，州吁的君位就能稳定了。"石厚问："怎样才能朝见周天子呢？"石碏答道："陈桓公现在正受周天子宠信，陈国和卫国的关系又和睦，如果去朝见陈桓公，求他向周天子请命，就一定能办到。"石厚马上就跟州吁去到陈国。石碏先一步派人告诉陈国说："卫国地方狭小，我年纪老迈，没有什么作为了。去贵国的两个人正是杀害我们国君的凶手，敢请贵国趁机设法处置他们。"陈国人等州吁和石厚一到陈国便将他们抓住，并到卫国请人来处置。卫国派遣右宰丑前去，在濮地杀了州吁。石碏又派自己的家臣獳羊肩前去陈国杀石厚。石厚说："我是罪该万死，请将我用囚车载回卫国，见父亲一面，然后再处死我。"獳羊肩说："我奉你父亲的使命，来诛逆子。你想见父亲，就让我把你的头带回去见吧。"于是将石厚诛杀。

石碏为国为民，不徇私情，美名千古流传。

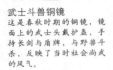

武士斗兽铜镜
这是春秋时期的铜镜，镜面上的武士头戴护盔，手持长剑与盾牌，与野兽斗杀，反映了当时社会尚武的风气。

石厚本想在临死前见父亲最后一面，但石碏命家臣将逆子就地处决，不愿相见。

箪食壶浆

【词义】箪：盛饭的竹器。壶：盛水器。浆：米汤。这则成语的意思是用竹器盛满饭食，壶里装满米汤。
【用法】形容百姓犒劳军队。

战国时期，七国纷争，各国之间经常发生战争。公元前313年，燕王哙听信了坏人的主意，竟学起传说中尧舜禅位的办法，把王位让给了相国子之。这种做法引起了将军子被、太子平等人的不满，他们想杀掉子之。但子之已早有准备，率军反攻，杀了子被和太子平。这次混战使燕国大乱，给百姓带来了深重的灾难。齐国军队趁着燕国内乱的有利的时机，借平定燕国内乱的名义，取得了燕国百姓的支持，只用了短短五十天的时间，就一举击败了燕国军队，攻占了燕国的大部分领土。

孟子

孟子名轲。《孟子》一书记载了他的言论和思想。

齐宣王对这次胜利很得意，想趁这个机会完全占领燕国，于是，他对来齐国游历的孟子说："有人劝我占领燕国，而有人不同意我占领燕国。我想，燕国并不比我们弱小，我们在这么快的时间内就取得了胜利，光靠人的力量是不行的，这恐怕也是天意吧！看来，是天意要我们吞并燕国。如果我们不这样做，上天恐怕要降下灾祸惩罚我们。我想，我们还是彻底占领燕国吧。你认为怎么样？"

《六家文选》书影
内有儒学经典。

孟子听了齐宣王的话，回答说："您占领不占领燕国，要看燕国老百姓是否欢迎您。如果他们欢迎您，那么就可以占领。古人也有这样做的，周武王灭商时就是这样。如果燕国的百姓不欢迎您，那就不能占领。古人也有这样做的，周文王不灭商就是这个道理。现在，燕国老百姓用箪盛着吃的，用壶装着喝的，来欢迎齐国的军队，这并没有什么特别的原因，无非是想结束原先那种水深火热的艰难日子。如果您占领了燕国，使水更深，火更热，使社会更加动乱，那老百姓就会逃避这更为痛苦的生活，离您远远的，对您心怀怨恨，那么即使你占领了燕国，也是不会长久的，因为人们根本不会服从您的统治。"

齐宣王却没有听取孟子的建议，执意要占领燕国。但是，齐国攻占燕国破坏了各诸侯国间的均势，引起了各国的不安，都对齐国敌视起来。而齐军在燕国过于残暴的统治，终于导致了燕人不断的反抗，齐军只好撤退。

孟子对齐宣王说如果当地的百姓欢迎他的军队，那就可以占领燕国，如果百姓不欢迎他们，就很难真正地统治那个地方。

当局者迷

【词义】 当局者：原指正在下棋的人，后指当事人。这则成语原意是指下棋的人往往容易迷惑不清，看不出事态发展的方向。
【用法】 现在用来比喻当事人往往因陷入主观片面而糊涂不明。

元澹，字行冲，是后魏常山王素莲的后人。

元澹很小的时候父母就双双去世了，外祖父司农卿韦机将他抚养成人。元澹博学多才，精通文史，参加科考中了进士，后来做官升至通事舍人。

张说，字道济，一字说之，唐代文学家。原籍范阳(今河北涿县)，世居河东(今山西永济)，后来全家迁至洛阳。武则天在位时选拔贤良方正之士，张说在对策中名列第一，被授予太子校书郎，累官至凤阁舍人，后因抗旨发配钦州，唐中宗即位后召还，至唐睿宗时任同中书门下平章事。唐玄宗

《重屏会棋图》局部

开元初，他因为不肯依附太平公主而辞官不问政事。后来太平公主倒台，复拜中书令，封燕国公。初为相州、岳州等地刺史，又召还为兵部尚书、同中书门下三品，迁中书令，授右丞相，至尚书左丞相。张说前后三次为相，掌文学之任凡三十年，为开元前期一代文宗，品评文苑，奖掖后进，深孚众望。

唐玄宗时期，有一年，大臣魏光上书玄宗，请求把唐初名相魏徵整理修订过的《类礼》(即《礼记》)作为儒学的经典著作。玄宗当即表示同意，并命元澹等仔细校阅一下，再加上注解。

围棋子

不料，右丞相张说对此提出了不同的看法。他说，现在的《礼记》，是西汉时戴圣编纂的本子，使用到现在已近千年，再说东汉的郑玄也已加了注解，已经成为经书，没有必要改用魏徵整理修订的本子。

白釉围棋盘

玄宗觉得他说得也有道理，便改变了主意。但是元澹认为，本子应该改换一下，才能更适合现在使用。为此，他写了一篇题为《释疑》的文章表明自己的观点。

《释疑》是采用主客对话的形式写成的。先是客人问："《礼记》这部经典著作是戴圣编纂的，那么郑玄加注的本子与魏徵修订的本子相比，究竟哪个好呢？"

主人回答说："戴圣编纂的本子从西汉起到现在经过了许多人的修订、注解，互相矛盾之处很多，而魏徵正是考虑到这些因素才重新整理《礼记》的，但是谁会想到那些墨守成规的人会反对！"

客人听后点点头，说："是啊，就像下棋一样，下的人反倒糊涂，旁观者却看得很清楚。"

对于是否修改《礼记》，元澹与张说都提出了各自不同的意见，而元澹更指出张说是当局者迷，太过于墨守成规了。

道听途说

【词义】道：道路。这则成语的意思是指在路上听来的话，就在路上传播。
【用法】现在用来形容没有根据的传闻。

从前，艾子和毛空是邻居。艾子是个学识渊博的学者，门下有不少学生。毛空则是个游手好闲、不学无术的人。毛空不佩服艾子的学问，尤其看不起艾子给门徒讲学。他弄不懂艾子讲的知识有什么用，既不能拿到集市上去换米，又当不了官。在毛空看来，艾子只是个大书呆子，而他那些门徒们则是一群小书呆子。毛空认为，他比艾子多知道很多事情，见解也比艾子高明，所以总想找机会，告诉一些艾子所不知道的事情，证明他也是个学识很渊博的人。

《瞎子说唱图》

古代风帽
男立俑

一天，毛空在路上听到有人闲聊，他觉得内容十分新鲜。他想，刚才听到的内容，艾子一定不知道，便急急忙忙地到艾子面前炫耀说："你听说过吗，有一只鸭子一次下了二百个蛋。"艾子说："我不知道，你说的鸭子有多大？"

毛空说："鸭子大小和下蛋多少有什么关系？马的个头不小，可一个蛋也下不出来。"

艾子说："二百个鸭蛋放在一起会比普通的鸭子大得多。我不明白，这些蛋在没下出来之前会放在哪儿呢？"

毛空说："这还用问吗，当然是在鸭子的肚子里。"

艾子说："鸭子的肚子里能装得下二百个蛋吗？"

毛空说："那么是两只鸭子下的，这你相信了吧。"

艾子说："两只鸭子也不放不下那么多蛋啊。"

毛空说："想了想三只鸭子该能下二百个蛋吧。"

艾子还是摇头。毛空一直说到十只鸭子，艾子仍然不信。

毛空想了想说："还有件新鲜事。你一定没见过，天上掉下一块三十丈长、二十丈宽的肉。"

艾子问："你说什么动物的肉会有这么大呢？"

毛空说："那就是二十九丈长，十丈宽吧。"

艾子说："这么大一块肉比十头牛还大，这究竟是什么肉呢？"

毛空说："你太少见多怪了，我说的是真事。"

艾子问："你告诉我，鸭子是谁家的，肉掉在什么地方？"

毛空说："我是半路上听人说的，没回家就先来告诉你了。"

后来，艾子告诫学生，不要像毛空那样道听途说。

毛空将路上听来的没有根据的事讲给艾子听，来显示自己知道的比艾子多。

得陇望蜀

【词义】陇：今甘肃省东部。蜀：今四川省中西部。这个成语的意思是指既取得了陇地，又想得到蜀地。
【用法】比喻得寸进尺，贪心不足。

岑彭，字君然，东汉初期大将。西汉末年，王莽篡位时，他在家乡棘阳（今河南新野县）当县官。刘玄和他的族弟刘秀联合各路农民起义部队，在昆阳（今河南叶县）一带，将王莽军彻底打垮，恢复了汉朝的统治，刘玄称帝，为汉更始帝。汉军进攻棘阳的时候，岑彭率众投降了刘玄，后来又转到了刘秀的部下。刘秀在平定了河南，有了自己的势力基础以后，接着就占领了河北，并出击山东，镇压农民起义。在这一时期，岑彭为刘秀出了很大的力，立下了许多战功，颇得刘秀的赏识。

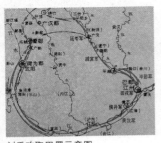

刘秀攻取巴蜀示意图

螭纹玉剑具

刘秀称帝时，岑彭官居廷尉，受封归德侯，行大将军事，随后奉命与大司马吴汉、大司空王梁、偏将军冯异等猛将进攻洛阳。洛阳守将是更始帝的大司马朱鲔（wěi）。朱鲔很有军事才能，坚守城门，大军猛攻数月仍没攻下。

刘秀知道岑彭当过朱鲔的校尉，命他到朱鲔营内劝降。岑彭到了城下，对朱鲔说："贵军现已山穷水尽，不如快点投降刘秀。"朱鲔说："我参与过杀害刘秀哥哥的事情，投降后刘秀一定会为兄报仇的。"岑彭转达刘秀的承诺：不但不杀，还要加以重用。朱鲔于是命人从城头放下绳索，对岑彭说："若真的有诚意，你就上城来谈。"

岑彭毫不犹豫地攀上城头，朱鲔这才相信他的话。朱鲔将自己绑起来，出城投降刘秀。刘秀亲自为他解开绳索，封他为平狄将军。刘秀率军攻下洛阳后，对众将论功行赏，岑彭居首。

公元32年，刘秀率岑彭、吴汉进攻西凉的隗嚣。公孙述派大将李育援救隗嚣。李育占领了上邽威胁汉军。刘秀命盖延、耿弇（yǎn）围困上邽，然后东归洛阳，将军事指挥权交给岑彭。不久，刘秀又写信给岑彭，指示说："攻占两城之后，便应马上引兵收取四川。因为人心都是很难满足的，我们既然已经平定了甘肃，又要攻取四川，大概人就是这么不知足吧。"

但这次战役岑彭因军粮不足而失败，好在退兵及时，人马损失不大。后来岑彭率军西征公孙述，在即将胜利时，不幸被刺客暗杀。一代名将死于非命，让刘秀叹息不已。

在攻取四川时，岑彭的军队遭到了惨败。

得心应手

【词义】得心：指摸索到规律。应：配合。这则成语的意思是指心里摸索到规律，做起事来自然顺手。
【用法】形容做事娴熟自如。

春秋时，齐桓公任命管仲为宰相，总理齐国大政。管仲求新改革，兢兢业业地为朝廷办事，齐国很快强盛了起来，齐桓公也成为诸侯国中的霸主。看到齐国的强盛，齐桓公对管仲更加倚重。而管仲则希望齐桓公能够多读一些书。齐桓公听从了管仲的建议，抓紧一切时间读书。

一天，齐桓公正在堂上津津有味地读书，堂下在干活的老工匠看到了，便放下手中的工

老工匠的一番话让齐桓公听后觉得更不得要领。

作，走到堂上来问齐桓公："请问大王，您看的书里说些什么，能使您如此入迷？"

齐桓公说："书中都是圣人说的话！"

老工匠问："那圣人还在世上活着吗？"

齐桓公说："不，他们有的早就死了！"

老工匠有些不解地问："照此说来，那书上说的不全是废话吗？"

齐桓公听了非常生气，瞪起眼睛，怒视着他说："你的胆子也太大了！你解释一下你刚才所说的话道理何在。说得通，我饶恕你的无理；说不通，我就治你死罪，看谁还敢再乱发谬论！"

老工匠见齐桓公发怒，却并不紧张，不慌不忙地说："国君，我是制作车轮的，就拿加工车轮的事来说吧。车轮的轴孔做大了，容易松动；但如果做紧了就会发涩，难以装配。所以必须松紧合适，恰到好处，这样才能既坚实，又容易装配。我干活时，心想到哪里，手就跟到哪里（得之于手而应于心），但其中的道理我却不清楚，更没有办法将这其中的道理讲给我的儿子。而我的儿子也不能仅仅听我对他说一说，便将这门手艺掌握到自己的手中。您看，我现在都已经七十多岁了，但还得亲自动手制作车轮，因为我不自己动手不行啊！我一停下来，就不会有人制作车轮了。古人都没能将他们的理论或技术写明白，传给后世，就死了。所以我说大王您读的书都是古人说的废话。"

春秋时期双齿方筒形建筑构件

齐桓公听了老工匠的这番话，真是哭笑不得，对他说："要说制作车轮，你是一个十分出色的工匠，但你做不到的事情不等于别人都做不到。你说古人都没有把他们的理论和技术讲明白，那也是不对的，只是你没看明白而已。不过，我看你已经七十多岁了，就宽恕了你，赶快下去干活吧！"

《听琴图》局部

颠倒黑白

【词义】这则成语的意思把黑的说成白的，把白的说成黑的。
【用法】形容故意违背事实，混淆是非。

屈原是战国时一位伟大的诗人。他出身于楚国的贵族之家，年轻时聪明好学，见闻广博，擅长辞令，无论在政治、外交或文学等方面，都有着突出的才能和造诣，因此深得楚怀王的信赖。他曾被任命为左徒，负责起草法令和接待诸侯宾客等工作。

屈原画像

屈原当时所处的地位和取得的成就，使他在楚国的声望日益提高。但是，由于他对内主张改革弊政，对外采取联齐抗秦的策略，触犯了一些贵族势力的利益，引起了他们的忌恨。因此，他们的代表人物上官大夫靳尚和楚怀王的小儿子子兰便互相勾结，不断向楚怀王进谗言，恶意中伤和诬陷屈原。久而久之，怀王就对屈原渐渐疏远起来。公元前313年，秦惠文王派张仪出使到楚国，对怀王说，只要楚国同齐国绝交，秦国便将商於一带六百里土地割让给楚国。屈原认为这是一场骗局，极力劝谏怀王不要上当，但昏庸的怀王不但不听，还把忠心为国的屈原放逐到汉水以北。

屈原

等到楚、齐两国绝交以后，秦国立即变卦赖帐，说割让的土地不是六百里而是六里。怀王怨恨秦国食言，重新召回屈原，并出兵攻打秦国，结果因实力相差悬殊而失败。后来，秦王又主动要求讲和，并约怀王到秦国相会。怀王中计前往，进入武关后便遭到扣押，被幽禁了三年，最后病死在秦国。

怀王的儿子襄王即位以后，更加糊涂昏庸，对靳尚和令尹子兰言听计从，而且更屈服于秦国的压力。后来襄王又听信谗言，把屈原流放到更遥远的湘水地区。公元前278年，秦将白起率军攻破郢都，烧毁楚国先王的陵墓，使无数百姓背井离乡，四处逃亡。屈原在湘水闻讯后，感到无限的哀痛，但他自己负屈含冤，报国无门，只能把满腔的忠诚和悲愤，抒发在回环起伏、激越奔放的诗篇中。在著名的《九章·怀沙》里，他写下了这样两句诗："变白以为黑兮，倒上以为下。"借此对那些肆意颠倒黑白、葬送楚国的奸佞小人，作了愤怒的鞭挞和控诉。

一些奸臣不停地在楚王面前说屈原的坏话，颠倒黑白，终于使屈原被流放异乡。

不久，屈原写下了最后一篇绝命诗《惜往日》，便纵身跳进滚滚的汨罗江，自沉而死。

东窗事发

【词义】这则成语是指阴谋败露或罪行被人揭发。
【用法】比喻阴谋或所犯罪行败露。亦作"东窗事犯"。

岳飞是南宋时期著名的抗金将领，字鹏举，相州汤阴
(今属河南)人。少时勤奋好学，并练就一身好武艺。岳飞19
岁时从军，不久因父亲去世，退伍还乡守孝。1126年金兵
大举入侵中原，岳飞再次从军，开始了他抗击金军，保家
卫国的戎马生涯。传说岳飞临走时，其母姚氏在他背上刺

岳王庙内大殿的壁上有"尽忠报国"四个大字，是
岳飞的母亲自小对他的教诲。

了"精忠报国"四个大字，这成为岳飞终生尊奉的信条。岳飞投军后，很快因作战勇敢升秉义
郎。这时宋都开封被金军围困，岳飞随副元帅宗泽前去救援，多次打败金军，受到宗泽的赏识，
称赞他"智勇才艺，古代名将也不能比"。

岳飞与其子岳云墓

南宋建立后，岳飞担任大将军，继续抵抗金军的侵略。1139
年，宋高宗和秦桧与金议和，南宋向金称臣纳贡。这使岳飞不胜愤
懑，上表要求"解罢兵务，退处林泉"，以示抗议。次年，金军首
领兀术撕毁和约，再次大举南侵。岳飞奉命出兵反击，相继收复郑
州、洛阳等地，在郾城大破金军精锐铁骑兵"铁浮图"和"拐子
马"，乘胜进占朱仙镇，距开封仅四十五里。金军被迫退守开封。
金军士气低落，发出"撼山易，撼岳家军难"的哀叹，不敢出
战。但南宋宰相秦桧暗中勾结金国，竭力主张投降，他感到岳飞
是实现对金议和的最大障碍，想要除掉岳飞。他指使别人诬告岳飞谋反，让朝廷连下十二道金
牌，逼岳飞退兵，然后又罗织罪名，把岳飞逮捕入狱。但是，岳飞宁死不屈，不肯招认，秦桧
无法将他定罪。

一天，秦桧又在书房的东窗下考虑怎样置岳
飞于死地的问题，心里正犹豫不决，他的妻子王
氏走了过来。王氏见秦桧的样子，知道他还没有拿
定主意，于是阴险地说："相公，如果现在不想办
法把岳飞处死，将来必定后患无穷！"秦桧也是这样
想，便不顾一切地把岳飞治死。他授意谏议大夫万
俟卨等人伪造证据，将岳飞和他的儿子岳云、部将
张宪诬陷成罪，并以莫须有的罪名，把岳飞父子等
人杀死在狱中。

秦桧不久后也病死了。没过多少日子，他的儿
子秦熺也死了。王氏心神不宁，便请来一个道士作
法。据说那道士在阴间见到了秦桧，看见他头颈
上套着沉重的铁枷。秦桧还让道士给王氏带句话
说："夫人东窗下的事已经败露。"王氏听后大
惊，不久也死了。

一代名将岳飞英勇善战，立下许多战
功，却被秦桧以莫须有的罪名害死。

东床快婿

【词义】 这则成语指为人豁达，才能出众的女婿。
【用法】 现在用来作为女婿的美称。

郗鉴是晋朝人，少年时家中贫寒，有时连饭也吃不上，可他为人聪慧好学，加上他贤达的人品德性，所以以儒雅著名乡里。大家伙都想让他成才成名，就自愿献粮献钱资助他，于是郗鉴更加刻苦地习文练武，奋进不息，终于成为文武全才。到了东晋元帝司马睿即位时，郗鉴被召为龙骧将军兼兖州刺史。明帝司马绍登基后，又升他为东骑大将军，督都徐、兖、青三州军事。咸和年间，郗鉴奉旨平定叛乱，立了大功，

兰亭内御碑，纪念兰亭雅会。兰亭因王羲之的《兰亭序》而享誉盛名，进而成为中国书法史上的圣地。

又被加封为太尉。在朝廷里除了文官丞相王导，就数他这个武官太尉了。

王羲之

郗鉴有个女儿，年方二八，生得人有人才，貌有貌相，郗鉴爱如掌上明珠。郗鉴想，女儿已到了该婚配的年龄，自己就这么一个宝贝疙瘩，可得找个门当户对的人家。郗鉴觉得丞相王导与自己情谊深厚，又同朝为官，听说他家子弟甚多，个个都才貌俱佳，非常适合和自己结亲家。一天早朝后，郗鉴就把自己择婚的想法告诉了王丞相。王丞相说："那好啊，我家里子弟很多，就由您到家里任意挑选吧。凡您相中的，不管是谁，我都同意。"郗鉴就命心腹管家，带上重礼到了王丞相家。王府子弟听说郗太尉派人觅婚，都仔细打扮一番出来相见。寻来觅去，一数少了一人。王府管家便领着郗府管家来到东跨院的书房里，就见靠东墙的床上一个袒腹仰卧的青年人，对太尉觅婚一事，无动于衷。郗府管家回到府中，对郗太尉说："王府的年轻公子二十余人，听说郗府觅婚，都争先恐后，只有东床上有位公子，袒腹躺着，若无其事。"郗鉴说："我要选的就是这样的人。走，快领我去看！"郗鉴来到王府，见此人既豁达又文雅，才貌双全，当场下了聘礼，择为快婿。"东床快婿"一说就是这样来的。

这"东床快婿"王羲之后来成了大名鼎鼎的书法家，被后人称之为"书圣"。

郗鉴晚年病重时，嘱咐家人说："我一向崇敬仁者的微子，充满智慧的张良和杰出的军事家目夷，离他们的墓地不远有一风景秀丽的小山丘，地处徐(州)兖(州)之间，那里曾经是我任职时管辖的地方，我希望死后能够葬在那里。"王羲之照岳文的意思将他埋葬此处，还为其撰写了流传千古的碑文。后来，这座无名的小山丘就叫做"郗山"了。

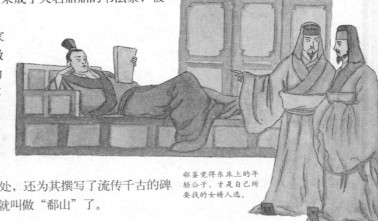

郗鉴觉得东床上的年轻公子，才是自己所要找的女婿人选。

尔虞我诈

【词义】尔：你。虞：欺诈。这则成语的意思是你欺骗我，我欺骗你。
【用法】形容互相欺骗。

春秋时期，楚国一度称霸中原，楚庄王根本不把邻近的小国放在眼里。有一次，他派大夫申舟出使齐国，指示他经过宋国的时候，不必要向它借路。申舟担心这样做会触怒宋国，说不定还会因此招来杀身之祸。但楚庄王坚持要他这样做，并向他保证，如果他被宋国杀死，就讨伐宋国，为他报仇。申舟没有办法，只好将儿子申犀托付给庄王，然后带队出发。

玉虎形佩，虽命名为"虎"形，实际上它似虎非虎，似龙非龙，形状很特殊。

果然，申舟经过宋国时因没有通知宋国借路而被抓住。宋国的君臣对楚国的这种行为非常气愤，便将使者申舟杀了。消息传到楚国，楚庄王十分生气，马上下令讨伐宋国。宋国虽然是个小国，可要消灭它也并不容易。楚庄王从公元前595年秋出兵，一直围攻到次年夏天，还是没有把宋国的都城打下来。楚国军队的士气变得很低落，楚庄王决定暂时解围回国。

楚王孙鱼戈
戈上铭文记载楚王孙鱼与吴交战的事迹。

申犀得知后，在楚庄王马前叩头说："我父亲当时明知要死，可是不敢违抗您的命令依就前往。现在，您难道忘记从前说过的话了吗？"

楚庄王听了，无言以对。这时，大夫申叔时献计道："可以在这里让士兵盖房屋、种田，装作要长期留下的样子，这样，宋国就会因害怕而投降。"楚庄王采纳了申叔时的计策。宋国人见了果然害怕。宋国大夫华元鼓励守城的军民要宁愿战死、饿死，也决不投降。

一天深夜，华元悄悄地混进楚军营地，潜入到楚军主帅子反的营帐里，并登上他的卧榻，把他叫起来说："我们君王叫我把宋国现在的困苦状况告诉您：粮草早已吃光，大家已经交换死去的孩子当饭吃。柴草也早已烧光了，大家已用拆散的尸骨当柴烧。虽然如此，但你们想以此来欺压我们，订立有辱国体的城下之盟，那么我们宁肯灭亡也不会接受。如果你们能退兵三十里，那么您怎么吩咐，我就怎么办！"

宋大夫华元潜入主帅子反的营帐里，讲明宋国的处境，为了两国的利益，希望能与楚国不互相欺骗地订立和约。

子反听了这番话很害怕，当场先和华元私下约定，然后再禀告庄王。楚庄王本来就想撤军，听后自然同意。

第二天，楚庄王下令楚军退兵三十里。于是，宋国同楚国恢复了和平。华元到楚军营中订立了盟约，并作为人质到楚国去。盟约上写有这样的一句："我不欺骗你，你也不欺骗我。"这表明双方今后互不侵犯。

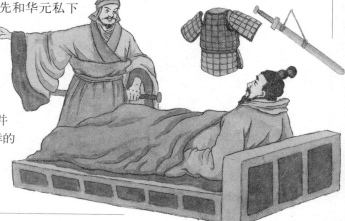

发奸擿伏

【词义】发：举发。擿：揭露。伏：隐私。这则成语的意思是把隐藏的坏人坏事揭发出来。
【用法】形容吏治精明。

汉宣帝时，有个执法不避权贵的官员，名叫赵广汉。他在任颍川太守期间，曾经秉公办案，诛杀了许多残害百姓的豪强。后来赵广汉调到都城长安任京兆尹，依然经常亲自办案，捉拿坏人。在办案中，他仔细分析案情，寻找线索，并到现场勘察。有时发现可疑情况，他便亲自出马，制止尚未发生的案件，时常当场抓住案犯。

当时，有个名叫苏回的人，在宫中当侍卫，两个坏人不知从哪得知他很有钱，便在路上将他劫走，随即向他的家属勒索赎金。

案子报到京兆尹的衙门，赵广汉从珠丝马迹中寻找线索，最后终于发现劫人者的住处。于是他立即带了官兵赶到那里。

镂雕双螭谷纹出廓玉璧
此玉璧造型属汉代典型风格，并为迄今所见最早的此类作品。

到了那些人住处，赵广汉考虑到硬冲进去抓人可能伤及苏回，便想出一个办法，叫副手前去喊话。那副手敲敲门，对里面的人说："里面的人听着，京兆尹赵某要我传话，劝你们千万不要杀被劫持的人质。他是皇帝的侍卫，杀了他你们也就完了。要是放了他，自己投降，侥幸逢到朝廷发出赦令，还可以获得宽大！"

汉代玉鹰

那两个坏人听说是赵广汉在门外，想想没有其他出路，只好把人质放了，并开门叩头求饶。赵广汉对他们还了礼，说："幸亏你们没有杀了人质，这样还可以为你们争取从轻发落。"

两个坏人被关进监狱后，赵广汉遵守自己的诺言，吩咐狱卒好生对待他们，并送酒肉给他们吃。按照当时法律，犯这种大罪的人要斩首。到了冬天，终于要行刑了。赵广汉叫人事先给他俩买好棺木，并且派人告诉他们。这两人感激涕零，表示即使死了也决不怨恨。

赵广汉责问那个亭长为何不把边界亭长的问候转达给他，属地的亭长赶紧谢罪。人们都说赵广汉能够发现隐藏未露的情况，非常厉害。

赵广汉在任职期间，经常能把藏匿的坏人坏事揭露出来。就连一般隐藏未露的情况，他也能了解得非常清楚。一次，他召属地的一个亭长来问事。那亭长路过界上，界上的亭长托他问候赵广汉。亭长到了京城，赵广汉问事完毕后问道："界上的亭长托你问候我，你为什么不代他问候？"

那亭长赶紧叩头谢罪，说确有其事。赵广汉又说："你也代我问候界上亭长，勉励他忠于职守，好好报效朝廷。"

当时的人们都说赵广汉揭发坏人坏事，发现隐藏的情况，就像神一样灵。

非驴非马

【词义】这则成语的意思是驴不像驴，马不像马。
【用法】形容事物不伦不类。

汉朝初建，还没有立稳脚跟，匈奴认为这正是掠夺财富的好时机，于是派军南侵。汉高祖刘邦亲率雄兵北上迎敌，结果惨败而归。从那时起，匈奴铁骑就威胁汉朝北疆的安全。后来，汉朝经过文帝、景帝两代的休养生息，到了汉武帝时国力强盛，国库充实，兵强马壮。武帝决心彻底解除来自北方的威胁。用兵之前，为了联合西域一带的少数民族共同抗击匈奴，汉武帝派张骞出使西域诸国。张骞所到之处，受到当地人民的热烈欢迎。许多少数民族也都饱受过匈奴的掠夺之苦，现在听说汉朝准备派大军痛击匈奴，表示坚决站在汉朝一边，共同抗击匈奴。其中，龟兹国王的态度尤其积极，因为他的国家是遭匈奴侵略的"重灾区"。他不但派遣使者回访汉朝，还几次亲自朝贺汉武帝，以示诚意。汉宫的雄伟建筑使龟兹国王大开眼界。五花八门的汉朝礼仪制度更让他眼花缭乱，羡慕不已。

龟兹国王和大臣们非驴非马的装扮引起了百姓和外来使节的好奇。

汉朝百官朝见皇帝时，要由内监传呼，再由守宫卫士大声传达，文武百官才得鱼贯而入。这时钟鼓齐鸣，文武群臣进殿后高呼万岁，行三拜九叩大礼，而皇帝则端坐龙椅，得意地接受群臣的参拜，威风极了。

玉雕仙人骑天马（西汉）

龟兹国王觉得自己的臣子们的朝拜仪式太简单，自己也不威风，认为汉朝的这套礼仪值得借鉴，于是决定回国以后推广试行。他回国后，先下令模仿长安宫殿改建王宫，然后命文武大员改换装束，一如汉官打扮，连宫中的装饰也尽量学习汉宫。百官入朝退朝也要像汉朝一样，击鼓撞钟，传呼朝贺。龟兹国的文臣武将中只有少数人到过汉朝，大多数人对汉朝礼仪一无所知，对于这件"新鲜事物"只觉得新鲜有趣，因此在演习时只模仿得在似像非像之间，十分滑稽可笑。国王见了群臣一副副怪模怪样的表情和动作，觉得很可笑，于是君臣哄堂大笑，乱作一团。

朝臣们回家走在路上，古怪的装束引起了百姓的好奇。他们见长官们个个金发碧眼，却峨冠博带，骑在马上像个木偶，立刻议论纷纷。

正巧，乌孙、安息、大月氏等国的使节来到龟兹国拜访，看到龟兹国"改革"之后的礼仪，觉得既不像汉朝也不像龟兹，就讥讽道："驴不像驴，马不像马，龟兹王这一套，简直是个骡子。"

张骞和他的随从西出玉门关，远走西域，欲联合大月氏夹击匈奴，解除汉朝边患。

分道扬镳

【词义】扬镳：提起马嚼子，即勒马而行的意思。这则成语的意思是指分路而行。
【用法】比喻志向不同，各行其是，各奔前程。

在南北朝的时候，北魏有一个名叫元志的人。他聪慧过人，饱读诗书，是一个有才华但又很骄傲的年轻人。孝文帝很赏识他，任命他为洛阳令。不久后，孝文帝采纳了御史中尉李彪的建议，从山西平城(今山西大同)迁移到洛阳建都。这样一来，洛阳令成了"京兆尹"。

在洛阳时，元志自恃有才，十分骄傲，对于某些学问不高的大官贵族很轻视。有一天，他坐着车子正在街上走，而李彪的车迎面过来。那时，官员出门，总是前呼后拥，官职越高，随行人马就越多，也就越威风气派。老百姓在街上遇见他们，老远就得回避。官职低的，也得让官职高的先走。如遇官职相仿，客气些的也就互相让道。照理，元志官职比李彪小，应该给李彪让路，但他一向看不起李彪，偏不让路。李彪正坐在车上闭目养神呢，见车子忽然停住了，就问随从是怎么回事。随从告诉他，是洛阳令元志不肯让路，走不过去。李彪一听，十分生气。他向元志喝道："你不知道我是谁吗？怎么见了我还不赶紧让道？"

元志毫不畏惧，不卑不亢地回答说："我怎么敢挡您的道呢？这明明是您挡了我的道啊！"

李彪见他这样目中无人，当众责问元志："我是御史中尉，官职比你大多了，你为什么不给我让路？"

元志并不买李彪的账，说："我是洛阳的地方官，你在我眼中，不过是一个洛阳的住户，哪里有地方官给住户让路的道理呢？"

南北朝时期骑马文官俑

孝文帝

他们两个互不相让，争吵起来。最后他们来到孝文帝那里评理。李彪说，他是御史中尉，洛阳的一个地方官怎敢同他对抗，居然不肯让道。元志说，他是国都所在地的长官，住在洛阳的人都编在他主管的户籍里，他怎么能同普通的地方官一样给一个御史中尉让道呢？

孝文帝听了他们的争论，觉得他们各有各的道理，不能训斥他们中的任何一个，便笑着说："洛阳是我的京城。我觉得你们各有各的道理。但我认为你们可以分开走，各走各的，不就行了吗？"

元志与李彪互不相让，吵到孝文帝那里评理。孝文帝觉得他们各有各的道理，最后让他们各走各的，问题就解决了。

风吹草动

【词义】这则成语的意思是风一吹，草就随着摆动。
【用法】比喻轻微的动荡或变故。

春秋时期，楚国国君楚平王，昏庸无道，听信谗言，乱杀忠臣，致使楚国国势每况愈下。

公元前527年，楚平王派大夫费无极去秦国为太子建求婚。秦王将自己的妹妹孟嬴许配给了太子建。然而，楚平王垂涎孟嬴的美色，自己娶了孟嬴，把孟嬴的侍女嫁给了太子建。丑事传出后，全国一片哗然。大臣伍奢坚决反对，于是楚平王恼羞成怒，把他抓了起来，还要他写信叫外地的两个儿子回来，准备一起杀掉。

伍员担心渔夫出卖自己，急忙躲藏到芦苇深处，一点风吹草动，都令他十分害怕。

伍奢的大儿子伍尚接到父亲的信后，便赶赴郢都。结果父子俩都被杀害了。伍奢的小儿子伍员（即伍子胥）是个有见识的武将，他觉得这件事另有隐情，还没动身就收到了父兄被害的消息。

楚平王为了斩草除根，派兵四处追捕伍员，在各个关口都画了图像，悬赏捉拿。伍员乔装改扮，逃往吴国。

伍奢的朋友东皋公，很同情伍员的遭遇。他把伍员接到家里，准备帮他通过关口。一连住了七天，还是没有找到出关的机会。伍员非常焦急，一夜之间头发、胡子全变白了。东皋公见到这种情况，忽然想出一个主意，就说："你的头发、胡子已经变白，守关兵士很难辨认。我的朋友皇甫讷，相貌和你相似，让他照你的样子装扮，如果他在关口被捉，你可趁机出关。"于是按照这个办法，伍员混出关口。伍员匆忙赶路，来到一条江边，他怕追兵赶到，就躲藏在芦苇之中。过了一会儿，见到一只渔船，他急忙喊道："渔父，快来渡我！"伍员上了渔船，渔翁见他举止行为不是一般人，就问他到底是谁，伍员以实情相告，渔翁非常惊讶。到了对岸，渔翁要他稍等一会，给他找点吃的。伍员等了一会，不见渔翁回来，心中生疑，怕人来捉，就躲到芦苇深处。渔翁取来饭菜，不见伍员，便喊道："芦中人，出来吧，我不会出卖你！"伍员走出来饱餐一顿，然后解下祖传佩剑相送。渔翁坚决不收，伍员问渔翁姓名，渔翁不图报答，也没有告诉他。伍员嘱咐渔翁，如有追兵到来，请勿泄露。渔翁见伍员有疑心，便投江而死，以此消除伍员的疑虑。

人形短剑

伍员见此情景十分悲伤，他只好继续逃亡。后来伍员得势，打回楚国，终于报了杀父之仇。

吴国都城
为春秋时期伍子胥始建，当时共有城门八处，每处均水陆两门并列。

覆水难收

【词义】覆水：倒在地上的水。难：难于。这则成语的意思是倒在地上的水很难收回来。
【用法】比喻已成事实，难以挽回。

姜太公名姜尚，字子牙。据说他的祖先曾经帮助大禹治洪水有过功劳，被封在吕地，因此又姓吕，所以姜尚又名吕尚。姜尚虽然很有才学，又深通兵法，可是他大半辈子都是在穷困中度过的。他曾在朝歌(今河南淇县)屠过牛，又在孟津(今河南孟县南，当时黄河上一个重要的口岸)卖过饭，还在别的地方做过一些杂工，然而境况总是很不好。他的妻子马氏嫌他穷，没有出息，不愿再和他共同生活，要离开他。姜尚一再劝说她别这样做，并说有朝一日他定会得到富贵过上好日子的。但马氏认为他在说空话骗她，无论如何也不相信。姜太公无可奈何，只好让她离去。

利簋
西周时期的盛食器，记载了周武王征商，在甲子日上午击败商王军队的史实。利簋是目前能确知的最早的西周青铜器。

后来，姜尚来到渭水的蟠溪(今陕西宝鸡附近)，在水边搭了间茅屋，住了下来。渭水一带，那时是周部族的地区，周部族的首领是周文王姬昌。姜尚希望能遇见爱才的周文王，好让自己的才能有施展的机会。姜尚的希望总算没有落空，当周文王听说在渭水边有位直钩垂钓的老翁后，便亲自前往拜会。两人谈话之后，周文王发现这位渔翁竟是个学识高超的贤人，于是高兴地对他说："老先生，先父太公说过：'将来准会有能人来帮助我们，我们将因此兴盛发达。'您就是太公所盼望的能人啊！"那时姜尚已经八十岁了。周文王恭敬地把他请了回去，并且拜他为国师，称他为"太公望"、"师尚父"或"尚父"。所以后来人们都称他为姜太公。

召卣
西周时期的盛酒器。作者者名召，器内铭文记述周王将位于毕地的土地"方五十里"赏赐给召。以方里作为计量土地的单位是研究井田制的重要材料。

姜太公帮助周武王灭了商朝，建立了周朝。由于他有功于周，周武王便封他为齐侯。这时，马氏听说姜太公富贵了，便后悔起来。有一天，当姜太公前呼后拥、十分威风地到齐国(今山东)去时，在路上遇见一个妇女跪着哭泣。姜太公上前一看，原来是前妻马氏。她叩头来求恢复夫妻关系。姜太公不肯原谅她，并叫人取过一盆水来，泼在地下，然后要她把水收回到盆子里去。但这怎么可能呢？姜太公说："如果你能将这盆水收回来，那么就是天意让我原谅你当初的过错。"

姜太公对马氏说，只要能将泼出去的水收回，就原谅她的过错。

改过自新

【词义】改过：改正错误。自新：自觉改正，重新做人。这则成语的意思是改正错误，重新做起。
【用法】形容改正邪恶或错误，自己重新做人。

汉朝初期，有位非常著名的医学家，名叫淳于意。因为他曾经当过主掌齐国国家仓库的太仓长，所以人们尊称他为"仓公"。

淳于意年轻时就喜好医术。他拜当时一位名叫公孙光的名医为师，学习医术。后来，他又向公孙光异父同母的兄弟公乘阳庆学医。公乘阳庆让淳于意把以前学的医术全部抛开，然后把自己所知的秘方全部传授给他，并传授淳于意古代的脉书，以及各种诊病的方法。淳于意跟随公乘阳庆学医两年后，为人治病，常常是药到病愈，因此很快成为当地有名的医生。但他喜欢到处游历，一些权贵派人请他去当侍医，他怕行动受到束缚，便一一予以谢绝。为此，他还曾隐藏行踪，时常迁移户籍，甚至不置家产。这样，就难免要得罪权贵。他在当太仓长的时候，有人告发了他。后来，淳于意被判肉刑（一种在脸上刺字、割鼻或砍足等的酷刑）。按照规定，他要被送到京都长安去受刑。

石药碾

《千金要方》、《千金翼方》书影

肉刑是一种极为痛苦和耻辱的刑罚。临行时，淳于意的五个女儿嚎啕大哭。在这种难受的环境下，淳于意怒骂道："可惜我生女不生男，大难临头，竟没有一个人能帮助我！"

年纪最小的女儿缇萦听了父亲的话，既悲痛，又不服。她认为女孩子也能像男孩子一样，为父亲解救苦难。于是，她毅然跟随父亲一起进京。

到长安后，缇萦向朝廷上书说："我父亲在齐国当太仓长的时候，百姓都称赞他廉洁公正。现在犯了法要受刑罚，我心里非常悲痛。现在刑法残酷，受刑致残的人以后再也不能复原。即使想改正错误、重新做人，也不可能了。我情愿自己投入官府做奴婢，来赎父亲的罪，使父亲能有改正错误、重新做人的机会。"缇萦的上书情真意切，悲辛感人。汉文帝看了她的上书后，被她孝敬父亲并自愿替父受罚的精神所感到，终于下诏免除淳于意的罪责，并在这一年废除了肉刑。

缇萦认为自己虽然是个女儿，但也有能力解救父亲。她上书给朝廷，终于感动了汉文帝，免除了淳于意的罪，还废除了残酷的刑罚。

缇萦这一孝心的行动，不仅使淳于意免受肉刑，而且使他能重新操持医业。淳于意潜心研究医学，终于成为一代名医。

感激涕零

【词义】涕：泪。零：落。这则成语的意思是感激地流下了眼泪。
【用法】形容得到别人帮助后十分感激的样子。

唐朝中期，唐玄宗李隆基当了二十多年的皇帝，就已暮气沉沉，懒得亲自处理政事，贪图享乐。唐玄宗先后任用李林甫和杨国忠为相。他们身居高位，便利用手中的权力大肆搜刮民财，广收贿赂，弄得民不聊生，加速了祸乱的爆发。

公元814年，淮西节度使吴少阴死去，他的儿子吴元济因未能如愿继承其父的职位，便自领军务，纵兵屠杀舞阳，焚毁叶县，并攻掠鲁山、襄城等地，威胁洛阳。朝廷多次派兵去讨伐吴元济，但是均未能取胜。吴元济因此更加嚣张，不可一世。公元816年，宰相裴度督师讨伐吴元济。李愬（sù）表示愿意担当平定淮西叛乱的重任。于是，朝廷派他担任前线指挥。

《唐代出行图》局部

李愬是位很有谋略的大将。他接受任命后，没有急于出兵，而是大力整顿军队，鼓舞将士士气。他非常关心士卒，士卒中有生病受伤的，他总是亲自去看望、慰问。对于来投降的军士，他也尊重他们的选择，或是留下，或是发给粮食布帛让其回家。结果，来投降的人都自愿留下，并且积极主动地向他提供敌营的情况。

过了半年，李愬率军出发。由于他善于观察形势，选择战机，调动将士的积极性，与叛军接触后，接连打了几个胜仗。在一次战斗中，讨伐军俘获了被称为是吴元济"左臂"的一名将领。李愬不仅不杀他，而且亲自给他松绑，并让他继续带兵，为朝廷效力。俘获的其他将领和官吏，他也是以诚相待，好好安抚，使他们转过来为朝廷效力。

唐代铠甲

次年冬天，李愬亲自率领一支骑兵队伍，冒着风雪，夜行一百余里，偷袭吴元济盘踞的巢穴蔡州。李愬的骑兵突然抵达蔡州城下，守敌慌忙向吴元济作了报告。睡梦中的吴元济，不相信官军会这么快抵达，未作明确抵抗指示，翻了个身又睡熟了。

黎明时分，雪停了下来。李愬破城而入，直冲吴元济的宅第。吴元济直到亲耳听到讨伐军的喊杀声，才从睡梦中惊醒过来。他在侍卫的帮助下，爬上墙头准备逃跑。但一露面就被抓住，只得束手就擒。老百姓听说蔡州被官军收复，吴元济被活捉，都纷纷走上街头。老人们一面互相回忆这许多年来所吃的藩镇割据的苦头，一面对收复蔡州的官兵感激得掉下泪来。

战乱平息了，百姓终于又能过上平静的生活，他们对收复蔡州的官军千恩万谢。

刮目相看

【词义】 刮目：擦亮眼睛。相看：相看待。这则成语的意思是指擦亮眼睛重新看待别人。
【用法】 比喻以新的眼光来看待人。也作"刮目相待"。

吕蒙是三国时期东吴的名将。他出身贫寒，自幼便失去了读书的机会，所以他读书不多，懂得的知识很少。

有一次，孙权很关心地问吕蒙："如今将军是朝廷的重臣，名望很高，美中不足的就是读书太少。作为统率军队的大将，不能只依靠武功高强，作战勇猛，还要多掌握些谋略才行，本王劝你以后多读些书。"

《友松图》

吕蒙听了孙权的话，觉得有点不好意思，但仍辩解说："我整天在军营里，每天都有处理不完的军务。我也想看些书，可就是没有时间啊。"

《三国志》书影

孙权说："吕将军，你这话不尽然。如果说忙，我应该比你还忙。你想想，朝中的事情比不比你军营中的事情多？内政、外交所有的事情我都要过问，都要由我拿出最后的决策。即使如此，我还要忙里偷闲，找些书来读。我劝你读书，当然没有让你背诵四书五经，当博士的意思，只是要你增长知识、开阔些眼界就可以了。更何况，多读些书对你治军有很大的益处。"

吕蒙赞同地回应道："您说得对。我一定下一番苦功夫，不辜负大王您的期望。"

从那以后，吕蒙不管军务如何繁忙，每天都要抽出一些时间读书。他先后读完《史记》、《汉书》、《战国策》等书，学问大有长进。

周瑜死后，鲁肃任东吴的大都督，指挥部设在陆口。由于军务的关系，吕蒙经常与鲁肃联系。这一天，吕蒙与鲁肃又遇到一起，便谈起了军事上的事情。吕蒙问鲁肃："将军受朝廷重托，现驻守陆口，这里北与荆州相望。素闻关羽武功盖世，计谋过人。如有意外，不知将军如何应付？"

鲁肃听了吕蒙的话，心想你吕蒙也许心中有了打算，便非常诚恳地向吕蒙求教。

吕蒙见鲁肃十分真诚，便说出可用五条计策对付关羽，并将每一条计谋都细细讲给鲁肃听。鲁肃听后说道："啊呀，以前我只知道你是一位武功高强的将军，没有想到你竟这般足智多谋。这是我们吴国的大幸，真是可喜可贺啊！"

吕蒙听了鲁肃的夸奖，开玩笑说："士别三日，当刮目相看嘛！"

鲁肃在与吕蒙交谈时，对吕蒙学问的进步十分赞赏。不禁对他刮目相看。

骇人听闻

【词义】骇：惊吓，震惊。这则成语的意思是使人听了非常震惊。
【用法】形容事出非常或故意夸大其词，使人听了十分惊骇。

王劭，字君懋，隋朝时晋阳人。他从小就喜爱读书，
年轻时就以博学多识而闻名。王劭成年后，在高齐做
官，累官至中书舍人。隋文帝杨坚即位后，王劭被授予著作
佐郎之职，后因母亲病逝，便辞职归里，闭门谢客，专心致
志于编修《齐书》。而当时隋朝的制度是不准私人编修史
籍，王劭嗜好经史，早为世人所知。闭门修史之事，被内史
侍郎李元操得知后，便向隋文帝告发。文帝悉知王劭私自撰

《授经图》

写史书勃然大怒，不但没收其所有著书，并亲览
其内容。哪知王劭竟因祸得福，他所著的《北
齐》记史翔实，文触严谨，深得文帝赞赏，便任命他为员外散骑侍郎，专职撰写文帝
起居注。由于王劭工作的关系，常随侍文帝左右，他称文帝有"龙颜戴干"
的仪表，并指示给群臣观看。听到这话，文帝非常高兴，于是赐王劭数百段
棉匹为礼，并提升他为著作郎。

隋代陶俑

王劭尽管有一肚子学识，但他却不是一个老老实实做学问的人。他另有一大本
领——拍马屁。

有一次，隋文帝做了一个梦，梦见他想爬上一座高山，但却怎么爬不上
去，后来得到侍从崔彭等人的相助才上得山去。王劭听说后对皇帝说："这是一
个大吉大利的梦：梦见高山，说明皇上的帝位像高山一样崇高、安稳。崔彭好比
彭祖(传说中的长寿人物)，这是长寿的象征。"隋文帝听了十分高兴。

王劭除了拍马屁，还靠故弄玄虚的手法欺骗隋文帝。他经常假托什么图谶命
符散布荒诞的言论，谎报各种神奇怪异的现象，以此来预卜国家将如何兴旺。

有一次王劭谎
报某地发现神龟，龟腹上有"天下
杨兴"四个字。皇后死后，他也胡
编乱造，说皇后是"妙善菩萨"
转生，她不是死，而是"返真升
入仙道"，以此讨得文帝的欢
心，保持他的官职。

所以《隋书》评价王劭
说：王劭喜欢用怪诞不经的语
言、粗俗鄙野的文字、不合实
际的内容，骇人视听，最终使得大家
都看不起他。

王劭经常讲些骇人听闻、荒诞不经的事博得皇
帝的欢心，以保持自己的官位。

鹤立鸡群

【词义】鹤：鸟类的一种，头小颈长，嘴长而直，脚细长，羽毛白色或灰色，群居或双栖，常在河边或海岸捕食鱼和昆虫。鸡：家禽，品种很多，头部有肉质的冠，翅膀短，不能高飞，以谷物和昆虫为食。这则成语的本意是指鹤站在鸡群当中。

【用法】比喻仪表出众，才能、品质高出在周围一群人里，显得很突出。形容别人的外表出类拔萃，甚至称赞别人工作的热诚，都可以说他是"鹤立鸡群"。

三国时期，魏国有位著名的文学家和音乐家名叫嵇康。他身材高大，仪态俊逸，才华横溢，是著名的"竹林七贤"之一。嵇康的性情放任随便，而且性格耿直、刚强，对当时控制朝廷的司马氏集团采取了不合作态度，后来被司马昭杀了。

嵇康死后，他的儿子嵇绍就成了孤儿。嵇绍长大后，与他父亲一样，不但才华出众，而且身材魁梧，仪表堂堂，因此不论走到哪里，都非常引人注目，人们常常在看到嵇绍后发出由衷的赞叹。

嵇康

西晋建立后，嵇绍被朝廷征召到京都洛阳做官。有人见过他后，便对"竹林七贤"之一的王戎说："昨天我第一次见到嵇绍。他长得高大雄伟，在人群之中，就像一只仙鹤站立在鸡群里一样引人注目。"

王戎听了说："哦，你还没有见过他父亲嵇康的风度呢，更胜过他哩！"

晋惠帝司马衷继位后，嵇绍担任侍中一职，是在皇帝身边供职。他经常出入宫廷，深得皇帝的信赖，并且受到重用。虽然当时王室成员争权夺利，互相攻伐，局势动荡，但嵇绍对晋朝依然非常忠诚。

有一次，都城发生变乱，形势严峻，嵇绍奋不顾身奔进宫去，守卫宫门的侍卫张弓搭箭，准备射他。侍卫官望见嵇绍正义凛然的神情，连忙阻止侍卫，并把弓上的箭松了下来。

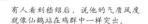

有人看到嵇绍后，说他的气质风度就像仙鹤站在鸡群中一样突出。

公元291年，西晋皇族内部发生了"八王之乱"，河间王司马颙和成都王司马颖联合进军京都洛阳。嵇绍随惠帝出兵迎战，在荡阴打了败仗。当时，将领和侍卫中有不少人逃跑，但嵇绍始终护卫着惠帝，不离左右。叛军的飞箭像雨点般地射来，嵇绍身中数箭，鲜血溅到了惠帝的战袍上。嵇绍最后重伤死去，惠帝对此非常感动。战斗结束后，侍从要洗去惠帝战袍上的血迹，惠帝加以阻止说："不能洗掉，这是嵇侍中的血啊！我要一直保留这忠臣的热血来警示自己。"

剔红"竹林七贤"图长方盒

讳疾忌医

【词义】讳：有顾虑而不说出。忌：害怕。这则成语的意思是隐瞒疾病，不愿就医。
【用法】现在常用来比喻掩饰缺点、错误，不愿改正。

战国时，有一位驰名天下的民间医生，姓秦，名越人，他是齐国人。因为他具有高超的医术，所以，人们都用古时候的神医扁鹊来称呼他。

《就医图》

有一年，扁鹊到齐国都城临淄为百姓治病。齐桓公听说后，就派人去请扁鹊来宫中叙谈，以示礼贤下士。扁鹊在侍从引领下走到齐桓公跟前，施了一礼，说："民间小医秦越人奉命晋见大王。"

齐桓公请扁鹊落座后，二人就天南地北地聊了起来。谈话中扁鹊听出齐桓公说话的声音与健康人不同，

中国传统的中药药柜，容量大，方便查找。

又仔细观察了一下齐桓公的气色，就关切地问："大王近来身体可好？"齐桓公一听扁鹊问他的身体情况，自信地说："我的身体一向很好，从来不生病。""不，大王，您已经开始生病了。只因病才刚刚开始，您没有察觉。您这病现在只是在皮肤里，还容易治。"齐桓公听后，笑着说："我一天到晚吃得饱，睡得足，哪儿来的病呢？"

过了几天，齐桓公又打发人来请扁鹊入宫。齐桓公一见扁鹊，就说："怎么样？我说得不错吧，你看我哪像有病的样子？"说完，很自信地晃了晃身子。

扁鹊仔细观察了一番齐桓公的气色，然后对他说："大王确实病了，而且，这几天病情又有发展，已进入血液里了。如果不治疗，恐怕还要加重。"齐桓公听后依然不信。扁鹊无奈，只好主动告辞了。

过了几天，扁鹊不放心，进宫见到齐桓公，开口就说："大王的病，已发展到肠胃之间，再不赶快治疗，生命就有危险了。"齐桓公见扁鹊每次进宫，不谈别的，总说自己有病，就很不高兴地把头一偏，对扁鹊连理都不理了。扁鹊只好默默退了出来。

扁鹊初见齐桓公时就看出他的身体出了点小问题，但齐桓公不相信扁鹊的说法，不肯医治。

又过了几天，扁鹊在街上为人诊病，正好齐桓公的车驾经过，扁鹊用眼一扫齐桓公的面色，扭头就走了。齐桓公见此情景，就派人追上去问扁鹊原因。扁鹊说："起先，主公的病只在皮肤处，那时用热手巾焐一焐就可治好；后来病到了血脉里，可以用针灸治疗；上次见到主公，病已进入肠胃之间，吃一剂药也还可以治好；现在，主公的病已进入骨髓了，就是神仙见了，也无法医治了。"

几天后，齐桓公果然病倒了。他忙派人去请扁鹊，但扁鹊早已逃得无影无踪了。没几天，齐桓公就死掉了。

家鸡野雉

【词义】 鸡：家禽。雉：鸟，形状像鸡，雄的尾巴长，羽毛美丽；雌的尾巴稍短，灰褐色。善走不能久飞。通称野鸡。庾翼以家鸡喻自己的书法，以野雉喻王羲之书法。

【用法】 比喻不同的书法风格。也比喻人喜爱新奇，而厌弃平常的事物。

魏晋时期的著名书法家王羲之，字逸少，是琅邪王家杰出的代表人物。

王羲之从小就受到家族深厚的书学熏陶。他由父亲王旷、叔父王廙启蒙，七岁就写得一手好字，十二岁时经父亲传授笔法论，"语以大纲"，即有所悟。王旷善行、隶二书，王廙擅长书画。

王羲之早年还随从卫夫人学书。卫夫人名铄，字茂漪，东晋女书法家。她师承钟繇，尤善隶书。她传授给王羲之钟繇之法、卫氏数世习书之法以及她自己自创的书风与法门。日后王羲之渡江北游名山，博览秦汉以来篆隶淳古之迹，见与卫夫人所传的"钟法新体"有异，因而对于书法的认识不再拘限于老师所教的。他经观摩各家，博采众长，终于"兼撮众法，自成一家"，达到了"贵越群品，古今莫二"的高度。

王羲之研究书法技艺，取得了很高的成就，许多人学习书法都以他为典范。

东晋时，握有重兵的庾翼，既是一位武将，又是一位在书法上很有造诣的文士。年轻时，他的书法和王羲之齐名，难分上下。但庾翼后来从政，忙于政务，便少有时间去研究书法，因此他的书法技艺停滞不前。王羲之精心研究书法，所以书艺突飞猛进，以致不论是官宦人家还是平民百姓家的子弟，只要是学习书法，都以王羲之的字体为楷模。

庾翼的几个子侄本来都学习庾翼的书法，后来见到大家都学王羲之的书法，也改学王羲之的书法了。这时庾翼已官居高位，看到这一情况，十分不满。他给一个朋友写了一封信，在信中表达了自己对王羲之书法的不服。信中写道："现在，连我的儿子、侄子们也变得讨厌家鸡，喜爱野雉了。他们不再学习我的书法，而去学王羲之的书法。以后如有机会回京，我一定要找王羲之比试比试，看看究竟谁的字写得好。"

不久，庾翼看到了王羲之写的一幅草书，仔细研究后，发现确实比自己写得好，深为叹服。从此，他对自己的儿子和侄子学习王羲之的书法不再耿耿于怀，反而要他们好好临摹学习。

王羲之的《兰亭序》，此为唐初冯承素神龙摹本。为历代书法爱好者所珍爱。

家徒四壁

【词义】 徒：只有。壁：墙壁。这则成语的意思是指家境贫寒，只有四堵墙壁。
【用法】 形容家中非常贫寒，除了四周的墙壁，一无所有。

司马相如是西汉著名文学家，他的《子虚赋》、《上林赋》都是汉赋中的名篇。

《携琴访友图》局部

司马相如虽然很出名，可是他的家里却非常穷，日子过得很艰难。临邛县令王吉是司马相如相交多年的好友，他听说司马相如的生活非常困难，立即修书一封，请司马相如到临邛来，好对他有个照应。司马相如收到王吉的信，十分感激，便动身来到临邛，王吉安排他住在都亭，对他十分尊敬。

临邛县是个十分富庶的地方，县城里住着许多大财主，在这些人中最富有的要数卓王孙，他的家产多得数都数不过来，仅次于卓王孙的是富商程郑，他的家财也很丰厚。这两位富豪久仰司马相如大名，听说他现在是县令王吉的贵宾，便商议以二人的名义宴请司马相如，并请王吉作陪。

四川成都文君井

宴请的日子到了，卓王孙和程郑将宴会安排得十分隆重。王吉看到卓王孙和程郑如此看重自己的朋友，便准时赶来赴宴。可是，他们等了很久也没有看到司马相如的影子，王吉只好亲自乘轿去请司马相如。司马相如本不愿去应酬那些富人，但看王吉亲自来请，碍不过情面，只好去参加宴会。在席间，王吉请司马相如弹琴助兴，司马相如的琴艺很高超，悦耳的琴声让众人大饱耳福。

卓王孙有个女儿，叫卓文君，长得非常漂亮，不久前刚死了丈夫，住在娘家。她这天听到了司马相如的琴声，不由得被深深吸引住了，站在屏风旁观看。她看到司马相如仪表堂堂，风度翩翩，顿时产生爱慕之心。司马相如也早被卓文君的美貌所吸引，就弹了一首《凤求凰》，表达了自己的爱慕之情。卓文君听了，立刻领会了司马相如的意思，感到非常开心。当天晚上，司马相如就买通了卓文君的侍女，转给了卓文君一封信。在信中，司马相如向卓文君表露了爱慕之意，并向她求婚。卓文君怕自己的父亲反对这门亲事，就偷偷地跑了出来，和司马相如一起私奔了。

卓文君被司马相如的才华吸引，不顾家人的反对与清贫的司马相如在一起。

他们回到成都司马相如的家里，卓文君发现他家里非常穷，除了四面墙壁以外，空荡荡的什么也没有。卓文君娘家那么富有，司马相如担心她吃不了苦嫌弃他穷，可卓文君一点也不嫌弃。她典当了一些首饰和司马相如一起开了一家小酒店，两人过着艰苦而恩爱的日子。

见怪不怪

【词义】见：看见，见到。这则成语的意思是怪事见的多了，也就不觉得奇怪了。
【用法】形容对一些经常见到的事，并不感到奇怪。

宋朝的时候，某城有个名叫姜七的人，开了一家旅店，接待过往客商，也顺便销售一些货物，生意十分红火，但是姜七为人却十分刻薄，这使他周围的人很讨厌他。

有一年春天，每到夜里，姜七就能听到后园那边隐隐传来十分悲伤的哭声，可到那里去张望，却什么也没有看见。一回到屋里，那种伤心的哭声就又响了起来。开始时，姜七觉得这哭声让人心烦意乱。时间长了，他也就不以为然了。

宋代刀具

过了两个月，有五个客商来到他店里居住。当天深夜，五个客商都听到外面传来十分悲切的哭声。他们几个一一起床，循着哭声来到了后园，发现哭声是从那边的猪圈里发出来的。几个人走到那里一看，原来是一头老母猪在流泪哭泣。几个客商便争相问道："你这个畜生，为何半夜里在此作怪？"

酒肆人物
这是一对经营酒肆的夫妻。

说来也怪，那老母猪竟然开口说话了。它悲伤地说道："诸位有所不知，我原本是姜七的祖母啊！生前我以养母猪为业，等那些母猪产下猪仔后便卖掉，一年卖掉的少说也有数百头，靠此撑起了家业。我死之后受到惩罚，被投生为猪，如今真是懊悔啊！"

第二天一早，客商们便把这件奇事告诉了姜七，并规劝他好生奉养那只老母猪。但姜七不以为然地说："畜生的话怎能相信？再说，畜生又怎么会说人话呢？两个月前我就觉察到这件怪事了。见到怪异的事不要太惊讶奇怪，这件怪异的事情便会自己显露出本来面目，时间久了，就一点也不奇怪了。你们不必大惊小怪。就算它是我祖母投生的，又怎么样？随它去说吧！"客商们劝他还是好生奉养那头老母猪，姜七不屑再听，反而跟其中一位客商争吵起来，闹得大家不欢而散。

过了几天，姜七忽然患病。他怀疑是那头老母猪在作怪，便叫屠夫把它杀了卖掉，还用来换了些钱财。

不料，杀了那只母猪后，姜七的病越生越重，到了无药可救的程度。临死时，他发出了像猪被杀时一样的惨叫声。

姜七夜里常听到有悲伤的哭声，但他没有理会，时间久了，他也就见怪不怪了。

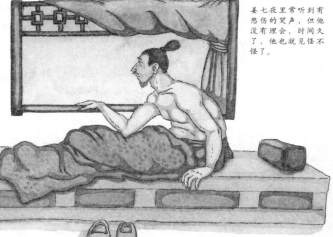

江郎才尽

【词义】江郎：南朝时期文学家江淹。尽：完，没了。这则成语的意思是指江淹年老，文思衰竭，才气不见了。
【用法】比喻人的文思枯竭。

江淹，字文通，是南北朝时梁朝考城（今河南省兰考县）人。他从小就勤奋好学，而且聪敏过人，是个有名的才子。他的父亲才学出众，还当过官，对他管教非常严格。但在江淹十三岁那年，他的父亲病死了，从此，家里的生活越来越穷困，但困苦的生活更激起了江淹发奋进取的热情，经过不懈的努力，江淹的学业大有进步，还写得一手好文章，他写的《别赋》、《恨赋》等，成为历代传诵

《秋窗读书图》

的名篇。他的名声在当时也传播很广，许多社会上流人物都仰慕他的才华，纷纷同他结识交往。后来，江淹不仅官至光禄大夫，还成为一位鼎鼎有名的文学家，他的诗和文章在当时获得了极高的评价。

公元477年，齐高帝萧道成掌握军政大权后，听说江淹才学超群，就召江淹到身边当官，让他负责拟定朝廷的文稿。有时需要草拟的文件太多，江淹就一边饮酒，一边挥笔疾书，一会儿功夫，一大堆文件就拟好了。

青花卷草纹毛笔

江淹连着在南朝的宋、齐、梁三朝做官，官职越来越高。但是到晚年的时候，文思却大不如前，他的文章不但没有以前写的好了，而且还退步不少。他写出来的诗也平淡无奇。过去他写作时，文思如潮，下笔如神，而且常常有绝妙的佳句。而现在他提笔吟哦好久，依旧写不出

水晶五峰笔山

一个字来，偶尔灵感来了，诗写出来，却文句枯涩，内容平淡得一无可取。

于是就有人传说，有一次，江淹乘船停在禅灵寺的河边，梦见一个自称叫张景阳的人，向他讨还一匹绸缎，江淹就从怀中掏出几尺绸缎还他。因此，江淹的文章便再也写不出精彩的内容了。

还有人传说，有一次江淹在凉亭中睡午觉，梦见一个自称郭璞的人，走到他的身边，向他索笔，并对他说："文通兄，我有一支笔放在你那儿已经很久了，现在应该还给我了吧？"江淹听了，就顺手从怀里取出一支五色笔来还他。据说从此以后，江淹就文思枯竭，再也写不出什么好的文章了。因他年轻时被人称为"江郎"，所以这时人们就惋惜地说他已是"江郎才尽"了。

江淹从怀中取出五色笔还给了郭璞，从那以后他就再也写不出什么好文章了。

开天辟地

【词义】这则成语是指古代神话传说中，天地本混沌一片，盘古氏开辟天地，创造了世界。
【用法】多用于指前所未有的，有史以来第一次发生的。也指创建了空前宏伟的事业。

据说很久很久以前，天地还没有形成，到处是一片混沌。这个混沌的世界无边无沿，没有上下左右，也不分东南西北，样子好像一个浑圆的鸡蛋。在这浑圆的东西中，孕育着一个人类的祖先——盘古。

女娲以五色石补天

过了一万八千年，盘古在这浑圆的东西中孕育成熟了。他发现眼前漆黑一团，非常生气，就用自己做的斧子劈开了这混沌的圆东西。随着一声巨响，圆东西里的混沌，轻而清的阳气上升，变成了高高的蓝天，重而浊的阴气下沉，变成了广阔的大地。从此，便有了天和地，周围不再是漆黑一片。盘古置身其中，只觉得神清气爽。

天空是如此高远，大地是如此辽阔。但盘古担心天地会重新合在一起，于是又叉开双脚，稳稳地踩在地上，高高昂起头颅，顶住天空，然后施展法术，身体在一天之内变化九次。每当盘古的身体长高一尺，天空就随之增高一尺，大地也增厚一尺；每当盘古的身体长高一丈，天空就随之增高一丈，大地也增厚一丈。这样又经过一万八千年，天高得不能再高，地厚得不能再厚，盘古自己也变成了顶天立地的巨人，像一根柱子一样撑着天和地，使它们不再变成过去的混沌状态。

盘古开天辟地后，天地间只有他一个人。不知经过多少年，盘古还是死了，但他的遗体并没有消失：盘古的左眼变成太阳，照耀大地；右眼变成浩洁的月亮，给夜晚带来光明；千万缕头发变成颗颗星星，点缀美丽的夜空。而他的四肢和身躯却变成名山五岳：他的头部隆起，成为东岳泰山；他的脚朝天，成为西岳华山；他的肚子高挺，成为中岳嵩山；他的两个肩胛，一个成为南岳衡山，另一个成为北岳恒山。盘古的鲜血变成江河湖海，奔腾不息；肌肉变成千里沃野，供万物生存；骨骼变成树木花草，供人们欣赏；牙齿变成石头和金属，供人们使用；精髓变成明亮的珍珠，供人们收藏；汗水变成雨露，滋润禾苗；呼出的空气变成轻风和白云，汇成美丽的人间风光。

盘古生前完成开天辟地的伟大业绩，死后留给后人无穷无尽的宝藏，成为中华民族崇拜的英雄之一。

女娲造人剪纸
传说女娲以黄土捏人，吹入仙气后，泥人就变成了能够行走说话的真人。

盘古开天地后，天地不再混沌一片，出现了一个美丽清明的天地。

空前绝后

【词义】绝：中止、断绝。这则成语的意思是指从前没有，今后也不会再有。
【用法】形容独一无二，无与伦比。

晋朝的顾恺之，才华出众，学识渊博，他在绘画上更是成就非凡，闻名于世。顾恺之画人物，神态逼真，形象生动。与众不同的是，他画人物，从来不先画眼珠。有人问其原因，他说：人物传神之处，正在这个地方。一语道出了其中的诀窍，使人叹服。顾恺之当时还被人称为"三绝"：才绝、画绝、痴绝。

顾恺之绘《女史箴图》局部

到了南北朝时的梁朝，又出现了一个叫张僧繇(yáo)的大画家。他擅长人物故事画及宗教画，时人称他是超越前人的画家。梁武帝好佛，当时建了很多寺庙佛塔，凡装饰佛寺，多命他画壁。张僧繇所绘的佛像，自成样式，被称为"张家样"，经常被雕塑佛像的人用作参考。

唐朝时，又出了个更有成就的画家——吴道子，他集绘画、书法大成于一身。他的山水、佛像画闻名当时，而且写得一手好字。吴道子性格豪爽，不拘小节，每次动笔，必畅饮一番，因此，经常是醉中作画。传说他描绘壁画中佛像头顶上的圆光时，不用尺规，挥笔而成。当时的都城长安(今陕西西安)是全国文化中心，汇集了许多著名的文人和书画家。吴道子经常和这些人在一起，使他的技艺不断得到提高。有一次，在洛阳吴道子同他的书法老师张旭和一位善于舞剑的将军相遇，吴道子观看他持剑起舞，左旋右转，神出鬼没，变化万端，很受启发，即

顾恺之

兴在天宫寺墙壁上画了一幅壁画，画时笔走如飞，飒飒有声，顷刻而成。随后张旭又在墙壁上作书。这一次使在场数千观众大饱眼福，不住地地赞叹："一日之中，获观三绝！"

还有一次，唐玄宗要看嘉陵江的景象，派吴道子去写生。他回来后，要人准备了一匹素绢，用了一天时间，在大同殿上画出了嘉陵江三百余里的风光，令唐玄宗赞叹不已，认为此画和在此前不久另一位画家李思训用几个月功夫画成的嘉陵山水一样美妙。吴道子在景玄寺中画的地狱变相图，不画鬼怪却阴森逼人，相传看过这幅画后改过自新、弃恶从善的大有人在。

后来有人评价这三位画家时，认为顾恺之的绘画成就超越前人，张僧繇的绘画成就后人莫及，而吴道子则兼有两人的长处，可谓空前绝后。

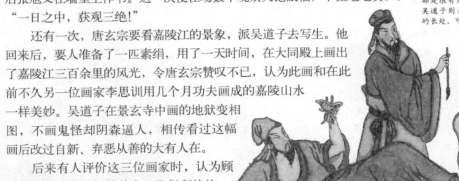

顾恺之、张僧繇和吴道子都是很有成就的画家，但吴道子则兼有另两位画家的长处，可谓空前绝后。

空中楼阁

【词义】这则成语原意是指悬挂在半空中的楼阁。
【用法】现指脱离实际的理论、计划或虚构的东西，也可用来比喻高明通达。

在很久以前，一个山村里住着一个财主。他非常富有，但生性愚钝，经常做一些傻事，所以常常遭到村里人的嘲笑，但傻财主自己却不以为然。

有一天，傻财主到邻村的一位财主家做客。他看到这个财主盖了一幢三层楼高的新屋，宽敞明亮，高大壮丽，心里非常羡慕，于是便想："我也有钱，而且并不比他的钱少。他有这样一幢高楼，而我没有，这像什么话呢？"

《阙楼图》

一回到家，傻财主马上派人把工匠找来，问道："邻村财主新盖的那幢楼，你们知道是谁造的吗？"

工匠们回答道："知道，那幢楼就是我们几个造的。"

傻财主一听，非常高兴，说："好极了，你们照样子再给我盖一幢。记住要三层楼的房子，要和那幢一模一样。"

工匠们一边答应，心里一边嘀咕："不知这次他又要做出什么傻事来。"可是不管怎样，还得照傻财主的吩咐去做，工匠们各自忙开了。

傻财主回家后，便天天想着自己的高楼何时能盖成，心里总是美滋滋的。一天，财主来到工地，东瞅瞅，西瞧瞧，心里十分纳闷，便问正在打地基的工匠："你们这是在干什么？"

汉代明器陶制塔楼

工匠说"造一幢三层楼高的屋子呀，是照您吩咐干的。"

傻财主忙说："不对，不对。我要你们造的是那第三层楼的屋子。我只要最上面的那层，下面那两层我不要，快拆掉。先造最上面的那层。"

工匠们听后哈哈大笑，说："您只要最上面那层，我们可不会造，您自己造吧！"

工匠们笑着都走了，傻财主望着房子的地基发愣。他不知道，只要最上面一层，不要下面两层，这样的空中楼阁就算是再高明的工匠也造不出来啊。

傻财主到工地上看到工匠们正在打地基，十分疑惑，因为他只想要最高的那一层，并不想要下面两层。

脍炙人口

【词义】脍：细切的肉。炙：烤肉。这则成语的原意是指美味的烤肉人人都爱吃。
【用法】比喻人人赞美的事物或传诵的诗文。

曾参，是春秋时期鲁国武城（今山东费县）人，他是孔子的弟子之一。他的父亲名叫曾晳，也曾是孔子的学生，曾参的母亲是个慈祥而又胆小的家庭妇女。曾参的家境贫寒，为了奉养父母，他经常到深山里去打柴。他把打来的柴挑到集市上卖，换回一些钱来勉强度日。

《庖厨图》
厨房内放满肉食，是为了供应宴会所需。

一天，曾参读完了书后，又拿着斧头、绳子上山打柴去了。他离家不久，家里就来了位远方的客人，他是慕名前来要向曾参

邓公乘鼎
春秋时期的烹食器。

请教的。客人等了很久曾参也没有回来，曾参母亲不知道怎么办才好，心里一急就咬起了手指。这时正在山中砍柴的曾参只觉得一阵疼痛。他想，家中肯定有什么事了，于是匆匆捆扎好砍下的柴，一路小跑赶回家。一进家门，曾参就跪在母亲面前，询问家里出了什么事。母亲指着客人说："这位先生有事找你，我想不出有什么办法能告诉你，只好咬指头，希望你能感悟得到。"

曾参的父亲十分爱吃羊枣（一种野生果子，俗名叫牛奶柿。），曾参是个孝子，父亲死后，竟伤心的不再吃羊枣。在当时，这件事情曾被儒家子弟大为传颂。

到了战国时，孟子的弟子公孙丑对这件事不能理解，于是就去向老师孟子请教。

公孙丑问："老师，烤肉和羊枣，哪一样好吃？"

孟子回答说："当然是烤肉好吃，没有哪个人不爱吃烤肉的！"

公孙丑又问："既然烤肉好吃，那么曾参和他父亲也都爱吃烤肉的了？那为什么曾参不戒吃烤肉，只戒吃羊枣呢？"

孟子回答说："烤肉，是大家都爱吃的；羊枣的滋味虽比不上烤肉，但却是曾晳特别爱吃的东西。所以曾参只戒吃羊枣。这就好比对长辈只忌讳叫名字，不忌讳称姓一样，姓有相同的，名字却是自己所独有的。"

孟子的一席话，使公孙丑明白了其中的道理。

后来，人们从孟子所说的"脍炙，所同也"里面，引伸出了"脍炙人口"这样一句成语。

曾参赶回家，忙问家中出了什么事，原来母亲只是担心让客人久等，心急之下咬手指，希望曾参能感觉到。

狼子野心

【词义】这则成语的意思是豺狼之子，不可驯服，其凶恶本性依旧。
【用法】比喻凶暴的人必然怀有险恶的野心。

春秋时期，楚国统治集团若敖氏家族中有个成员叫斗伯比，他的母亲是䢵国女子，斗伯比的父亲死后，斗伯比跟随母亲回到了䢵国生活。

斗伯比长大以后和䢵国统治者䢵子的女儿私通，生下了子文。为了掩盖丑事，䢵子的夫人将这个私生子扔到了云梦泽里，不料竟有老虎给他喂奶。䢵子和夫人惊奇不已，便让人收养了子文。楚国人把奶叫做"谷"，称老虎为"於菟"，所以他们给这孩子取名叫斗谷於菟。他就是以后官任楚国令尹的子文。䢵子后来把女儿嫁给了斗伯比，他们之后又生了个儿子，就是后来在担任楚国司马的子良。子良的儿子斗椒，字子越。这孩子生下不久，子文就对弟弟子良说："一定要杀掉这个孩子！他的形状像熊虎一样，出生时又发出豺狼嗥叫般的声音。今天不杀掉他，将来他一定会给若敖氏家族招来灭亡的灾祸。狼子野心，这孩子是条狼，难道你要养活一条狼吗？"

楚国方鼎

但子良没有听从哥哥的主意，将斗椒抚养成人。但子越来越觉得斗椒是家族内的一个大隐患。他临死前，召集他的族人，说："如果斗椒一旦执政，你们就赶快逃走吧，以免遭到灾祸。"

云梯
两段式云梯以转轴将两段连在一起，固定在六轮车架上。梯首有双钩，可钩入城墙，以助攻城兵士迅速攀登。车架有木棚，棚板外蒙以生牛皮，攻城者在棚内推车接近城墙时，可免矢石伤害。

令尹子文死后，斗椒果然兴风作浪。楚王为避免国内动乱，拿楚国三代国君的子孙给斗椒作人质，劝他不要胡来。但斗椒并不接受楚王的条件，楚王便发兵在楚地与若敖氏家族作战。

斗椒自恃实力雄厚，以为这次一战就能夺取楚国的政权。他在战场上用强劲而锐利的箭两次瞄准楚王射去。第一次，箭飞过车辕，穿越鼓架，射在楚王身旁的铜钲上；第二箭飞过车辕，穿透了楚王的车盖。楚王的士兵见斗椒来势凶猛，便害怕起来，有的人开始往后撤退。在这关键时刻，楚庄王为了鼓舞士兵坚持战斗，亲自击鼓进军，全军在他带领下，奋勇冲杀，一鼓作气，消灭了若敖氏。但楚王并没有对若敖氏赶尽杀绝，而是对忠臣的子孙做了妥善的安置。

子文虽然被抛弃在云梦泽中，但居然有老虎给他喂奶，让人惊讶万分。

老生常谈

【词义】 老生：年老的书生。这则成语的意思是指老书生常讲的话，没有新意。
【用法】 比喻令人生厌的内容或谈话。也作"老生常谭"。

管辂（lù）是三国时期山东平原的术士。他容貌丑陋，不讲礼仪，性好嗜酒，言谈无常。管辂从小就喜欢仰视星辰，遇到人总是问天上星辰的名字，直到深夜也不肯睡觉，他的父母也管不了他。和其他小孩玩的时候，管辂就在地上画天文图，人们都说他是奇才。成人后，管辂因精通《周易》、风角、占相，远近扬名。

周公庙制礼作乐坊
周公庙是祭祀周公的庙宇。

日子一久，管辂的名声传到吏部尚书何晏和邓飏（yáng）耳里。这天，正好是农历十二月二十日，这两个大官吃饱喝足后，闲着无聊，便派人把管辂召来替他们占卜。

管辂早就听说这两人是曹操侄孙曹爽的心腹，倚仗权势，胡作非为，名声很不好。他考虑了一会儿，便想趁这个机会好好教训他们一顿，灭灭他们的威风，于是欣然而往。

何晏一见管辂，就大声嚷道："听说你的占卜很灵验，快替我算一卦，看我能不能再有机会升官发财。另外，这几天晚上我还梦见苍蝇总是叮在鼻子上，这是什么预兆？"

管辂想了一想，说："古代八元、八凯辅佐虞舜，周公辅佐成王，都因其温和仁厚、谦虚恭敬而多福多寿。这不是卜筮所能决定的。现在你二人位高权重，名若雷霆，但人们并没有受到你们的恩德，只是畏惧你们威势，这恐怕不是小

周公辅成王画像石

心求福之道。而相反，有的人能够做到不在位，却人怀其德。对此，你们不该三思吗？至于青蝇逐鼻，鼻子乃是天中之山，居高位而不危倾，就可以长久地守住尊贵之位。这恐怕不是好预兆。你的梦按照卜术来测，是个凶相啊！要想逢凶化吉，消灾避难，只有多效仿周公等大圣贤们，发善心，行善事。"

邓飏本来打算恭恭敬敬听管辂讲卜筮，没想到竟听到这样一番训斥，不禁恼怒道："你这不是老生常谈吗？我们早就知道，何必再听你的啰嗦？"

管辂不紧不慢地说："不听圣人言，吃亏在眼前。"遂起身，拂袖而去。

不久，新年到了，洛阳传来消息说，何晏、邓飏与曹爽一起因谋反而遭诛杀。管辂知道后，连声说："老生常谈的话，他们却置之不理，所以难怪有如此下场啊！"

管辂借卜卦的机会告诫何晏、邓飏应多行善事，为官仁厚清廉，但那二人却认为管辂是老生常谈，反而大声斥责管辂。

乐不思蜀

【词义】蜀：三国时的蜀国。这则成语的意思是指快乐得不再思念蜀国。
【用法】形容乐而忘返或乐而忘本。

三国时，蜀主刘备死后，他16岁的儿子刘禅即位，史称"蜀后主"。蜀后主刘禅，小名叫做阿斗。人们讥笑不争气、没出息的人，就称为"阿斗"或"扶不起的阿斗"。刘禅是个昏庸无能的人，即位初由于丞相诸葛亮等人的全力辅佐，还能保证国家的繁荣稳定。后来辅佐他的人先后去世，加之宠信宦官黄皓，使朝政日趋腐败，刘禅自己只知道玩乐，国家的境况越来越糟糕，国势日趋衰弱。后来，魏国大将邓艾攻下绵竹，大军直逼成都。刘禅只得乖乖投降，当了俘虏，蜀汉灭亡。刘禅投降后被魏国封为"安乐公"软禁起来。而刘禅对此很满足，安心地在异国他乡过着享乐生活。

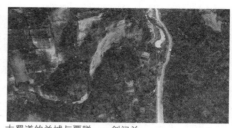

古蜀道的关城与要隘——剑门关

一天，司马昭请刘禅饮酒。席间，先表演魏国的歌舞，原蜀国的官员，都觉得很难堪，只有刘禅看得很高兴。后来，司马昭又让人特地为刘禅表演蜀地歌舞。在场的蜀汉旧臣看了，触景生情，十分难过，有的还掉下了眼泪。只有刘禅观看得津津有味，乐不可支，全无亡国之痛。

司马昭见到这种情况后，悄悄对一位大臣说："一个人竟糊涂到这等程度，真是不可思议。如此看来，即使诸葛亮还活着，也不能保住他的江山！"于是，司马昭故意问刘禅说："你思念蜀地吗？"

三国时期蜀国陶俑

"我待在这里很快乐，一点也不思念蜀地。"刘禅回答说。蜀官们见他如此回答，都十分伤心。

过了一会，刘禅起身上厕所，原在蜀汉任职的郤（xì）正马上跟到廊下，偷偷对刘禅说："今后大将军再问您是否还思念蜀地，您应该哭着说，我没有一天不思念。这样，我们也许还有希望回到蜀地去。"刘禅牢牢记住了郤正的话，重回酒席。又喝了一会儿酒，司马昭果然又问

刘禅还想不想蜀国。刘禅便照着郤正的话，背书似地说了一遍，虽然竭力装作悲苦之状，

看到蜀国的歌舞，蜀国的旧臣都十分难过，只有亡国之主刘禅不知亡国之痛，依旧十分高兴地欣赏。

但是没有眼泪，只好把眼睛闭了起来。司马昭猜到一定是郤正教给他的，便故意问道："你这话怎么和郤正说的完全一样？"刘禅听了，暗吃一惊，便张开眼睛说道："你说得对，正是郤正教我说的。"司马昭和旁人都忍不住笑了起来。

后来凡是留恋异地，忘了自己的老家和根本不想回故土的，就叫"乐不思蜀"。

乐此不疲

【词义】乐：特别喜爱。疲：疲倦。这则成语的意思是指乐于此道，不知疲倦。
【用法】形容对某一事物特别爱好，沉迷其中，不知疲倦。

汉光武帝刘秀是个开明的皇帝。他性格仁厚宽宏，而且勤奋好学。登基之后，他一直与共同战斗过的开国元勋们和睦相处，富贵始终。他还能注意减轻人民的负担，让百姓休养生息，更难得的是他纲纪严明，从不徇私枉法。

《休园图》（局部）

刘秀半生戎马生涯，称帝后二十年间才逐渐统一中国。到了晚年时，刘秀考虑百姓连年征战，苦不堪言，所以不再轻易兴兵动众，而且，他本人也有些厌倦四处征战的生活。有一次，太子刘庄向他请教攻城略地的军事问题，他沉思了一会儿说："春秋时期，卫灵公曾向孔子请教过征战的学问。孔子回答说：'关于祭礼、礼仪方面的事情，我多少明白一点，至于那些如何克敌制胜的学问，我一无所知，无从回答您。现在天下已经太平了，您应该想怎样治理天下，让百姓安居乐业，如何打仗的问题您就不要过多地研究了，那是将军们的事情。'"太子听懂了刘秀话中的意思，于是便开始专心学习如何治理国家。

刘秀刚称帝的时候，朝廷上下百事待举，政务繁杂，每天都有急需处理的政务。为了及时批阅奏章，并当面指示一些重大政务的决策，他每天都很早接见文武公卿，与他们讨论治理天下的方法，一直到深夜才回寝宫休息，有时甚至彻夜不眠。

太子见刘秀年近六旬，两鬓斑白，还如此不辞劳苦，勤于政务，心中不忍，便劝谏道："父皇有大禹和商汤的英明，却忽视了像黄帝、老子那种讲究修身养性的长寿之道。您要注意身体才是啊！父皇身体健康，也就是天下百姓之福。"

刘秀勤于政务，不辞辛劳，对于太子的关心只是一笑了事，还是不肯放下手中的工作。

铜方斗
王莽建立的新朝所用的量器。

刘秀看看太子关切的目光，笑笑说："我喜欢从事这些活动，并不觉劳累（我自乐此，不为疲也），你们不必担心。"

刘秀在位三十二年，六十二岁时病逝，临终前留下遗言说："我对百姓没有什么大恩德，死后丧事要从简，要像文帝那样，不许用金银器皿陪葬，用陶瓦器皿就可以了。各州的地方官吏也不必离职来京城吊唁，更不许派官吏或以奏书的形式祭奠，要各司其职，这一点千万要记住！"所以，后世的许多史学家都把刘秀看作是一个开明的帝王。

流言蜚语

【词义】蜚：同"飞"，凭空而来的。这则成语指社会上流传的没有根据的话。"流言"和"蜚语"的意思相似。
【用法】现多指背后议论、诽谤、诬蔑或挑拨离间的话。

西汉时，窦太后的侄子窦婴因平定吴王濞的叛乱有功而被封为魏其侯。还有一位皇亲国戚田蚡，是皇后王氏的同母兄弟，因为出身低贱，在汉景帝在位时只当了一个小小的郎官。后来由于王皇后常在景帝面前为他说好话，才当上了太中大夫。汉武帝即位后，田蚡十分得宠，被封为安武侯。

窦太后死后，窦婴很快失势，而田蚡作为国舅当上了丞相。窦婴虽然失势，但将军灌夫还是与窦婴保持着密切的关系，交情甚好。

公元前131年，田蚡娶燕王的女儿为夫人，王太后特地下诏，要诸侯王和宗室大臣都去祝贺。宴会进行过程中，田蚡起立向客人敬酒，客人们都十分恭敬地还礼。过了一会儿，窦婴也起立敬酒，这时只有他的旧交熟人离开座位，很多人仍然跪坐在席上不动。灌夫看着这一切，心里十分恼火，就拿起酒杯，到田蚡席前去敬酒。田蚡只是无礼地说不能再喝了。灌夫虽然怒火中烧，但表面上仍嬉笑着再次要他喝酒，田蚡还是不喝。于是，灌夫继续往下敬酒。当敬到一个权贵跟前时，那人正凑着边上另一个权贵的耳朵说话，也没有起立还礼。灌夫再也忍不住了，指着他边上的权贵骂道："你平时说他一钱不值，今天我向你敬酒，你却学女人样与他咬耳朵说话！"田蚡见灌夫当众辱骂他请来的客人，勃然大怒，马上召来卫士，把灌夫扣留起来。接着，又将灌夫的宗族都抓起来。

高足玉杯

汉代鎏金银竹节铜熏炉

灌夫见自己敬酒时，对方如此无礼，终于勃然大怒，指责对方的过错。

窦婴觉得灌夫是为自己而得罪田蚡的，便决定舍命救他。他设法让武帝召见，说灌夫是喝醉了酒才失礼的，田蚡不能因私怨而定他罪。武帝让他和田蚡当面辩论，两人各执一词，无法调和。于是，武帝又让大臣们发表意见。碍于窦婴和田蚡都是皇亲国戚，大臣们都不明确表示意见，这让武帝十分恼火。王太后知道这件事后，以绝食逼武帝支持田蚡，武帝只得将窦婴逮捕下狱。后来，灌夫及其全族被斩。窦婴听说这件事，极度悲愤，企图绝食自杀。可不几天有人传来消息说，武帝不想杀他。他以为可以不死，恢复进食，但就在这个时候，又有许多没有根据的、诬蔑中伤他的话传进宫中。武帝听后大怒，终于将窦婴斩首。

门庭若市

【词义】庭：庭院。市：集市。这则成语指门口和庭院里热闹得像集市一样。
【用法】形容聚集了非常多的人。

齐国有位大夫叫邹忌，是当时有名的美男子。对
自己的外貌，邹忌一向非常自信。一天，邹忌穿戴整
齐，拿着镜子，前后左右地欣赏自己的英姿，觉得十
分满意，便问在他旁边的妻子："夫人，依你看，我
与城北的徐公相比，谁更漂亮？"妻子回答说："当

《清明上河图》局部
此图描绘了古代社会的繁华景象。

然是你漂亮，城北的徐公哪能比得上你啊！"邹忌听
后十分高兴。这时邹忌的爱妾来到他的身边，他又对他的爱妾问道："你说说看，我与城北的徐
公比较，谁更漂亮？"他的爱妾连想都不想，马上对他说："当然是您漂亮。城北的徐公虽然也
很漂亮，但无论如何他也比不过您！"第二天，一位客人来拜访邹忌，他们坐下来喝酒聊天。谈
话中，邹忌觉得关于自己的外貌，也应该听听客人的意见，让他评价评价。于是邹忌对客人说：
"您现在坦率地对我说一说，我与城北的徐公相比，谁更漂亮？"客人听了邹忌的问话，端详了
邹忌好一会儿，才对他说："我以为，还是您更漂亮些！"事情过去没几天，城北的徐公登门拜
访邹忌。邹忌在与徐公闲谈时，仔细地将徐公观察了一番，他觉得，徐
公作为齐国的美男子，确实当之无愧，比自己漂亮多了。

　　事后，邹忌想，为什么自己的妻子、爱妾和客人都说自己漂亮呢？
慢慢地，他明白了这几个人不说实话的真正原因："妻子说我漂亮，是
因为她偏爱我；爱妾说我漂亮，是因为她惧怕我；而客人则是因为有求于
我，所以他们都不肯或不愿意将自己真实的看法说出来。这个样子，我怎么
可能听到真话呢？"

战国时期彩
漆雕龙盖豆

　　第二天早朝时，邹忌便将自己经历的这件事情说给
齐威王听，并劝谏说："现在齐国地大物博，大王所接触的人也比我多，但
您左右的大臣们由于种种原因而不能直接将他们的心里话说给您，您就会受
到一些蒙蔽。大王如果能开诚布公地征求意见，让他们大胆地指
出您的不足，才是利国利民的好事。"

　　齐威王觉得邹忌的话很有道理，随即下令说："今
后无论是朝中大臣、地方官吏还是平民百姓，凡是能当面
指出我过失的，给上赏；上奏章规劝我的，给中赏；
在街市中议论我并传入我耳中的，给下赏！"

　　法令颁布后，向齐威王提各种意见的人川流不
息，宫门热闹得如同市场。随着时间的
推移，宫门渐渐清冷下来，因为人们已
经没有什么意见可提了，而齐国也迅速
地强盛了起来。

邹忌穿戴整齐
后，问妻子自
己是否漂亮，
妻子觉得邹忌
很漂亮，没人
能比得上。

民不聊生

【词义】聊：依赖。聊生：赖以维持生活。这则成语的意思是指人民无以为生，无法生活下去。
【用法】形容人民生活极端困苦。

战国后期，几个势力强大的诸侯国互相争夺霸权，战争接连不断，人民的生活十分困苦。公元前293年，秦昭王派大将白起，在伊阙（今属河南）大破韩、魏两国军队，斩杀24万人，并掠夺了大量财物，被杀士兵的家属悲恸欲绝。之后，秦军又频频进攻韩、魏两国，先后夺占了许多座城池，成千上万的人失去了家园，许多士兵丧失了性命。

《流民图》

后来，秦国又派大将白起攻魏，但魏国久攻不破，秦昭王便假意想与韩、魏两国和好，并请求与两国一起攻打楚国。楚国得知秦国要来攻伐，便派使臣春申君黄歇到秦国求和。黄歇是楚国的贵族，当时担任左徒。他到秦国后给昭王上书说："现在威胁秦国的其实不是楚国，而是韩、魏。因为，韩、魏两国的百姓不知被您杀了多少，活着的百姓都无以为生，流离失所，他们同秦国的冤仇不共戴天，是不会真心与秦国修好的。如今，您想联合这两个对您有仇的诸侯国攻打我们楚国，等于是让他们强大起来。再说，大王的军队借道韩、魏，一旦他们的军队倒戈一击，秦军就要遭到灭顶之灾。而您与楚国亲善友好，秦、楚两国联合而成为一个整体进逼韩国，韩必定收敛不敢轻举妄动。大王再精心设置东山的险要地势，利用黄河环绕的有利条件，韩国就必定成为秦国的臣属。而且大王再用十万兵力驻守郑地，魏国就会心惊胆战，这样魏国也会成为秦国的臣属了。大王一旦同楚国交好，那么韩与魏就要向齐国割取土地壮大自己，齐国右边济州一带广大地区您便可轻而易举地得到。到时大王的土地横贯东、西两海，约束天下诸侯，

秦代武士彩俑复原像

这样燕国、赵国没有齐国、楚国作依托，齐国、楚国没有燕国、赵国相依傍。然后以威望震慑燕、赵两国，直接动摇齐、楚两国，这四个国家不须急攻便可制服了。"

昭王读了春申君的上书后说："真是妙策。" 于是阻止了白起出征并辞谢了韩、魏两国，同时派使臣给楚国送去了厚礼，秦楚谛结盟约成为友好国家。

由于秦国的连年讨伐，使其他诸侯国的百姓民不聊生，生活困苦。

南柯一梦

【词义】南柯：南面的一棵大树。这则成语的原意是指在南面大树下做的一场美梦。
【用法】比喻世事如梦，富贵易失，一切都是空欢喜。

隋末唐初时，有个叫淳于棼（fén）的人，家住广陵，家道殷实。在他家的院子中，有一棵根深叶茂、充满生机的大槐树。

一天，淳于棼来到大槐树下纳凉。夜色渐深，他在树下沉沉睡去。恍惚中，淳于棼来到了一个叫大槐安国的国家。此时正值该国京城会试，淳于棼立即报名入场。三场考试结束，淳于棼得了第一名。接下来是殿试，大槐安国皇帝见淳于棼一表人才，亲笔点他为头名状元，并对他说："朕看你是个栋梁之才，想把公主许配给你为妻，你要好好效忠国家。"一举中状元，又成了驸马，淳于棼好不得意。这事在大槐安国一时成为美谈。春风得意的淳于棼，与公主相亲相爱，生活十分美满。

这一天，大槐安国皇帝将淳于棼召上金殿，随即下诏派他到南柯郡任太守。淳于棼到任后，忠于职守，经常巡视各县。他克己奉公，法度严明，使得属下的官员也都一心为公，没有一个敢胡作非为。淳于棼由于治理有方，深受百姓的拥戴。这一年，敌国侵犯大槐安国，皇帝派出几员大将，数十万人马迎敌，但都屡战屡败，损兵折将。消息传到京城，皇帝大为震惊，急忙上朝召来文臣武将商议退敌大计。这时，宰相向皇帝推荐淳于棼。皇帝如梦方醒，立即让淳于棼率领全国精兵，与敌军决一雌雄。淳于棼接到圣旨，立即披挂上马，率兵出征。可惜，他虽能诗善文，对于布阵打仗却一窍不通。大军来到阵前，刚一与敌军接触，便被打得溃不成军。统率三军的淳于棼差一点就成了战俘。逃回京城的淳于棼把情况报告给皇帝。皇帝龙颜大怒，立即传旨将淳于棼削职为民。

淳于棼大喊冤枉，惊觉而起，但见月挂枝头，树影摇摇。原来，所谓南柯郡不过是槐树下的一个蚂蚁洞而已。他觉得很沮丧，忽尔又若有所悟地自言自语说："幸而是南柯一梦，不然，太令人不愉快啦！"

《醉儒图》局部

在睡梦中，淳于棼不但金榜题名，还做了驸马，一时间春风得意。

鎏金婴戏纹银壶
唐代盛酒器，银质，鎏金，腹部刻有人物图案。

盘根错节

【词义】盘：盘旋。错：交错。这则成语的本意是指树木的根干枝节，盘曲交错。
【用法】比喻事情纷繁复杂，不好处理，还可以比喻某种势力根深蒂固，极难消除。

东汉安帝在位时，有一年，西羌与匈奴两个少数民族，分别从西面和北面大举来犯，边关不断向朝廷告急。汉安帝立即召集文武百官商议退敌之策。大将军邓骘（zhì）建议放弃凉州，全力对付匈奴，等胜利后再夺回凉州。

虞诩认为：不遇到盘结的树根，交错的竹节，就不能识别斧子的锋利。

郎官虞诩却有不同见解。他说："如果放弃西边的凉州，必然要波及北面。我军的战马多数要靠西北供应，放弃凉州，骑兵的战马靠什么来补充呢？"

听了虞诩的话，邓骘心中非常不痛快，他没想到虞诩一个小小的郎官竟敢公然对他的作战方案提出异议。但他又不好公开发作，便忍住怒气，阴沉着脸问道："那么依虞大人之见，我们该如何去做呢？"

虞诩说道："羌兵远来，必定不会带许多粮草，他们只求速战速决，以快取胜。而我们则可

根雕三足炉

凭险据守，不与他们正面交战，等他们扎下营寨我们半夜去扰，这样不出一个月，他们不仅人困马乏，且粮草也得不到补充，必然不战而退。这样我们还有必要放弃凉州吗？"汉安帝觉得有理，便听从虞诩的计策，果然既退了羌兵，又打败了匈奴。汉安帝为此十分欣赏虞诩。而邓骘则对虞诩怀恨在心，始终想找机会进行报复。

不久，朝歌一带发生动乱，农民起义军攻城陷地，杀死许多朝廷官员。消息传到京城洛阳，邓骘觉得机会来了，打算用个借刀杀人之计除掉虞诩。于是邓骘向汉安帝保奏说："郎官虞诩文武全才，可以任命他为朝歌县令，为国分忧。"安帝不知邓骘的阴险用心，立即传旨，任命虞诩为朝歌县令。圣旨一下，虞诩的许多好朋友都纷纷来到他的家里，劝他说："虞大人，你去朝歌任县令，这是邓骘的一个阴谋。你此去朝歌必然凶多吉少，不如上书皇帝辞职。"

"盘根错节"原指树木的根枝盘曲交错，后比喻事情纷繁复杂，不好处理。

虞诩听了朋友们的话，笑笑说："诸位大人，我以为有志气的人不求去做那种容易办的事情，更不能遇到困难就退缩。为国分忧，为民解难，是做大臣的本分。如果遇不到盘结的树根，交错的竹节，怎能识别刀斧的锋利呢？"

虞诩义无反顾地到朝歌上任。到任不久，他便平息了动乱，后来又屡建军功，最后官至尚书仆射。

骑虎难下

【词义】这则成语的意思是指骑上虎身，很难下来。
【用法】比喻做事中途遇到了困难，停下来又会造成更大损失，迫于形势无法中止不得不干下去。

在古代，外戚通过与帝王之间的特殊关系，逐步擅权，进而篡夺政权的事情，是很多的。隋朝开国皇帝杨坚就是这样登上皇位的。

北周武帝宇文邕(yōng)当政时，太子宇文赟纳杨坚的女儿为妃，杨坚成了皇上的亲家，地位十分显赫。周武帝死后，太子宇文赟继位，是为周宣帝。周宣帝把杨坚的女儿立为皇后，杨坚转而变成了皇上的岳父，身价倍增，成了朝中四大宰辅之一，牢牢地掌握着朝政大权。

杨坚夺位成功，自立为皇帝。建立隋朝后，杨坚十分勤政。

这个周宣帝荒淫残暴，枉杀忠良，致使朝廷上下人心惶惶。一次，周宣帝令人制定了一项法律，十分残酷。杨坚提出了不同意见。可周宣帝不听，还将他呵斥一顿。从此，杨坚记恨在心，并产生了废掉周宣帝的想法。

有一天，大将军宇文庆到杨坚府上饮酒，两个人谈得十分投机。杨坚悄悄地对宇文庆说："皇上的德行有亏，法令严苛，恣情声色，恐怕帝位不会长久。那些诸侯亲王又各据自己的封地，只求享乐，胸无大志，看来北周王朝是危在旦夕了。"宇文庆很快就明白了杨坚的用心。从此，两人心照不宣，在他们身边很快网罗了一大批人。

后来，周宣帝宇渐渐觉察出杨坚对自己的统治是一种威胁，慢慢地由戒备、恐惧发展到忌恨。有一次，周宣帝调戏一名宫女，杨皇后劝了他几句，周宣帝大发雷霆，拍案吼道："我身为天子，岂可容你们父女在我面前指东道西！"

杨坚的夫人进宫看望女儿，杨皇后对母亲哭诉了受辱骂的事情。杨坚的夫人回到家后，把周宣帝的话讲给杨坚，这更加坚定了他夺取帝位的决心。他的夫人趁机鼓动说："现在的形势已十分清楚，好比你已经骑到了老虎背上，不把老虎打死，你绝对不能下来，下来就更危险。你就下决心干吧！"杨坚觉得夫人的话很有道理，便加快了篡夺政权的步代。

后来，周宣帝还没来得及对杨坚下手，自己就一病不起了。他把帝位让给了太子宇文阐。不久，周宣帝撒手归西，即位的周静帝刚九岁，什么事也不懂。杨坚认为篡位夺权的时机已经成熟，于是杀掉幼主，自立为帝，建立了隋朝。

杨坚明白自己已经是骑虎难下，只有下定决心干到底。

千载难逢

【词义】 载：年。逢：遇。这则成语的意思是指千年也难得碰上一次。
【用法】 形容机会极其难得。

唐代著名的文学家韩愈，很小的时候就成了孤儿，由他的嫂子抚养成人。但他刻苦自学，年轻时就已博览群书，知识渊博。二十岁时韩愈进京赶考，到京城后，他自恃才高，以为入场便可得中，从未把同伴搁在眼里。结果别人考中，他却名落孙山。后来，韩愈在京中一连住了几年，连续考了四次，最后才算中了第十三名。之后，他又一连经过三次殿试，也没得到一官半职。直到三十五岁时，韩愈才得到机会担任国子监博士，后又被提升为刑部侍郎。

泰山被誉为五岳之首。历史上曾有许多帝王来这里朝拜，举行隆重的封禅大典。

当时唐朝佛教盛行，连唐宪宗也很崇尚佛教。他听说有所寺院里安放着一块佛祖释迦牟尼的遗骨，便准备兴师动众，把它迎进宫里礼拜。韩愈很反对这种做法，写了一篇《谏迎佛骨表》加以反对。其中提到，佛教传入中原后，帝王在位时间都不长，想拜佛求保佑自己，结局必然是悲惨的。唐宪宗看了这篇谏表，十分恼怒，认为韩愈不只是故意与自己作对，而且还用历史来影射自己活不长。为此，要将韩愈处死。亏得宰相说情，皇帝才改判韩愈为贬职，到潮州任刺史。

黄杨木雕文人坐像

唐朝中期，中央统治权力日益削弱。宪宗执政后，改革了一些前朝的弊政，因此中央政权的统治有所加强。被贬到潮州的韩愈，针对这一情况，再次给宪宗上了《潮州刺史谢上表》，极力为宪宗歌功颂德，希望重新得到皇帝的信任，回到朝廷工作。

韩愈一度恃才傲物，没想到自己经过这么多波折才得以在朝中为官。

在这道表中，韩愈恭维宪宗是扭转乾坤的中兴之主，并且建议宪宗到泰山去"封禅"。封禅，是一种祭祀天地的大典。古人认为五岳中泰山最高，登到山顶筑坛祭天称"封"，在山南梁父山上辟基祭地叫"禅"。历史上有名的秦始皇和汉武帝，都曾举行过这种大典。韩愈这样建议，是把宪宗当作有杰出贡献的帝王。

韩愈还在这道表中隐约地表示，希望宪宗也让他参加封禅的盛会，并说如果他不参加这个千年难逢的盛会，将会引为终身的遗憾。宪宗看后，觉得韩愈这个官做得还不错，便把他调回京都，又让他担任吏部侍郎。

巧夺天工

【词义】夺：胜过、压倒。这则成语的意思是指人工的巧妙胜过自然的创造。
【用法】形容技艺十分精湛、高超。

东汉末年，上蔡县令甄逸有个小女儿，长得貌若天仙，受到全家宠爱。每个相面先生见到漂亮的甄姑娘后，都大吃一惊，说她的相貌贵不可言，将来必定是大富大贵。甄夫人听了高兴极了，从此留心给甄姑娘找一个有权势的夫家。

古代妇女发髻造型丰富多变，往往与假发配合使用。

当时，出身于四世三公的大官僚家庭的袁绍，担任冀州牧，他第二个儿子袁熙还未成亲。袁熙听说甄姑娘美丽无比，而且是官宦人家出身，便请求父亲派人去提亲。这样，甄姑娘便嫁到了袁家。后来，袁绍在与各地方势力的混战中取胜，握有四州之地，他的三个儿子也各领一州。但好景不长，袁绍在官渡为曹操大败，不久病死，甄姑娘的丈夫袁熙不久也被杀死。当时，袁绍的夫人刘氏和甄姑娘一起住在邺城。曹操的儿子曹丕攻破邺城后进入袁府，见到甄姑娘后，被她的美貌惊呆了。他当即要她理一下披散的头发，并让她装扮一下。临走时，曹丕又留下一队卫兵保护袁府，不准外人闯入。

曹丕见到甄夫人巧夺天工的发型，觉得她还是那么年轻美丽。

过了不久，曹丕禀明曹操，派人将甄姑娘接到自己府里，并与她成了亲。曹丕对甄夫人宠爱无比，百依百顺。后来曹丕代汉称帝，建立了魏国，甄夫人被立为皇后。当时她已四十岁，为了使曹丕长久宠幸自己，每天早晨都要花许多时间打扮。

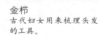

金栉
古代妇女用来梳理头发的工具。

据说在她宫室前的庭院中，有一条长得非常美丽的绿色的蛇，它嘴里时常含一颗红珠。每当甄皇后梳妆打扮的时候，它就在她面前盘成奇巧的形状。甄皇后后来注意到，这蛇每天盘一个形状，从来不重复。于是，她就模仿它的形状梳头。

时间久了，甄皇后的头发虽然是用人工梳成的，但它的精致巧妙胜过了天然的。当然，她每天的头发形状也是不同的，后宫的人都称它为"灵蛇髻"。曹丕后来觉得她仍然非常年轻漂亮，还是对她十分宠爱。但是，随着年华的消逝，即使再精致巧妙的梳妆，也无法改变甄皇后失宠的命运，年轻的郭皇后取代了她的地位。而她由于对此不满，惹怒了曹丕，最后被下诏赐死。

巧取豪夺

【词义】巧取：用各种方法骗取。豪夺：用强力夺取。这则成语的意思是指耍手段获取，硬性抢夺。
【用法】形容用巧妙的欺骗手段或凭借强力夺取财物。

米芾、米友仁父子是宋代著名的画家、书法家。米芾曾被宋爱画者喜欢，是自然的事情。然而米氏父子"不择手段"地获取别人珍藏的古人名画的行为，经常是令人匪夷所思。

米芾《衰老帖》局部
此帖笔画雄健，力透纸背，为米氏得意之作。

先说米芾。一天，他的朋友蔡攸得到了一本东晋书法家王献之的行书《鸭头丸帖》，兴致所在，摆放酒桌，请米芾来喝酒观赏。米芾见此墨宝用笔俊迈，气势非凡，敬佩得五体投地，觉得这幅字贴确是珍宝。米芾想让人割爱，又难于启齿，于是心中打起了鬼主意。忽然，他泪流满面，连连狂饮，猛地掷杯而起，向好友拱拱手道："我实在痛不欲生，要追随屈原投江而去了，就此永别。"说罢，起身就走。蔡攸大惊，一把将他拉住，追问原因。米芾说："我有生以来收藏了不少名人字帖，没一幅比得上这幅，如此看，我活着还有什么意思？"蔡攸看到好友如此，深感无奈，只好将珍爱的墨宝赠给了米芾。

米芾

米友仁则更是继承了他父亲"颠狂"之风。米友仁在涟水时，曾向别人借来唐代画家张萱的《望月》图，自己熬了几个通宵将画临摹下来，然后偷偷把真品留下来，把自己临摹的赝品还给了画的主人。过了几天，画主人发现自己被骗，登门来找米友仁讨要自己的真品，声言不给回真品，就要与他到公堂上相见。米友仁甚为奇怪，因为他以前也这样干过，一向无人找上门来，怎么这个画主偏偏能识破呢？忙问原由。画主说："你以为你手笔高明，就可以以假乱真了吗？告诉你，我那幅原画，技法太绝了，在蜡烛光的辉映下能看出月亮里的嫦娥和玉兔。你临摹时却忽略了这一点！"米友仁听了，心中暗暗叫苦，也由衷佩服其功力。无奈之下，只好把原画取出，双手奉还给画主，又说了许多好话，央求人家别去告状。

米氏父子这种欺骗别人获取名画的手法，被当时人风趣地指责为"巧取豪夺"。

米友仁自认为已经临摹得很像了，没想到被画的主人轻易识破，还要将他告上公堂，真是颜面扫地啊。

亲痛仇快

【词义】亲：亲人、朋友。仇：敌人。这则成语的意思是指使亲人痛心，仇人快意。
【用法】形容所做的事伤害了亲人，却使仇人（敌人）感到高兴。

东汉王朝的建立者刘秀登基后，大封功臣，但有个名叫彭宠的功臣却没有得到封赏。彭宠原为渔阳（今北京密云）太守，曾出兵帮助刘秀平定王郎之乱。刘秀称帝后，旁人都升了高官，而彭宠仍就在原来的官职上，因此他的心里很不平衡。

汉代说唱戏俑

渔阳属幽州牧朱浮管辖。朱浮是个性情急躁的人，曾向渔阳征收钱粮。彭宠居功自傲，不肯发送，并且口吐怨言。朱浮大怒，写信去骂了他一顿。这使彭宠对朱浮十分怨恨。

不久，朱浮向刘秀密告：彭宠行为不轨，说不定会造反。于是刘秀召彭宠到京都来。彭宠知道这次皇帝召见他，肯定是朱浮搞的鬼，便要求和朱浮同去京都，但刘秀没有批准。这下彭宠更加怀疑并且畏惧起来了。彭宠的妻子平时就爱干预丈夫的事，这时便劝彭宠不要去京都，还是自己独立吧。彭宠听从了她的话，拒绝应召入都晋见，并出兵两万余人攻打朱浮。

东汉镀金铜马

朱浮听说彭宠发兵来攻，便写了一封信给他。信中说：

彭宠不听从朱浮的劝告，执意要发兵夺取政权。

"现在国家刚刚太平，文武百官不管本领大小，都在为国家建功立业，而你却兴兵作乱。你应该懂得，凡是做事情，不要让亲人感到痛心，而使仇敌感到高兴。你或许自以为了不起，那么你就错了。古时候辽东有一只野猪生了一只白头的小猪，辽东人士以为奇珍而将它献给朝廷。后来，辽东人到河东一趟，竟发现当地的猪都是白头的。而你今日立了些小的战功，竟想在朝廷夸口，真与辽东的猪一样。"彭宠看了这封信后，没有听从朱浮的劝告，仍然发兵去攻朱浮所在的蓟城（今北京西南）。刘秀得知后，赶紧派兵去增援朱浮。但彭宠击退了援军，把朱浮困在蓟城里。后来，朱浮好不容易才逃出蓟城。彭宠夺得蓟城后，自称燕王，一时间得意洋洋，但最后还是以失败而告终。后来，人们把"为亲厚者痛，而为见仇者所快"引申为成语"亲痛仇快"。

秦晋之好

【词义】秦、晋：春秋时期的两个国家。这则成语意思是指秦国和晋国联姻，友好相处。
【用法】现用来代指两姓结为亲家或结成婚姻关系。

春秋初期，晋国逐渐成为一个势力较大的诸侯国。为了加强与邻近的秦国的友好关系，晋献公将自己的大女儿嫁给了秦穆公，历史上称她为秦穆夫人。

后来年老的晋献公非常宠爱妃子骊姬，听了她的谗言，竟逼死太子申生。骊姬为使自己的儿子能当上国君，还想加害公子夷吾和重耳。公子夷吾和重耳只好逃离晋国。骊姬的儿子虽然当上了国君，但却被忠于夷吾的大臣杀死了，流亡在外的夷吾便回到晋国当国君。夷吾生怕回国后控制不住局势，便请秦穆公派兵护送并支持他，并允诺割五座城池给秦国以作为报答。但他即位（史称晋惠公）后居然食言，这使秦穆公非常恼火。过了四年，晋国发生饥荒，向秦国求援，秦穆公不计旧恨，还是运送了许多粮

《双鸳戏水图》

春秋战国时期双耳金杯

国发生了饥荒，晋惠公却不肯支援秦国粮食，使秦穆公对晋国彻底失望。过了一年，秦穆公率军攻伐晋国，活捉了晋惠公。后在秦穆夫人的帮助下，秦穆公不仅宽恕了惠公，而且与晋国缔结了盟约。晋惠公为了表示诚意，把太子圉(yǔ)送到秦国去当人质，秦穆公还将宗女怀嬴嫁给子圉。不料，子圉居然偷偷逃回晋国。次年晋惠公去世，子圉当了国君，即晋怀公。怀公生性残暴，乱杀老臣，引起朝中百官对他的强烈不满。

秦、晋两国经常联姻，以示相互友好。

在各诸侯国流亡了多年的晋公子重耳，最后来到了秦国。他才华出众，为人忠厚，秦穆公很欣赏他，把五个宗女嫁给他，其中一个即是怀嬴。一天，怀嬴捧着水盆给重耳浇水洗手。重耳洗完后，很轻视地挥手叫她走开。怀嬴生气说："秦国与晋国是对等的国家，你为什么欺侮我？"

重耳知道自己做错了，马上向她认错。后来，秦穆公派军队护送重耳回到晋国，重耳派人刺杀了怀公，群臣都拥戴他当国君。重耳即位后，让太子也娶秦国的宗女做夫人，从而父子两代都和秦国联姻，结成了"秦晋之好"。

倾城倾国

【词义】倾：使……倾倒。这则成语的意思是使一座城池甚至一个国家的人都为一个人所倾倒。
【用法】形容女人的容貌十分出众，非常美丽。

西汉时，有个叫李延年的人。他出身于音乐世家，其父母兄妹都能歌善舞，他本人歌舞尤其出色。后来他犯了法，被处以宫刑，只得进宫当了一名管理狗的官员。因为他经常能见到汉武帝，所以很快便以出色的音乐才能博得了汉武帝的宠爱。

《千秋绝艳图》局部

有一次，李延年一边舞蹈一边唱道："北方有佳人，绝世而独立。一顾倾人城，再顾倾人国。宁不知倾城与倾国，佳人难再得！"武帝听了禁不住叹息道："世上怎么可能有这样的美人！顾盼之间竟能迷住整个城市和国家的人。如有这样的美人，我一定要纳她为妃！"

平阳公主在一旁听了，说道："怎么没有，我听说李延年的妹妹就是这样的美人。"

武帝听了十分高兴，立即召李延年的妹妹进宫，见她果然天生丽质，倾国倾城，当即决定纳入后宫，并封为李夫人。李夫人年轻貌美，能歌善舞，很得武帝的宠爱。后来，她生下一子，即昌邑王。可是好景不长，李夫人生子以后，忽然患了一种病，疾病将这位旷世美人折磨得骨瘦如柴，憔悴不堪，失去了往日光彩照人的风姿。李夫人担心因容貌丑陋而失去皇帝的欢心，便拒绝与皇帝见面。

武帝听说李夫人病重，急急忙忙前来探视，但李夫人怎么都不肯让武帝见上一面。武帝有些着急，可李夫人还是不同意，将身体转过去，哭了起来，不再回答，弄得武帝很不高兴地快快离去。

西汉时期金丝项链
这是贵族佩戴的项链，金丝编织工艺极其精细，技艺高超。

事后李夫人的姐姐责备她不该对皇帝无礼。李夫人又伤心又生气地反驳道："你们太不懂皇帝的心理了。我因为长得漂亮才取得皇帝的宠爱，如果皇帝见我现在变得丑陋不堪，就会使他立即产生厌恶心理，过去的恩爱必然会一笔勾销。皇帝如果不爱我了还会照顾你们吗？我所以不见皇帝，正是为了给他永远留下一个忘不了的好印象，我死后，皇帝才会像我活着的时候一样关照你们。"

李夫人的愿望毕竟是愿望。不久她死去了，他的哥哥李广利和李延年，还是因打仗失败和参与内乱，被武帝诛杀了。

李夫人具有倾国倾城的容貌，而且能歌善舞，所以深得汉武帝的宠爱。

人杰地灵

【词义】杰：才能出众。灵：灵秀。这则成语的意思是指人物杰出，地域灵秀。
【用法】用于夸赞灵秀之地出现了杰出的人才，或指英杰曾到过之处，就成了名胜之地。

唐朝时，有一年九月初九重阳节，洪州阎都督在新落成的滕王阁大宴宾客，当地知名人士都应邀出席。王勃正好路过这里，也被邀请参加宴会。因为他当时很年轻又没什么名气，便被安排在不显眼的座位上。酒酣之际，阎都督站起来说："今天洪州的文人雅士欢聚一堂，不能没有文章记下这次盛会。各位都是当今名流，请大家写赋为序，使滕王阁与妙文同垂千古！"话毕，一旁侍候的人便将纸笔放在众人面前。但是大家推来推去，没有一个人动笔。后来推到王勃面前，王勃竟将纸笔收下，开始低头沉思。过了一会儿，王勃卷起袖口，挥毫即书。阎都督见是一个少年动笔，不大

王勃

王勃的诗句令阎都督赞叹不已。

在意，便走出大厅，凭栏眺望江景，并嘱咐侍从将王勃写的句子，随时抄给他看。不一会儿，侍从抄来《滕王阁序》的开头四句："南昌故郡，洪都新府。星分翼轸，地接衡庐。"这四句的意思是：滕王阁所在之处过去属南昌郡治，现在归你洪州府。它的上空有翼、轸两星，地面连接衡山、庐山两山。接着，侍从又抄来两句："襟三江而带五湖，控蛮荆而引瓯越。"阎都督看了有些吃惊。他想，这少年以三江为衣襟，又将五湖为飘带，既控制着南方辽阔的楚地，又接引着东方肥美的越地，大有举足轻重、扭动乾坤之气。这样有气魄的句子居然出自少年之手。

侍从接着抄上来几句，更使阎都督吃惊："物华天宝，龙光射牛斗之墟；人杰地灵，徐孺下陈蕃之榻。"原来，王勃在这里用了两个典故，前一个典故是说，物有精华，天有珍宝，龙泉剑的光芒直射天上二十八星宿中的斗宿和牛宿之间。意思是洪州有奇宝。后一个典故是说，东汉时南昌人徐孺家贫而不愿当官，但与太守陈蕃是好朋友，陈蕃特地设一只榻，专供接待徐孺之用。意思是洪州有杰出的人才。

阎都督越看越有滋味，越看越钦佩，连声称赞："妙！妙！妙文难得！"王勃写完后，走到阎都督面前，谦逊地说："出丑之作，望都督指教。"

阎都督高兴地说："你真是当今的奇才啊！"于是重新就座，阎都督将王勃奉为上宾，并亲自陪坐。而成语"人杰地灵"就出自王勃的《滕王阁序》中。

滕王阁
此阁因王勃的《滕王阁序》一文而名扬天下。

日暮途穷

【词义】暮：傍晚。穷：尽、尽头。这则成语的意思是指天快黑了，路途还很遥远。
【用法】形容走投无路，束手无策。

春秋后期，荒淫的楚平王无耻地霸占了自己的儿媳，又听信大臣费无忌的诬告，一面派人去杀太子，一面把太子的师傅伍奢及他的长子伍尚杀掉。伍奢的次子伍子胥逃往宋国。

为了替父兄报仇，伍子胥历尽千辛万苦，从宋国又逃奔到吴国。后来他决定借吴国的兵力去攻打楚国。他先是帮助阖闾刺杀吴王僚，夺得王位，得到了阖闾的重用。后来他同吴王阖闾率领大军进攻楚国，一直攻进楚国的都城郢。执政的楚昭王眼看胜利无望，便带着一部分大臣和将士逃往随国（今湖南随县）去了。

金双虎

彩绘龙纹漆内棺局部
这是楚国贵族的棺木要，通体以金银粉饰龙凤纹。龙凤是楚人最爱的纹样。

进入郢都的第二天，伍子胥为了报复楚王，便劝阖闾把楚国的宗庙拆了。阖闾贪图楚国的地盘，听了伍子胥的话，便把楚国宗庙拆了。但伍子胥仍不满足，又请求阖闾让他去挖楚平王的坟。阖闾认为伍子胥帮他攻楚立了大功，便答应了他的请求。

伍子胥打听出，楚平王的坟在东门外的廖台湖。但他带军队到那里后，只见茫茫的湖面，不知道坟在哪里。后来在一个石工的指点下，才找到了坟地，挖出了棺材，把楚平王的尸体挖了出来。伍子胥一见这尸体，便怒气冲天，抄起鞭子，愤怒地打了300余下，连骨头也打折了，最后还把脑袋砍了下来。

伍子胥为报家仇竟将楚平王的尸体挖了出来进行鞭打，十分残忍。

伍子胥鞭尸的事，被他先前的好朋友申包胥知道了。申包胥特地派人送了一封信给伍子胥。信中说："你这样做太过分了。你曾经是楚平王的臣下，可是为了报私仇，竟连死人也不放过，真是太残忍了！"

伍子胥读信后，对来人说："我因军务太忙，没有时间回信。请你代我谢谢申君，并告诉他：忠孝不能两全，我好比一个走远路的人，天快黑了，路途还很遥远，所以我只好做出这种违背常理的事！"

伍子胥最后下场也很悲惨。吴越相争时，他劝吴王夫差拒绝越国求和并停止征伐齐国。夫差不听，最后赐剑命他自杀。

第七章
幽默诙谐

HISTORICAL STORIES OF CHINESE IDIOMS

　　成语故事中不光有包含崇高正直的道德品格、博大精深的智慧谋略以及好学求知的精神和为人处世的道理，还有很多成语有着幽默诙谐的有趣内容。这些幽默风趣的成语中同样蕴涵着深刻的道理。按图索骥的伯乐之子，最终明白了不能死抱住书本求知识，在实践中学习也是很重要的；拔苗助长的农夫差点亲手毁了自己的劳动成果；书呆子博士为了买驴，写了整整三大张纸的契约，却没提到一个驴字，被众人嘲笑；张三的"此地无银三百两"反倒给邻居王二看出端倪，以至于血汗钱被偷走；东施效颦，美女的样子没学成，反而变得更丑，让大家更加不敢看她了；寿陵少年在邯郸学步，可是学不得法，最后连原来怎样走路也忘掉了，只好爬回家……这些幽默诙谐的小故事，在讽刺那些或急功近利、或自作聪明、或陈腐愚笨的人物的同时，也为我们揭示了许多人生的哲理。

按图索骥

【词义】按图：这里是指按照书本。索：寻找。骥：好马。这则成语的意思是指按照图上画的样子去寻求好马，结果无所得。
【用法】比喻做事死板、拘泥于教条，遵循成规，不能灵活变通。

春秋时期，秦国有个叫孙阳的人，擅长相马，无论什么样的马，他一眼就能分出优劣。因此，他常常被人请去识马、选马。因为传说伯乐是负责管理天上马匹的神，因此人们都把孙阳称做伯乐。

《蕃马图》局部

据说，为了让更多的人学会相马，使千里马不再被埋没，也为了自己一身绝技不至于失传，孙阳把自己多年积累的相马经验和知识编写成一本《相马经》。在书中，他详尽写了各种各样的千里马的特征，并画了不少插图，供人们作识马的参考。

彩绘木鞍马

孙阳有个儿子，资质很差，但很想继承父亲的事业。于是，他把父亲写的《相马经》读得滚瓜烂熟。他以为相马很容易，就想出去找千里马。他心想："我只要按照书中画的各种马的图去找，就可以找到好马了。"

儿子决心出门试一试。他看到《相马经》上说"千里马的主要特征是：高脑门，大眼睛，蹄子像摞起来的酒曲块"，便拿着书，往外走去，想试试自己的眼力。他按书中所写的特征去找，却一无所获。一天，他发现路边有一只又蹦又跳的动物。他想："这个蹦蹦跳跳的东西好像很符合书中千里马的样子，它肯定就是千里马，不过就是个子小了点，蹄子也不像酒曲块。不过没关系，千里马肯定有它特别之处。"他费了好大的力气终于捉住了在路边欢蹦乱跳的家伙，并把它带回了家。

儿子一进门，就高兴地对父亲说："父亲，您快看，我找到了一匹千里马，它长得和您那本《相马经》上说的差不多，只是个子小了些，蹄子稍差些。"

孙阳看到儿子手里拿的居然是只癞蛤蟆，不由得感到又好笑又生气，没想到儿子竟如此愚笨，便幽默地说："可惜这'马'太喜欢跳了，不能用来拉车，也没办法骑呀！"

孙阳的儿子按照书中描绘的千里马的特征去找好马，可是他太过死板愚笨，居然将癞蛤蟆当成了千里马。

接着孙阳长叹一声说道："傻儿子，这是一只癞蛤蟆，哪里是什么千里马呀。你这样按图索骥是不行的，要学好相马的本领，必须多多去看马、养马、了解马。"

儿子听完父亲的话后，非常惭愧，从此就踏踏实实的到马群中仔细地研究各种马去了。

拔苗助长

【词义】这则成语的意思是指把禾苗拔起来，帮它生长。
【用法】比喻置事物发展的规律于不顾，一味追求迅速成功，结果反而把事情弄糟了。

古时候，有一个宋国人靠种田为生，他每天都必须到地里去劳动。太阳当空的时候，没个遮拦，宋国人头上豆大的汗珠直往下掉，浑身的衣衫也被汗浸得透湿，但他却不得不顶着烈日躬着身子插秧。下大雨的时候，也没有地方可躲避，宋国人只好冒着雨在田间犁地，雨打得他抬不起头来，和脸上的汗水一起往下淌。

《耕作图》刻石拓片

就这样日复一日，每当劳动了一天，回到家以后，宋国人便累得一动也不想动，连话也懒得说一句。宋国人觉得这样干活真是辛苦极了。更令他心烦的是，他天天扛着锄头到田里累死累活，但是不解人意的庄稼，似乎一点也没有长高，真让人着急。

他在田边焦急地转来转去，自言自语地说："我得想办法帮助它们快点长高。"

于是，他想尽了各种各样的办法：多锄、浇水、施肥等等。但秧苗还是长得太慢。为这事他吃不好睡不好。

有一天，宋国人终于想出了一个新的好办法："我把秧苗一棵一棵地向上拔高一些，不就行了！"想好后，他说干就干，马上跑到田里，把秧苗一棵一棵地拔高，从早晨太阳还没出来一直忙到傍晚太阳落山，弄得精疲力尽，终于把所有的秧苗都拔高了一大截。他心里美滋滋地想："今天可把我累坏了！力气总算没白费，我帮禾苗都长高了一大截！"

楼车模型
这是古代农耕中用于播种的工具。

回到家里，他高兴地逢人便说："今天我的秧苗都长高了好几寸呢！"

大家都觉得非常奇怪，就问他怎么回事。他非常得意地说了自己想出来的"好主意"。别人听了之后都说："快回去看看你的秧苗吧，没准现在还可以救活。到明天就没救啦！"

可是农夫还沉醉在自己的兴奋之中，根本听不进去别人的劝告。

他的儿子听了之后，急忙跑到田里去看，只见所有的秧苗都低垂下了头。回家后，他告诉爸爸秧苗都快枯死了。农夫听了，后悔极了，感叹地说："心急吃不了热豆腐，拔苗助长是行不通的啊！"

据说，后来在乡亲们的帮助之下，他把大部分的秧苗都救活了。

宋国人一心想让自己的秧苗长得快些，便冒失地将秧苗拔高。

班门弄斧

【词义】班：指古代的巧匠鲁班。这则成语的原意是指在鲁班门前要弄斧头。
【用法】用来比喻在行家面前卖弄自己的本领，含有讽刺意味。

鲁班，又名鲁般、公输般，春秋时代鲁国(今山东曲阜)人。传说他是位能工巧匠，善于雕刻与建筑，技艺举世无双。人们一直把他看作是木匠的祖师爷。

李白纪念馆
位于四川省江油市，内塑李白少年时代站像。

唐朝著名诗人李白，字太白，号青莲居士，绵州昌隆人。李白少年时代知识就已很丰富，除儒家经典、古代文史名著外，还浏览诸子百家之书，并喜好剑术。他很相信当时流行的道教，喜欢隐居山林，求仙学道；同时，又有建功立业的政治抱负。素有盛世明君之誉的唐玄宗，为了表现政治清明，便下令召集天下各类英才。也在征召之列的李白欣喜若狂，以为大展鸿图的机会来了。由于

《李太白文集》书影

贺知章的引荐，唐玄宗很快就召见了李白。唐玄宗见李白才华横溢，其诗篇绚丽多彩，人又长得仪表非凡，非常高兴，便让他做了翰林院供奉。一时间，长安城中的王公贵戚、达官显宦都争着与李白交往。李白秉性耿直，对黑暗势力绝不阿谀奉承，因而屡屡遭受谗言诋毁，在长安不满两年，就被迫辞官离京。

据传说，有一天李白与朋友在江上划船夜游。在游览采石矶时，李白已经喝得大醉，见水中之月，清澈透明，竟探身去捕捞，结果跌到江中淹死了。他的朋友便把他葬在采石矶这个地方。采石矶从此也成了旅游胜地。

几百年后，明代诗人梅之焕来采石矶李白墓前凭吊李白。他到李白墓前一看，十分气愤，因为在矶上、墓上凡可以写字的地方，都被人留有诗句。那些文章一点也不通顺，写文章的人却又想冒充风雅的游人，竟在被称为"诗仙"的李白墓上胡诌乱题，那些拙劣诗句，出现在李白的墓上，真是可笑之极！梅之焕心中越想越不是滋味，感慨之余，挥笔题了一首诗：

采石江边一堆土，李白之名高千古；来来往往一首诗，鲁班门前弄大斧。

梅之焕讥讽那些自以为会做诗的游人，是在鲁班门前弄大斧。这句话被后人缩成"班门弄斧"。这样，"班门弄斧"的成语，就流传下来了。

李白之墓

梅之焕实在看不下去在李白墓上乱题的那些拙劣的诗句，便题诗讽刺那些写诗的人简直是班门弄斧。

杯弓蛇影

【词义】这则成语的意思是指误把映入酒杯中的弓影当作蛇。
【用法】比喻因幻觉而疑神疑鬼，自己吓唬自己。

西晋时，有一个叫乐广的人。他巧于辞令，善于清谈，即使有人向他提出一些很难回答的问题，他也能用十分简约的几句话给人以满意的答复；至于他所不知道的，他从不胡言乱语。当时，太尉王衍、光禄大夫裴楷也善清谈，曾请乐广一起通宵达旦地辩论，皆自叹不如。王衍常常对别人说："过去总觉得自己谈论问题非常清楚明了。现在见了乐广，与他一交谈，便觉得乐广谈话才是真正的简明扼要。我们这些人在他面前，都显得很繁琐了。"

高足金杯

那时有个很著名的书法家，晋武帝咸宁初年被任命为尚书令。一次，这位书法家看到乐广同太尉王衍等人辩论，言语犀利深刻、幽默生动，感到非常惊奇，感叹说："自从很多名士去世以来，我常担心精微高妙的言论将要断绝，没想到今天在这里又听到这样的言论了。"

古代弓箭

有一次，他的一位在外地做事的朋友来到本地，乐广把他请到家中做客。黄昏时分，乐广在一间很少使用的客厅里摆上了丰盛的宴席。故友相见，分外欢喜，正是酒逢知己千杯少。喝到兴头上，客人挺身举杯，准备一饮而尽。就在他饮酒的一刹那，突然看见酒杯里有一条游动着的小蛇。他感到十分恶心，可是酒已经到嘴边只能喝下去了。为了不驳主人的面子，他没声张，没待多久便告辞而归。回到客店，躺在床上，他仍感到很恶心，总觉得肚子里有一条小蛇，从此就病倒了。

乐广听到朋友生病的消息和病因，特别内疚，也很纳闷："酒杯里怎么会有蛇呢？"于是，他把那天的厨子找来查问，又到那间客厅仔细察看，发现在客厅的墙上挂着一把漆了油彩的弓。乐广立即找来杯子，盛上水，放在那位朋友搁过酒杯的地方，弓的影子恰巧落在杯中，摇摇荡荡，的确像一条小蛇。弄明原因以后，他乐颠颠地跑到客店，请那位朋友再来喝酒，并说保证能治好他的病。朋友如约前来，乐广请他仍旧坐在他上次坐的地方。客人端起酒杯往里一看，只见又有一条小蛇在酒杯里游荡。他脸色发青，双手抖颤，立刻放下酒杯，浑身直冒冷汗，连酒杯都不敢碰了。

乐广的朋友举起酒杯，又见到了里面游动的小蛇，顿时惊慌失措。

这时，乐广指着墙上挂着的那把彩弓，笑着对朋友说："老兄，哪里有什么蛇。你看，只不过是那把弓的影子罢了。"说着，他把弓摘下来，酒杯里的"蛇"也就无影无踪了。那位朋友弄清了真相，消除了疑虑和恐惧，他的病果真马上就好了。

博士买驴

【词义】博士：古代的学官。买：购买。这则成语的意思是博士到市场中买驴。
【用法】比喻行文罗嗦，通篇废话，不得要领。

颜之推生于南北朝时期，是山东琅邪临沂人，曾在北齐和北周做官。他结合自己从小的家庭教育和切身经历，写了一本《颜氏家训》，主要用于教导子孙，一共七卷二十篇，涉及的内容包括历史、文学、训诂、文字、音韵、民俗、社会、伦理、教育等，反应了颜之推的全部社会思想。在《颜氏家训》的《勉学》篇中，记载了一则"博士买驴"的笑话。

南朝时期透空龙纹白玉鲜卑头

从前，有个很有学问但很呆板的博士，他熟读四书五经，满肚子都是经文。这个博士对自己的学识十分自负，很欣赏自己，做什么事都要先咬文嚼字一番。

有一天，博士家唯一的一头驴子死了，家中不能没有脚力，于是他赶紧跑到市场上，想再买一头驴。在市场转了好久，他终于看中了一头脚力不错的驴子，讲好了价钱，写一份凭证才算交易妥当。按照当时习惯，卖主应该写一张买卖契约给买者。博士要卖驴的写，卖驴的表示自己不识字，请博士代写，博士马上答应了。

卖驴的当即借来笔墨纸砚，于是博士拉开架式，铺开纸，提起笔，摇头晃脑地书写起来，写得非常认真。但见他写了好半天，一大张纸都写满了，接着又写了一张，好像还没有结束的意思。卖驴的人等得不耐烦了，催他快些。可是他写得正得意，根本不理会。这时天已傍晚，卖驴的人实在忍不住了，便提高嗓门，请他少写几句，好早些回家。过了好长时间，三张纸上都是密密麻麻的字，才算写成。卖驴的请博士念给

北齐女官俑

他听。博士干咳了一声，就摇头晃脑地念了起来，过路人都围上来听。又过了好半天，博士才念完凭据。

卖驴的听后，不理解地问他说："先生写了满满三张纸，怎么连个驴字也没有呀？其实，只要写上某月某日我卖给你一头驴子，收了你多少钱，也就完了，为什么唠唠叨叨地写这么多呢？"

在旁观看的人听了，都哄笑起来。

这件事传开后，有人编了几句讽刺性的谚语："博士买驴，书卷三纸，未有驴字。"

博士的买驴契写了满满几页纸，可就是没有提到一个驴字。

魑魅魍魉

【词义】魑魅：传说中的山精。魍魉：传说中的水怪。这则成语的意思是泛指各种各样的妖魔鬼怪。
【用法】形容各种各样的坏人。

黄帝在位时，蚩尤作乱。传说蚩尤长得奇形怪状，有说他人身牛蹄，四目六手；也有说他头上长着角，耳朵边毛发直竖，总之样子非常可怕。他的弟兄们也都"铜头铁额，兽身人面"。他手下还有魑魅魍魉等妖魔鬼怪。据说魑魅虽是人脸，却是野兽的身子，长着四只脚；魍魉则像三岁娃娃的样子，通身黑里透红，长耳朵，红眼睛，乌黑的长头发，能学人声来迷惑人。而黄帝乃是"圣王"，在天神的帮助下，他统领大军和蚩尤大战于涿鹿，激战过后，黄帝终于获胜，把蚩尤生擒处死。

西周时期的玉面罩

其实黄帝和蚩尤都是我国远古时代不同氏族部落的著名首领。蚩尤所领导的，大概也是个强大的部落，以各种猛兽的形象为图腾（标志、符号），而且勇悍善斗。以黄帝为正统祖先的人们，就把蚩尤及其将领，形容成非人非兽，似妖似鬼的样子。

西周时期的玉牛面、马头

春秋时期五霸之一的楚庄王率军征讨小国陆浑，路过洛阳城旁的洛水时，为了炫耀武力，竟公然在周王室的境内陈兵示威。周定王怕楚庄王借机攻打周朝，忙派大夫王孙满去慰劳楚庄王。

楚庄王根本没把天子派来的使臣放在眼里，无礼地问王孙满道："你们王宫里珍藏的鼎（鼎，是周王朝最高权力的象征。）的大小轻重如何？"

王孙满心里明白，楚庄王特意问鼎，显然是藐视周王朝，并有取而代之的野心。于是他机智而又含蓄地说："鼎的大小轻重取决于德，而不在鼎本身。从前夏朝有德的时候，把远方的东西画成图像，让天下的长官进贡青铜，用来铸造鼎并且把图像铸在鼎上。这样就将万物都汇集在鼎上了，也可以让百姓认识神物和恶物。所以百姓进入山林川泽，就不会碰上不利于自己的东西，也就不怕出什么事，也不会遇到魑魅魍魉这些鬼怪，因此各位只有上下和谐，才能受到天下的保佑。当年成王将鼎固定在王城，占卜的结果是传世三十代，享国七百年，这是上天的命令。现在周朝的德行虽然衰减，但天命没有改变，所以鼎的轻重是不能询问的。"

楚庄王知道自己暂时还没有灭掉周朝的条件，也就带兵回国了。

人们将魑魅魍魉比喻成为祸害人间的各种妖魔鬼怪。

此地无银三百两

【词义】 此地：这个地方。无：没有。银：银两，古时的货币。两：古时货币的计算单位。意思是这里没有三百两银子。
【用法】 比喻想要隐瞒、掩饰事情，因为方法不当，反而暴露了真相，有"欲盖弥彰"的意思。

古时候，有一个康平村。村里住着个瓦匠，名叫张三。住张三隔壁的是个种地农民，名叫王二，平常也是一副傻乎乎的样子。

张三在外打工已经好几年了，凭着会砌墙盖房的本事，辛苦劳动，好不容易挣了三百两银子。张三觉得自己离家已经好久了，也该回去看看了。他盘算着，回家后盖一所宽敞明亮的大瓦房，再留点本钱做些小买卖，今后就不用像以前那样辛苦了，心里很高兴。这天，张三穿着新衣裳，回到了康平村。人们都说张三发了财。

"三晋"布币在战国时期，主要流行于韩、赵、魏的货币。

张三为此却很苦恼，担心有人把他辛辛苦苦攒下的银子偷去。于是，他决定把银子妥善藏起来，以备来日建房之用。把银子藏在什么地方呢？张三想了好久。起初，他用纸将银子包裹好，小心地藏在一只小箱子里，又在箱子外边加了两把大锁。张三看着箱子想来想去，觉得这个办法不妥当：万一小偷把箱子扛走，锁两把锁又有什么用呢。他越想越不放心，在屋子里来回乱走，感到屋子里简直找不到藏银子的安全地方。张三绞尽脑汁终于想出了一个满意的主意。一天深夜，他悄

开元通宝
"开元"不是年号而是开创新世纪的意思，"通宝"是通行宝货的意思。开元钱仿汉五铢钱，每十枚重一两。

张三自以为已经把银子妥善地放好了，没想到心术不正的王二已看清了他的举动。

悄地溜出门，在房后墙脚下挖了一个坑，然后把银子埋在坑里。可是，他仍然不放心：万一别人怀疑这个地方埋了银子，再来挖怎么办？他又想出了一个自以为"巧妙"的办法。他急忙跑回屋，在一张纸上写下了七个醒目的大字"此地无银三百两"，然后将纸贴在埋银子那个地方的墙上。

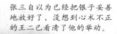

"嘿，这下万无一失了。"张三搓搓手，放心地回屋睡觉去了。

隔壁的王二知道张三在外发了大财，早就在监视他的一举一动。张三埋银的举动被王二看得清清楚楚。等张三睡熟以后，王二就去屋后悄悄地把三百两银子挖出来，偷走了。

这个王二捧着偷来的银子，心里乐开了花。但他又心惊胆战，害怕张三怀疑自己偷了银子，就"灵机"一动，也在埋银子那个地方的墙上贴了一张纸，上面依然是七个醒目的大字："隔壁王二不曾偷。"

这个故事究竟是怎样结局，凭大家去猜吧。那是仁者见仁，智者见智的事。

大腹便便

【词义】腹：肚子。便便：肥大的样子。这则成语的意思是形容肚子肥大凸出的样子。
【用法】现在多用来比喻腹内空虚。

东汉末年，陈留郡有个读书人，名叫边韶，字孝先。他不仅多才多艺、学问好、文章好，而且待人和气，又非常幽默诙谐。他口才好，而且知识渊博，很少有回答不出来的问题的情况。边韶以教书为生，每日诲人不倦。由于他育人有方，附近州县几百里的人们都仰慕他的人品和学识，纷纷将子弟送到他这里来学习。他对学生非常和蔼，从不疾言厉色。他们既是师生，又是朋友，常常在一起相互交流思想，关系特别融洽。人们都说他有孔夫子的风范。

胡傅鎏金酒樽

边韶厌恶做官，但皇帝曾前后几次颁发诏书，要边韶进京为官。当时朝政由十常侍把持，他们欺上压下，许多正直的大臣都被他们杀掉了。一时间，朝廷被弄得乌烟瘴气，文武大臣们敢怒不敢言。看到朝政如此黑暗，边韶不愿被卷入政治漩涡，但又不甘心在十常侍把持下的朝廷里做官，所以每次他都把朝廷的征召委婉地推掉了。为了不做官，他干脆躲到朋友家。边韶躲出去不久，朝廷又发生大事，十常侍杀死了大将军何进。已有一定势力的袁绍实在忍无可忍，便带兵进宫，杀了十常侍。大患已除，朝野上下一片欢庆。文武大臣们可以安心为官，百姓们的生活也安定了。

东汉透雕玉座屏

朝廷也不再派人请边韶出来做官了。边韶便悄悄回到陈留，重操旧业，以育人为乐。

边韶有个毛病，就是爱打瞌睡。因为他人胖，肚子大，打起瞌睡来，双手抚着大肚皮，仰面大睡，很舒畅地打着鼾声，大肚皮随着鼾声起起伏伏，样子很好笑。

有一天，边韶又和衣打瞌睡。有个调皮的学生编了几句顺口溜来嘲笑边韶："边孝先，腹便便；懒读书，但欲眠。"意思是：边孝先是个大肚皮，懒得读书，只想睡觉。不料边韶醒来后，知道了这个顺口溜，于是又编了几句顺口溜作答："边为姓，孝为字。腹便便，五经笥。便欲眠，思经事。寐与周公通梦，静与孔子同意。师而可嘲，出何典记？"意思是：边是我的姓，孝是我的字，大肚皮，是装着五经的竹箱子。只想睡觉，去思考五经的事。睡梦中可以会见周公旦，安静时可以与孔子有相同的心意。老师可以嘲笑，这规矩出自哪家经典？

他不但用幽默的口气批评了弟子们，而且使弟子们更加尊重自己。

调皮的弟子看见边韶打瞌睡的样子好笑，就编顺口溜讽刺他。

呆若木鸡

【词义】呆：傻，发愣的样子。若：好像。这则这则成语的意思是指呆得像木头雕成的鸡一样。
【用法】后用来形容呆笨或因惊讶、恐惧而发愣的样子。

周宣王姬静是个好大喜功的君主，曾经多次出兵去攻打北方的少数民族。公元前789年，他率领军队在千亩同姜戎发生激战，结果吃了败仗，损失惨重。这时的周王室已经外强中干，面临崩溃的边缘。

黑瓷鸡首壶
古代酒具，造型生动。

周宣王有一种特殊的爱好，就是喜欢看斗鸡。他让皇宫里的仆役们养了不少精壮矫健的公鸡，退朝以后经常到后宫的平台上看斗鸡取乐。时间一久，他发现无论多么勇猛善斗的公鸡，都没有常胜不败的，因此心里总感到不满足。

后来，周宣王听说齐国有个叫纪渻（shěng）子的人，是位驯鸡能手，就派人把他请到镐京(西周都城)，让他尽快训练出一只常胜不败的斗鸡来。纪渻子从鸡群中挑了一只金爪彩羽的高冠鸡。在驯鸡以前，他请周宣王不要随便让人去打扰他。

《斗鸡图》

十天以后，性急的周宣王等不及了，叫人去问纪渻子："鸡可以斗了吗？"纪渻子说："不行，它还非常骄傲恃气。"

又过了十天，周宣王又叫人去问，纪渻子说："不行，它听到声音或看到什么景象，还会敏捷地做出反应。"

又过了十天，周宣王实在等得不耐烦了，就把纪渻子召来亲自问他，纪渻子仍然说："不行，这只公鸡对外界的刺激还会怒视，表现出盛气。"

周宣王感到有点疑惑不解，说："怒视而盛气，不正是勇猛善斗的表现吗？"

纪渻子笑了笑说："陛下过去养的那些勇猛善斗的鸡，又有哪一只是常胜不败的呢？"

又过了十天，纪渻子主动跑来对周宣王说："陛下，这次差不多了。现在这只公鸡听到其他公鸡的叫声，已经毫无反应，精神处于高度凝寂的状态，看上去就像木头做成的公鸡一样。别的斗鸡见了后，没有一只敢跟它交锋，只好回头跑掉。"

纪渻子为周宣王训练了一只呆立如木头一样的公鸡，别的公鸡见到它都被吓跑了。

得过且过

【词义】这则成语的意思是能过去就过去；过一天算一天。
【用法】形容苟且应付，不作长远打算。

传说在很久以前，五台山有一种奇怪的小鸟，名叫寒号虫。别看寒号虫其名不雅，长得却分外漂亮：浑身羽毛亮亮的，五彩缤纷，脖子上有一圈白毛；眼睛晶莹闪亮；小嘴巴红红的；体形圆圆的，走起来像滚动着的绣球。寒号虫本来是会飞的，可是它觉得自己长得如此漂亮，整天飞到天空中，让人看不清楚，未免有点遗憾，所以它就再也不飞了。久而久之，它的翅膀退化了，却多生出两条腿，也许正因为这个缘故，它才被叫做寒号虫吧。

五台山夏无炎暑，佛教又称"清凉山"。盛夏时节是寒号虫最快乐的日子。这时候最容易找到东西吃，最主要的原因还是它这时候的羽毛最丰满、最艳丽，所以寒号虫很骄傲，在草丛中，在溪流旁，到处可以看到它的身影。它那样缓缓地"滚"动着，用银铃一样的嗓音唱道：

五台山古时"以岁积坚冰，夏仍飞雪，曾无炎暑，故曰清凉"。山中气候环境清净凉爽，是消夏避暑的好地方，被誉为"清凉圣境"。

"花孔雀呀，绽开你的彩屏，金凤凰呀，亮出你的双翅，有勇气和我比一比吗，这世界上究竟谁最美丽？"

花孔雀听了，悄悄退去。金凤凰听了，也不跟它争论。于是寒号虫更得意了，仍旧翘着尾巴到处唱。

夏去秋来，一些鸟飞走了，到温暖的南方去过冬；留下来的，更加忙碌，积粮垒巢，准备过冬。只有寒号虫还是照唱照游，到处炫耀它的美丽。

五台山是著名的佛教圣地，相传这里是文殊菩萨的应化道场。

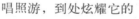
寒号虫觉得自己的羽毛是最美丽的，连花孔雀也比不上它。

秋去冬来，寒风呼啸，漫天雪飘。留下过冬的鸟早已换上了一身又长又厚的羽毛。寒号虫呢，因为只顾游游逛逛，每天肚子吃得不饱，寒风一吹，羽毛都脱落了。它只好裸露着躯体，蜷缩在岩缝之间，冻得瑟瑟发抖。它后悔地唱着："好冷啊，好冷啊！明天天一亮我就垒巢，就垒巢……"

一天一天过去了，寒号虫始终没有垒巢。在一个大雪封山的日子里，寒号虫被冻死在岩缝里了。所以，我们现在去五台山，再也看不见这种四只脚的小鸟了。

得意忘形

【词义】形：形体；样子。这则成语的意思是指高兴得忘记了自身形体的存在。
【用法】形容人因为高兴而控制不住自己，失去常态。

魏晋时期的阮籍，是个非常有名的人物，他与嵇康、刘伶、向秀等被称为"竹林七贤"。

版画《竹林七贤图》

阮籍本来很有抱负，希望能在政治上有所作为。但他对执政的司马氏集团非常不满，又不敢明白地表示自己的见解和主张，只得采取明哲保身的态度，或者闭门读书，或者纵情于山水，或者醉醒不醒，或者缄口不言。他的好友嵇康和他一样，也是当时著名的文学家，对司马氏家族的统治也抱有轻蔑和厌恶的态度。除嵇康外，阮籍的好友还有山涛、向秀、刘伶、王戎以及自己的侄子阮咸。在几个人当中，阮籍大概是最为疯癫的了，尤其是在喝醉的时候，常常哭笑无常。因此史书中描写他时说是"当其得意，忽忘形骸"。

司马昭看阮籍是个非常有才能的人物，便有意要与他结为姻亲。阮籍从心里讨厌司马昭的儿子司马炎，但又不能公开回绝。可是要让他与司马家结亲，他是坚决不愿意的。于是他想了个

黄釉雕"竹林七贤"图笔筒

办法，索性喝个酩酊大醉，让自己一连几个月处于在醉醒不醒的状态。司马昭见阮籍天天不醒酒，事情一直无法商量，最后只好取消了自己原来的打算。

司马氏几次想让阮籍出来做官，都被阮籍想方设法地婉言谢绝了。后来，阮籍觉得这样下去自己总难扛到最后，特别是听说步兵校尉衙门的仓库里收藏有好酒后，就主动到司马昭那儿要求当这个步兵校尉。司马昭看到阮籍主动来要求做官，心中十分高兴，马上同意了他的要求。阮籍到任后，对仓库中的好酒，只管放开量去喝，至于公事则一概不理。

有人看到阮籍这官当得太自在，不像他们既要处理公务，又要时刻看着上司的脸色。于是他们就找到司马昭，告阮籍的状："皇上，阮籍这个人现在做了步兵校尉，每天只在衙门内喝酒，这样下去公务不就要荒废了吗？"

司马昭心里有数，他知道，只要能让阮籍出来做官，就能缓和一批人与他的敌对关系，所以司马昭总是笑着对那些人说："由他去吧，只要他高兴，你们就不必去挑剔。我了解他，你们不能用世俗的眼光去衡量他的言行。"

其实，阮籍表面上非常狂放，但内心里却万分小心谨慎。他从不对任何人议论其他人的优缺点，这样，尽管很多人对他的所作所为有看法，对他的放荡不羁看不惯，但绝没有人憎恨他。

阮籍非常明白，在司马氏的统治下，人们都各怀心事，有时一句话说得不对，就可能招来杀身之祸。

阮籍出来做官后每日只是饮酒，做自己想做的事。

东施效颦

【词义】东施：相传是美女西施的邻居，后泛指丑女。效：仿效、模仿。颦：意为皱眉。这则成语的意思是指丑陋的人模仿美人的皱眉姿态。
【用法】用来比喻不依靠客观条件，盲目、生硬地模仿别人，结果却适得其反，把事情弄得更糟。

春秋战国时，吴王阖闾在攻打越国的战斗中兵败受重伤，不治而死。临终前，他遗命自己的儿子夫差，一定要灭掉越国为他报仇。夫差没有辜负父亲的临终嘱托，即位不久，便任命伍子胥为大将军，兴兵伐越，一举征服越国，连越王勾践也成了吴国的阶下囚。

勾践成了亡国之君后，并不甘心自己的失败，他用重金买通了吴王夫差的亲信，特别是奸臣伯嚭出面说动夫差，准许自己重返越国当了国君。

勾践回到越国后，念念不忘报仇雪耻，但又怕被吴王觉察，便想出了一个办法。他深知吴王好色，只要给吴王送上美女，吴王就会放松对越国的警惕。

西施浣纱

于是，勾践派人四处寻找美女。不久，勾践的谋臣范蠡在若耶溪西岸找到了西施。一看到西施，就连勾践也被她的美貌深深地打动了。在人们的眼中，西施的一举一动，一言一笑，都十分的美丽动人。勾践知道，西施一定能让吴王夫差神魂颠倒，能为自己复国提供方便。于是，他将西施送给了夫差。

双髻、高髻女俑

西施肩负着特殊的政治使命到达吴国后，千方百计地取宠于夫差，陪夫差饮酒赏花，陪夫差歌舞夜宴。这样一来，夫差就把国家大事都抛在了脑后。后来，勾践经过十年的努力，终于一举灭掉了吴国。

东施以为自己模仿西施的病态一定也会变美，谁知人们一见到她的样子，都被吓跑了，因为她更丑了。

后人一旦见到相貌美丽姣好的女子，都说她是貌比西施。确实如此，西施的美是浑然天成的，丝毫不用人工修饰。面不敷粉而白若霜雪，眉不描画而浓黑细长，长发垂腰如乌云舒卷，身材颀长如玉树临风。小憩时似海棠春睡，酣眠时犹如牡丹吐艳。男人见了她，仿佛以为是天仙下凡，连老人、小孩和女人们见到她都不愿意离去。人们爱屋及乌，不仅以她的美为美，而且将她生病时美丽的样子也当成美的享受。

传说西施有心口疼的毛病，一旦犯病，她总是用手捂住心口的部位，以减轻痛苦。她的邻居有个丑女叫东施，误以为西施的美在于用手捂心，紧锁眉头，便暗地里偷偷地学。可是她没有想到，人们见到她捧心皱眉的样子，都被吓得远远地躲开了。因为她本来就十分丑陋，再加上做作的样子，更是丑上加丑，谁还敢正视她一眼呢？

对牛弹琴

【词义】 这则成语的意思是指对着牛弹奏琴曲。
【用法】 比喻说话不看对象，对不懂道理的人讲道理，对外行人说内行话。

东汉末年，有个叫牟融的学者，对佛经有很深的研究。但是当他给儒家学者宣讲佛义时，却总是用儒家的《论语》、《尚书》等经典来阐述其中的道理，而不直接用佛经来回答。儒家学者对他的这种做法表示异议，牟融回答道："我知道你们都很熟悉儒家经典，但你们对佛经却是陌生的，如果我引用佛经来给你们作解释，不就等于白讲了吗？"

《对牛弹琴图》局部

朱漆七弦琴

接着，牟融向他们讲了"对牛弹琴"的故事，进一步表明自己的观点：

古代有一位著名的音乐家叫公明仪，他对音乐有很高的造诣，精通各种乐器，尤其弹得一手好琴。优美的琴声常常使人如临其境，余音绕梁三日，不绝于耳。

在一个春天的午后，晴空万里，风和日丽。公明仪在郊外散步，看见在一片绿油油的草地上有一头牛正在低头吃草。这清静怡人的氛围激发了他创作的灵感，他决定要为牛弹奏一曲。

他首先弹奏了一曲高深的《清角之操》，尽管他弹得非常认真、动情，琴声也非常富有感染力，可是那头牛却依然只顾着自己埋头吃草，根本不理会这悠扬美妙的琴声和正在弹琴的公明仪。

公明仪看到牛对此置若罔闻，非常生气，认为牛太不懂事了。但是当他静静地观察思考后，他才明白并不是那头牛没有听见他的琴声，而是因为牛的欣赏水平有限，实在听不懂曲调高雅的"清角之操"。明白了这一点，公明仪重新弹了一曲非常通俗的乐曲。那头牛听到这如同牛蝇、小牛叫声般的琴声后，就停止了吃草，竖起耳朵，好像在很认真地听着。公明仪看到后非常高兴。

牟融讲完故事，接着说："我用儒家经典来解释佛义，也正是这个道理。"

儒家学者们听了，完全信服了。

公明仪先对牛弹了一首高雅的曲子，牛完全听不懂曲意。他换弹一首通俗的曲子后，牛听到曲中有熟悉的声音，便有了反应。

高阳酒徒

【词义】高阳：地名，在今河南杞县西南。这则成语的意思是高阳那个地方喜欢饮酒的人。
【用法】后指好饮酒而放荡不羁的人。

秦朝末年，由于统治者的残暴，各地农民纷纷起义。秦朝逐渐对全国失去控制，燕、赵、齐、魏等六国的后裔先后自立为王。陈王派魏国人周市收复原属于魏国的地盘丰城，而丰城守将雍齿原是刘邦的部将。周市派人送书信给雍齿，信中说："丰城过去属于魏国版图，现在，魏国已收复故城十几座。你应立即向魏国投降，不然，丰城百姓将全部被杀。"

汉高祖刘邦

雍齿本来就不愿归顺刘邦，魏国人的书信中正合雍齿心意，于是雍齿答应了周市的要求，成为魏国的守将。

刘邦听说丰城叛变，不禁大怒，急忙引兵攻取丰城。但当时形势对刘邦很不利，为了保存实力，刘邦只好暂时引军返还沛县。

后来，刘邦重新部署，几经苦战，终于重创敌军。雍齿见大势已去，想重新归顺刘邦，刘邦不计前嫌，将雍齿收入帐下。

有一段时期，秦军作战一直处于优势，经常乘得胜之机向北疾进。项羽向怀王请求与刘邦西取咸阳。怀王手下的老将提出反对意见

西汉承盘高足玉杯

说："项羽性情暴躁，难以控制，攻襄城时，竟将全城百姓杀个精光，不如另派名声好些的仁义长者入关，这样秦人没有恐惧心理，容易成功。"于是，怀王改派项羽西进，让刘邦攻取咸阳。

刘邦大军经过安阳，安阳监门郦（lì）食其见刘邦美髯飘洒，俨然忠厚长者模样，便对他的朋友说："从安阳经过的将军太多了，唯刘将军风度儒雅，投靠他必定能有一番作为。"

第二天，郦食其来见刘邦。守门人向刘邦禀报。刘邦问道："你看他像是干什么的？"门人说："一副读书人的衣冠，看样子是个文化人。"刘邦平时最瞧不起文化人，很不耐烦地说："军务太忙了，没功夫理会他。"郦食其听门人说刘邦不见知识分子，大怒道："你给我滚进去报告，就说老子不是知识分子，是高阳酒徒。"刘邦听到是个酒徒，才同意接见。刘邦见郦食其苍髯白发，举止不俗，立即向郦食其赔礼道歉，并向郦食其请教平定天下的良策妙计。

郦食其当然不仅仅会喝酒，还有许多真知灼见，当下就为刘邦分析了天下形势，又有针对性地提出不少安邦定国的办法。刘邦很欣赏他的才干，郦食其从此成了刘邦的重要谋士。

郦食其见刘邦不肯见自己，便生气地说自己是高阳酒徒。

挂羊头，卖狗肉

【词义】挂：悬挂。羊头：用羊的头做标志，表示所卖的是什么肉。这则成语的意思是在店铺的门前悬挂着羊头做标志，而在店内却摆放着狗肉出售。

【用法】比喻用假招牌、假货色骗人，名不副实。

晏婴是齐国莱地夷维人。他辅佐了齐灵公、庄公、景公三代国君，由于节约俭朴又努力工作，在齐国深受人们的尊重。后来，他做了齐国宰相，依然食不兼味，妻妾不穿丝绸衣服。在朝廷上，国君说话涉及到他，就正直地陈述自己的意见；国君的话不涉及他，就正直地去办事。国君做的事是正直有益于人民的，就顺着他的命令去做；国君不能施行仁政时，就对命令斟酌着去办。因此，在齐灵公、庄公、景公三代，他的名声一直显扬于各诸侯国。

春秋时期龙形玉佩

国君齐灵公有个奇怪的癖好，就是喜欢在宫中看女人穿男人的服装，并按照男人的样子打扮。因为国君的这一喜好，全国各地的妇女纷纷效仿穿上了男人的服装。

女穿男装，男女不辨，这在当时是一种很不正常的现象，齐灵公也意识到了这一点。于是，他让官吏们去禁止，还特地下了一道命令："今后凡是女子穿男子衣服的，一经发现，就撕破她的衣服，扯断她的衣带，当众羞辱她们。"

齐灵公认为，采取这样严厉的措施，一定能制止女穿男装的现象。不料，结果并非如此。虽然有不少女人的衣服被撕破、衣带被扯断，受到很大的羞辱，但仍然有许多女人穿男子的衣服在外行走。因此，这种现象并没有被完全制止。为此齐灵公很是烦恼。

战国时期的铜镜

有一次，齐灵公见到了晏婴，就问他："我已经下了命令，禁止女子穿男子的服装。可是，为什么仍然制止不了呢？"

晏婴说："大王让宫中的女子都穿男子的服装，却禁止宫外的女子穿男人的服装。这就好比店门外悬挂着羊头，而店门内卖的却是狗肉一样，怎么能让人信服呢？您为什么不首先在宫中禁止女扮男装呢？这样，外面的人自然也就不敢违抗您的命令了。"

齐灵公听后恍然大悟，原来这种流行的源头在于齐国的后宫。而且上至齐灵公的宠妃，下至嬷嬷宫女，无不如此。怪不得平民要效仿，还对齐灵公的圣旨有恃无恐——你自己带的头，有资格反对么？于是，齐灵公下令宫中的女子一律不准穿男装。最后，齐国终于不再有女人穿着男装到处乱晃。

齐灵公让宫中的女子穿男装而禁止宫外的女子穿男装，就像挂羊头，而卖狗肉，当然不能让人民信服了。

狗尾续貂

【词义】续：接续，加接。貂：成语中指貂尾，古代皇帝的侍从官员用作帽子上的装饰。这则成语是讽刺封官太滥，貂尾不够用，只好用狗尾巴来代替。
【用法】后比喻用不好的东西续在好东西后面。

晋武帝司马炎死后，儿子司马衷继位，称为晋惠帝。晋惠帝对朝政一窍不通，大权落到了生性凶狠狡诈的皇后贾南风手里。

赵王司马伦（司马懿第九子，曾任征西大将军，统领雍梁二州诸军事）手下的谋士孙秀足智多谋，向司马伦献计，建议除掉贾皇后，夺取皇权。

孙秀为司马伦分析道："现在的太子聪明过人，就算我们得胜将皇位还给太子，他也决不会重用我们；而贾皇后一直很信任你，所有的人都清楚，如今帮太子夺得皇权，太子也不会感恩；不如先让贾皇后杀死太子，我们再以为太子报仇为名，除掉贾皇后，这岂不是一举两得，而且师出有名。"司马伦听后，十分赞同这一计。后来，贾皇后也认为太子威胁了自己的地位，于是借机将太子处死了。

御赐"万岁台"石砚

司马伦见夺权的时机已经成熟，便给三部官员下达命令说："贾皇后谋害了太子，我要为太子报仇，夺回司马氏的天下。我现在派车骑执行废除中宫的任务。你们要服从命令，我会给你们封官晋爵，不服从命令的就诛灭三族。"大家本来就十分痛恨贾皇后，于是都服从了命令。经过一场混战，贾皇后被捕，被打入冷宫金墉城。但司马伦并不打算就这样放过贾皇后。几天后，司马伦假传圣旨，让贾皇后喝毒酒自尽。贾皇后当然不肯，于是司马伦又派人带着毒酒到贾皇后的住地金墉城，强令她自杀。

凤鸟形金步摇冠饰
这是步摇上的饰件，具有原始质感。

司马伦终于掌握了大权。后来，他借掌管宫中禁军之机，发动政变，赶走了晋惠帝司马衷，自己做上了皇帝。

司马伦上台以后，滥封官爵，帮助他篡位有功的人，包括孙秀、张林等人都被封了大官，而对那些朝中旧臣，则大加罢免。他的亲戚、朋友，甚至许多仆人、杂役都跟着他飞黄腾达，也都封了官。当时近待官员皆以貂尾为冠饰。司马伦滥封官爵，一时没有那么多貂尾，只好用颜色、形状与貂尾相似的狗尾代替。因此，每次上朝，殿上挤得满满的尽是"大官"。由于司马伦封的官员太多了，老百姓议论纷纷，对那些当上官员的不三不四的人非常痛恨，就编谚语骂他们道："貂不足，狗尾续！"意思是：大官太多，貂尾是珍贵的皮毛，因为司马伦的滥封，大官太多，貂尾不够用，只好用狗尾巴代替。这样一种不伦不类的政权怎么可能存在下去。不多久司马伦就结束了政权。

司马伦上台后乱封官，用作官员帽子上的貂尾不够了，他就命人用狗尾巴代替。

鬼斧神工

【词义】鬼：传说中的鬼神。斧：斧头。神工：神妙的工艺。这则成语的意思是精妙的手艺就像是鬼神用斧头做的一样。
【用法】形容技艺高超神妙。

春秋时，鲁国有个技艺非常高超的木匠，名叫庆，人称梓庆。他能制作各种精巧的木器，尤其擅长砍削木头制造一种乐器，那时人们称这种乐器为鐻(jù)。有一次，他用木头削雕成一个鐻。它外形美观，花纹精细，见到它的人都惊叹不已，不相信这是人工做出来的，而好像出于鬼神之手。

春秋时期的方壶

鲁国的国君见了这个鐻后，也连声喊绝，特地召见梓庆，问道："你是用什么方法制成鐻的？一定是用法术制作的吧！"

梓庆笑笑说："我是一个凡人，哪里有什么法术？"

国君听了他这样说，有点不大想信，又问道："那你是怎样制作它的？"

梓庆说："我从大王那里接受了使命便开始做准备。这时，我虔诚斋戒，让身心纯净。斋戒到第三天，不敢想到庆功、封官、俸禄；第五天，不把别人对自己的非议、褒贬放在心上；第七天，我已经进入了忘我的境界。此时，心中早已不存在晋见君主的奢望，给朝廷制鐻，既不奢求赏赐，也不惧怕惩罚，我只想着如何雕刻。于是，我进入山林，细心观察树木的天然生态，精心选取适合制鐻的材料，直到一个完整的鐻已经成竹在胸，这个时候我才开始动手加工制作，一气呵成。这可能就是我顺从自然，让自己的精神和树木的自然形态结合，使我做的器具可以比拟鬼斧神工的原因吧！"

还有一次，梓庆去拜访庄周。他从怀中掏出一个雕刻很精致的飞龙，递给庄周，说："奉上薄礼一件，请先生笑纳。"庄周小心翼翼地将飞龙转着从各个角度观赏了一遍。飞龙有两只翅膀，又有四只脚。它的两只翅膀张开着，似乎在空中飞翔，而它的四只脚呈划动状，又像在水中游泳。它的头向上昂着，似乎在用那长长的角去触摸蓝天中的云朵。庄周爱不释手，专心致志地欣赏着，竟忘记了梓庆坐在一旁。

梓庆的木工技艺十分高超，称得上是鬼斧神工。

梓庆问道："何如？"庄周连忙答道："真神品也！"梓庆满意地说："实不相瞒，此乃我生平最得意之作，费时三年方成。"庄周一听，不安地说："如此无价之宝，鄙人怎能无功受禄？"梓庆笑道："先生何必客气。此物若流于街市，不会比普通的鸟兽雕像受人重视，只有先生能看出它的价值，所以先生受之无愧。"

庄周这才不再推辞，将飞龙之像供于书案之上，凝视良久，自言自语道："此物妙不可言！真乃鬼斧神工之作啊！"

害群之马

【词义】害：危害。群：集体。这则成语是指危害马群的坏马。
【用法】后来用以比喻危害集体的人。

在很久以前，有一天，黄帝去县茨山会见大隗，途中路过襄阳时，却迷失了方向。刚好有一位牧马的童子从对面走过来，于是黄帝上前问路，"孩子，你知道县茨山吗？"

童子立即答道："我知道！"

黄帝接着问："大隗住在哪里你知道吗？"

小童子又回答道："我知道！"

牧马玉镇

黄帝很高兴地称赞他说："小童子，你很聪明呀，不仅知道县茨山，而且还知道大隗的住所。那么，我再问问你，你知道如何治理天下吗？"

童子回答说："你以为治理天下是什么很复杂的事情，还需要什么特别的本事，或者要做一些什么与众不同的事情吗？"

黄帝说："我觉得应该是这样，不然怎么会使天下太平，百姓安居乐业呢！"

陶马俑

童子听了黄帝的话，说道："我从很小的时候起，就喜欢漫游江河湖海，特别是喜欢走访名山大川。但那时我的身体很不好，一出门便要闹些小病。为此，我向上了年纪的人请教，他们告诉我说：'你要时刻注意让自己的行动与自己的身体条件相适应，不论走到哪里，都要做到太阳升起时游览，太阳一落山便去休息。这样既不会感到身体劳累不适，又能够饱览天下美景。'听了老人的话，我便按照他们的教导去做。你看，我现在的身体不是强壮许多了吗！这样我可以到更远的地方去旅游，也可以游览更多的地方。我想，您问的治理天下大约和我游览天下的道理差不多。"

黄帝听了童子的话，觉得不得其中要领，便对童子说："我向你请教的是治理天下的具体办法，而你刚才说得太笼统，让我一时摸不着头脑。"

童子听了黄帝的话，有些不耐烦地说："先生，在我看来，治理天下和放马没有什么太大的差别，只要把危害马群的坏马赶出马群不就行了吗！"

黄帝听后深受启发，给小童子深施一礼，非常感谢他的指点。

黄帝向童子请教治理天下的问题，童子回答他只要清除害群之马就可天下太平了。

邯郸学步

【词义】邯郸：战国时赵国都城。步：迈步走路。这则成语的意思是到邯郸去学走路的步法。
【用法】比喻模仿别人不得法，反而把自己原有的本领忘掉了。也比喻照搬别人的一套，出怪露丑。

相传在两千多年前，燕国寿陵这个地方有一位少年，也不知道他姓啥叫啥，就叫他寿陵少年吧！这位寿陵少年不愁吃不愁穿，论长相也算得上中等人材，可他就是缺乏自信心，经常无缘无故地感到事事不如人，低人一等——衣服是人家的好，饭菜是人家的香，站相坐相也是人家高雅。他见什么学什么，学一样丢一样，始终不能做好一件事，也不知道自己该是什么模样。

家里的人劝他改一改这个毛病，他以为是家里人管得太多。亲戚、邻居们说他是狗熊掰棒子，根本听不进去。这个少年总是怀疑自己走路的样子很不雅观，越看越觉得自己走路的姿势太笨，太丑了。

田黄石人卧像

有一天，他在路上碰到几个人说说笑笑，只听得有人说邯郸人走路姿势非常优美。他一听，急忙走上前去，想打听个明白。可是，那几个人看见他，一阵大笑之后扬长而去。邯郸人走路的姿势究竟怎么美呢？他怎么也想像不出来。这成了他的心病。终于有一天，他瞒着家人，跑到赵国的邯郸学走路去了。

春秋战国时期制造的皮革履

少年到了邯郸，感到处处新奇。他见那里人走路的步法确实与寿陵人不一样，看到小孩走路，他觉得活泼、美，学；看见老人走路，他觉得稳重，学；看到妇女走路，摇摆多姿，学。开始他只是看人家怎样走，回到住处凭记忆学着走。后来觉得这样容易遗忘，便跟在别人后面摹仿着走。但不知为什么，他总觉得学不像。他想来想去，是自己太习惯原来的步法。于是重起炉灶，完全放弃原来的步法，只照邯郸人的步法走路。不料，这样一来更糟糕了，他走路时要考虑的因素太多：既要注意手脚如何移动，又要注意上身如何摆动，甚至还要计算每步的距离和摆动的幅度。结果，每走一步都弄得满头大汗、紧张万分。

少年越学越累，还是没有学会。就这样，不过半月光景，他连原来怎样走路的步法也忘记了，而他的路费这时也花光了。最后，他不得不爬回寿陵去。

寿陵少年到邯郸学习走路，但怎么学都学不会，最后连原来如何走路都忘了，只好爬回家了。

好好先生

【词义】这则成语的意思是讥讽不分是非，不敢得罪他人，只求相安无事的人。

【用法】现指一团和气，不敢得罪人的人。

司马徽，字德操，东汉末年颍川(今河南禹县)人。由于他善于知人，被人称为"水镜"先生。当时北方战乱，他寓居襄阳，与襄阳名士庞德公、黄承彦以及流寓到襄阳的徐庶、崔州平、石广元、孟公威、诸葛亮等人均有交往，而且关系甚密。

刘备投奔荆州牧刘表后，深感要壮大自己的力量，必须得到有智谋的人辅佐。他听说司马徽，在襄阳地区很有声望，便特地去拜访他，请教他对天下时局的看法。司马徽很客气地接待他，询问他的来意。

三国时期的骑兵俑

刘备说："不瞒先生，我是特地来向您请教天下大势的。"司马徽听了，哈哈大笑起来，说："像我这样平凡的人，哪里懂得什么天下大势。要谈天下大势，得去问那些有才能的俊杰。"

刘备问道："我说往哪里去找这样的俊杰呢？"司马徽说："这一带有卧龙，还有凤雏，您能请到其中一位，就可以平定天下了。"

彩绘贴金银箔嵌玛瑙珠七子漆奁(lián)

刘备急忙问卧龙、凤雏是谁，司马徽告诉他：卧龙名叫诸葛亮，字孔明；凤雏名叫庞统，字士元。后来，刘备果然得到这两人相助。

司马徽善于识别人才，但由于当时社会斗争相当复杂，所以他自己经常装湖涂，也从来不说别人的短处，不管是好歹，他总是回答"好"。日子久了，人们都叫他"好好先生"。

一天，司马徽在路上碰到一位熟人，那人问他近来身体是否安好。司马徽回答说："好"。

又有一天，他的一位朋友来拜见访，伤心地谈起了自己的儿子死了。不料，司马徽听了竟说："大好。"他的妻子等朋友走后，责备他说："人家以为你是讲道德的人，所以相信你，把心里话讲给你听。可是你听人家儿子死了，反而说好，这算什么？"

司马徽回答说："好啊，你的话说得太好了。"妻子听了，哭笑不得。

其实，司马徽并不是不讲原则的。刘备访问他，问天下大事，他在推荐诸葛亮、庞统时却态度坚决，语气十分肯定。

为了在当时的乱境中求生存，司马徽不得不掩饰自己的真性情，事事求全，被人称作好好先生。

囫囵吞枣

【词义】囫囵：指完整的东西，就是整个的意思。这则成语的意思是指吃枣时不经咀嚼，整个儿吞下肚去。
【用法】比喻学习时不加分析，不求甚解，就笼统地接受下来。

在元代的时候，有这样一个故事。一天，在集市上，有人在祠堂边摆了一个水果摊，周围来来往往、熙熙攘攘的人群不断。摊主总是不厌其烦地向顾客们介绍各种水果的好处，而且声音很大："诸位，请看我这梨，色白、肉嫩、味甜、水多；请看我这里的枣子，个大、饱满、色鲜、清脆。诸位，我的摊子上所卖的全部水果都是货真价实，保你满意又合算。"

《悲秋远眺图》

停了一会儿，他又指着水果说："我奉劝诸位，最好还是每种水果都买一些，可以先尝后买，梨子好吃，吃多了对牙齿有好处，但会损伤心脾；枣子是补血的，吃多了对心脾有好处，但会损伤牙齿。诸位，各种水果都要吃一些，这样才能取长补短。大家快来买呀！"

有很多顾客听见摊主吆喝，就围了过来，围着摊子纷纷地议论，七嘴八舌。

有人说："说得有理！吃了梨子伤了心脾，让枣子来补；吃了枣子，损了牙齿，让梨子来补。最好是各种水果都吃一些，这样才能取长补短。"

也有人说："我看还是不好，吃梨子补了牙齿，又被枣子损伤；枣子补了心脾，又被梨子损伤。这样吃不等于根本什么都没吃吗？"

这时，有一个做事总想别出心裁，又爱自作聪明的人，说："我倒有个好法，既可以吸收梨子和枣子对人的好处，又可以避免那些害处。那就是，我吃梨的时候，只用牙齿咀嚼，却不咽到肚里去，这可以使梨对牙齿有益，而免得伤脾；等到吃枣子的时候，我就不用牙齿咬，而是一口吞下肚去，这不是可以让枣子对脾有益，而免得它伤害牙齿吗？"

竹雕人物坐像

众人听了他这番话，哄堂大笑，打趣地说："你吃生梨只嚼不咽，倒还可以做到，可吃枣子只咽不嚼，就很难了，你那样囫囵吞枣，连枣核也咽下去，肚子可受不了啊！"

自作聪明的人想出了囫囵吞枣的方法吃水果，结果遭到了大家的嘲笑。

狐假虎威

【词义】狐：指狐狸。假：依仗。虎威：老虎的威严、凶猛和盛气凌人。这则成语的意思是狐狸依仗老虎的威猛装出盛气凌人的样子，来吓唬百兽。
【用法】比喻倚仗别人的势力吓唬人，欺压一般百姓。

战国时期，昭奚恤官拜楚国上将军，他统率楚国军队几十万之众，威名远扬，连邻国的君臣和百姓都很畏惧他。有人见昭奚恤的声望如此高，便十分嫉妒，开始在楚王面前抵毁昭奚恤，说他的成望大过了楚王。

楚王的亲信说昭奚恤只不过是狐假虎威，仗着楚王的声望，众人才惧怕他。

楚王听了这些话，将信将疑，他无论如何也想像不出昭奚恤会有那么可怕，但他很想知道真实情况。于是，他找来几个亲信询问。亲信回答道："邻国的君臣、百姓都确实害怕昭奚恤，不过依我之见，他们实际怕的是您，而不是什么昭奚恤。"说到这里，那个亲信向楚王讲了一个故事：从前，森林中住着一只老虎。一天，它十分饥饿，便出来四处寻找食物。它刚走出不远，就遇到了一只狐狸。老虎想，这狐狸够自己美餐一顿的了，便猛地扑了上去，将狐狸按地在上张嘴就要吃。

狐狸被老虎按在利爪之下，知道自己无法挣脱，于是急中生智，故作镇静地对老虎说："你的胆子也太大了！我是被天神派来当百兽之王的，你吃了我，就是反抗了天神，会遭到最严厉的惩罚的。"

老虎听了狐狸的话，摇摇头说："我看你干枯瘦小的样子，实在缺乏为王的威严。天神真是糊涂了，怎么派你这样一个小东西来统领百兽。"

狐狸忙说："我料到你不会相信，因为天神没来得及通知你，但森林中其他的野兽都得到通知，它们都知道我是新上任的百兽之王。如果你不信，可作为我的贴身护卫，跟在我的身后去巡视一下，你就会看到森林中所有野兽对我的态度。他们一见到大王我驾到，一定会吓得远远地躲开。"

老虎听了狐狸的话，半信半疑，便跟在狐狸的身后到森林中去。狐狸知道老虎已上了它的当，便挺起胸膛大摇大摆地走在前面，而老虎慢慢地跟在它的后面。森林中的野兽先看到狐狸神气活现地在前面走，谁也没有将它放在眼里，可是，当它们看到不远处跟在狐狸后面的老虎时，就撒开腿向四处逃避。不一会，所有的野兽都没了影。

狐狸回过头来朝老虎笑笑，好像是说，怎样，我确实是百兽之王吧！于是，老虎就放了狐狸。

那位亲信讲完故事，对楚王说："昭奚恤就是那只狐狸，大王你才是老虎。"楚王听后，才懂得了其中的道理。

战国时期士兵着甲胄像

画饼充饥

【词义】 这则成语的意思是指画个饼子来解除饥饿。
【用法】 用来比喻徒有虚名，虚假的东西于事无补，不能解决实际问题，或用空想来安慰自己。

卢毓是东汉末年涿县（今河北涿州）人，与刘备是同乡。曹操任丞相时，卢毓被任命为冀州主簿。在那个混乱时期，法律对逃亡将士的处罚极为严厉，不但对本人处以极刑，就是对家属也要牵连治罪。

一次，一个逃亡将士的未婚妻被执法人员定为死罪。卢毓认为量刑过重，因为这名女子还没有与那个逃亡将士举行结婚仪式，应免去处罚。卢毓对主管的上司说："人家没有成亲就被定为死刑，如果结了婚你又如何量刑呢？"

做面食女俑群

这件事被曹操知道了，十分赞赏卢毓的做法，并将此事说给曹丕听，曹丕对卢毓也有了好感。曹丕称帝后，十分需要人辅佐自己，便将卢毓从地方调到朝中，任命他作侍中。曹丕登基后想要扩建宫殿，大臣高堂隆出来劝止，却惹得曹丕很不满意，便疏远了高堂隆。卢毓知道后，劝解曹丕

青花矾红云蝠龙纹毛笔

说："古时候有作为的君王只恐听不到意见，今天高堂隆敢于说出自己的不同看法，正说明他对陛下的忠诚。您应该高兴才是呀。"

曹丕听从了卢毓的劝告，而且更加倚重他了。鉴于卢毓的杰出能力、正直的为人和高尚的品德，曹丕打算任命卢毓为吏部尚书，希望卢毓推荐一个与他的能力差不多的人来接替他过去的职务。卢毓先后推荐了阮武、孙邕，最后曹丕选中了孙邕。当时担任中书郎的诸葛诞、邓飏作风飘浮，曹丕对他们很不满意，打算换掉他们，但又找不到合适的人来接替，于是下令选举，命令

曹丕选人才注重真才实学，让那些才疏学浅的人作官，就像在地上画饼充饥一样，不能解决实际问题。

中强调："选举人员要像卢毓那样有才能。需注意的是不要选那些有虚名而无真实才能的人，虚名就像画在地上的饼，看得吃不得。"

卢毓非常同意曹丕的这一选择人才的标准与原则，他对曹丕说："仅从声名上判断不出人的才干，有名也不是坏事，不必讨厌。选择贤才不必看是否有名，只看人品和才干就行。还是考试的办法比较公平，容易发现人才，请陛下决定。"

曹丕采纳了卢毓的意见，量才而用，取得了令人满意的效果。

画虎类犬

【词义】画：绘画。类：好像。这则成语的意思是想画成老虎，画完后却像狗。
【用法】比喻好高骛远，一无所成，反被别人作为笑柄。也比喻模仿得不好，反而弄得不伦不类。

东汉著名的军事家马援少年时就已心怀大志。西汉孝平帝时，马援任督邮。一次，他负责押解囚犯到司命府受审。按当时法律，该囚犯将被处以极刑。马援觉得这个囚犯不该被处死，起了怜悯之心，在押解途中便将囚犯私下释放了，然后他自己逃到了北方。

后来天下大赦，马援不愿回家乡，就在当地畜养起牛羊来。由于马援为人仗义，不断有人从四方赶来依附他，于是他手下逐渐有了几百户人家，供他指挥役使，他带着这些人游牧于陇汉之间(今甘肃、宁夏、陕西一带)。马援拥

玉虎
古人常用玉器作为陪葬品。

有数百头牛羊马匹，粮食上万斛。他觉得拥有如此多的财产产不算大丈夫，慨叹道："既然赚了这么多的财产，能帮助别人就好了，否则不就成了守财奴了。"于是，他将所有资财全部赠送给了亲友，自己只留下一件老羊皮袄和一条皮裤。

后来，王莽篡权，天下大乱，马援几经波折，投靠在汉朝皇族后裔刘秀的帐下效力。公元33年，马援被任命为太中大夫，以来歙副将的身份平定西凉。后来，陇西一带屡遭羌兵侵袭，来歙向光武帝秦说："陇西之乱，非马援不能平定。"

于是马援被任命为陇西太守，不久，因屡立军功被封为伏波将军。

马援当太守时，不过问具体事务，对僚属十分宽厚信任。有时小吏请示工作，马援说："那是郡丞主管的事，以后这种

东汉时期的帛画

事不必再请示我。你们应该可怜我这个老头子，让我清闲一些。"

马援为官不但言于律己，而且对家人的要求也很严格。

在马援奏命征讨交阯时，听说他的侄子马严、马敦喜欢讥笑别人，又与一些豪侠过从甚密，马援很担心，怕他们涉世不深，引起事端，便立即写信警告说："我希望你们做到：在听别人的过失时，应像听到自己父母的名字一样，只能听，不能说。喜欢对别人说长论短，讥讽时政是我最讨厌的事情。龙伯高为人敦厚谨慎，你们可能学不会，杜季良豪侠仗义，你们却学不得。所谓'刻天鹅刻得不像，至少像只野鸭子，它们毕竟还是同类；但画虎画不像，就会像狗'。这不就成了笑话了吗？学龙伯高学不到家，不失为谨厚长者；如学杜季良学不到真谛，就会成为轻浮的小人。我绝不希望我的后人成为这种人！"

画蛇添足

【词义】这则成语的意思是指在画好的蛇身上添上脚。
【用法】比喻多此一举，弄巧成拙。

战国时期，楚怀王任命昭阳为大将军，统率十万雄兵去攻打魏国，一举夺了魏国八座城池。昭阳想乘楚军士气旺盛，继续东征齐国。昭阳准备讨伐齐国的消息一传出，齐王大惊失色，立即派陈珍为使者，赶赴昭阳军中，劝他不要向齐国兴兵。陈珍在昭阳的军帐中拜见昭阳，先将昭阳奉承了一番，然后他很有礼貌地问昭阳："按贵国的规定，将军您立下如此大的功劳，您的官职能得到提升吗？"昭阳想了想说："不能。因为我现在官居上将军，如果再提升就是令尹。而现在楚国既不能将原来的令尹撤换，所以没有提职的可能！"陈珍听后说："有这样一件事，我想说给将军听听：楚国有个管理祠堂的官员，一次祭祀典礼结束以后，将一壶祭祀用过的酒赏给手下人喝。但是，人多酒少，要是每个人喝一点，喝不出什么意思；要是一个人喝，则恰到好处。

《水墨蛇图》

于是有人提议，众人各画一条蛇，先画完蛇的人可以独自享用那壶酒。提议很有趣，众人都很同意。一个人很快把蛇画好了。他刚把壶嘴放在嘴边，看到其他人还在低头作画。为了显示自己的高明，他放下酒壶，在自己已经画好的蛇身上又添了三只脚。恰好这时，有一个人也画好了蛇，一把夺过酒壶说：'蛇是没有脚的，有脚的不是蛇。我是第一个画完的，这壶酒该是我的。'此人说完，有滋有味地把酒喝光了。"

古代陶瓷酒器

昭阳听完陈珍的故事，不解地对问陈珍："先生从齐国赶到这里，不会是专门为我来讲故事的吧？"陈珍说："当然不是。将军奉命攻打魏国，现在功劳卓著，楚国上下妇孺皆知。但您又要移师伐齐，现在即使伐齐获胜，也不能提升你的官职，而赏赐呢？也不一定能获得更多。可是，万一战败，将军的伐魏之功就会付诸东流，因为兵法说：'兵无常势，水无常形。'在下为将军您打算，奉劝你就不必多此画蛇添足之举，班师回朝，不知将军意下如何？"

昭阳听完陈珍的话，低头沉思了好一会儿，对陈珍说："先生说得极是，不是您的指教，我也犯了画蛇添足的错误。谢谢先生的指教！"昭阳立即下令退兵，陈珍也圆满地完成了任务。

先画完的人为了炫耀，又在蛇身上添上三只脚，可蛇是没有脚的，他画蛇添足而失去了到口的美酒。

后生可畏

【词义】后生：晚辈，年轻人。可畏：可怕，了不起。这则成语的意思是知识渊博的年轻人令人敬畏。
【用法】指年轻人是新生力量，很有可能超过前人，有光明、远大的前程，因而值得敬畏。

孔子游历列国的时候，有一天，路过一个地方，看见三个小孩儿，有两个正在玩耍，另一个小孩儿却站在旁边观看。孔子觉得很奇怪，就走上去问站在一边的小孩为什么不和大家一起玩。

孔子周游列国宣传自己的主张与思想。

那个小孩很认真地回答道："激烈的打闹可能伤害人的性命，拉拉扯扯的玩耍也会伤人的身体；再退一步说，撕破了衣服，也没有什么好处。所以我不愿和他们玩。这没有什么可奇怪的。"

过了一会儿，那个小孩儿在路边用泥土堆成一座城堡，自己坐在里面，好久不出来，也不给准备动身的孔子让路。这时孔子忍不住又问他："你坐在里面，为什么不避让车子？"

"我只听说过车子要绕城走，没听说过城堡需要避让车子的！"孩子说。

孔子愣了一下，问道："你叫什么名字啊？"

"我叫项橐。"

"你的嘴很厉害，我要考考你。你说什么山上没有石头？什么水里没有鱼？什么车没有轮子……"

"土山上没有石头；井水中没有鱼儿；用人抬的轿子没有轮子……"孔子一连提了十几个问题，都难不住这个孩子。

项橐对孔子说："现在轮到我来考您了。"孔子笑着说："请讲。"项橐朝孔子拱拱手问："什么火没有烟？什么树没有叶？什么花没有枝？"孔子听后说："你真是问得怪，不管柴草灯烛，什么火都有烟；至于植物，没有叶不能成树；没有枝也难于开花。"项橐一听格格直笑，晃着脑袋说："不对。萤火没有烟，枯树没有叶，雪花没有枝。"

项橐小小年纪如此聪明善辩让孔子十分敬服。

孔子非常惊讶，觉得这么小的孩子，竟如此机智，实在是了不起，于是赞叹地说："你这么小的年纪，懂得的事理真不少呀！"

那小孩儿却回答说："我听人说，鱼生下来三天就会游泳；兔子生下来，三天就能在地里跑；马生下来，三天就能跟着母马行走，这些都是自然的事，有什么大小可言呢？"

哄堂大笑

【词义】堂：屋子。这则成语的意思是形容满屋子的人同时大笑起来。
【用法】形容许多人因为某事共同开怀大笑。

冯道，字可道，自号长乐老，五代时期的景城（今河北沧州）人，出身于书香门第，但家里很穷，有时也需要靠种地来维持生计。冯道从小受家庭的影响，酷爱读书，文章也很有水平。他沉稳忠厚，生性平和，不挑剔吃穿，只知读书，即使是大雪封门，尘埃满座也得要先读书。书虫冯道在本地出了名，占据幽州的刘守光慕名将他召去做了幕僚。冯道一生经历了后唐、后晋、后汉、后周四个朝代，侍奉过十位君主，曾三次被任命为丞相。

和凝，字成绩，五代时的文学家、法医学家，汶阳须昌（今山东东平县）人。幼时颖敏好学，十七岁举明经（汉代出现的选举科目之一，被推举者须明习经书，故以明经为名），十九岁登进士第。梁贞明二年（公元916年）和凝中进士。后唐时官至中书舍人，工部侍郎。后晋天福五年（公元940年）拜中书侍郎同中书门下平章事。入后汉，封鲁国公。后周时，赠侍中等职。曾经采集古今史传所讼断狱、辨雪冤枉等掌故，编著成《疑狱集》两卷。《疑狱集》包括许多法医知识，在平反冤狱中有一定作用。

彩绘文官陶俑
五代时文官的形象。

陶女舞俑

冯道与和凝曾同在中书省为官，两人交情甚好。有一天，冯道与和凝一同在中书省办理政务。和凝见冯道身着新衣，脚穿新鞋，而且脚上的鞋与自己新买的鞋一模一样，便开口问道："冯大人，你买的新鞋花了多少钱？"

冯道慢悠悠地举起左脚，笑着对和凝说："不多，不多，才九百文。"和凝一听，召来下人大声训斥道："冯大人买的新鞋只要九百文钱，而我买的新鞋却要用一千八百文。你这个饭桶，根本不能让你办事。"

下人听了，脸色发白，吓得一声不吭。听和凝训斥完下人，冯道才咳嗽一声，慢慢地举起右脚，面对着和凝大声说："和大人，我刚才还没说全呢。这只右鞋也值九百文，与左边的那只相加，不正好是一千八百文吗！"

冯道指着自己另一只鞋，不慌不忙地告诉和凝这只也值九百文钱。

众人听了，再也憋不住，同时大笑起来。和凝在大家的哄堂大笑中，脸上红一阵白一阵的，不知如何是好。

渐入佳境

【词义】 渐：逐渐。佳境：美好的境地。这则成语的意思是逐渐进入佳美的境地。
【用法】 比喻兴味逐渐浓厚或境况逐渐好转。

东晋时期的顾恺之多才多艺，他最擅长的是绘画，是当时著名的画家。顾恺之的画在当时享有极高的声誉。谢安曾惊叹他的绘画是"苍生以来未之有也"！

顾恺之的作品，据唐宋时期的记载，除了一些政治上的名人肖像以外，还有一些佛教的图像，这是当时流行的题材之一，另外还有飞禽走兽，这种题材和汉代的绘画有些联系。他也画了一些神仙的图像，这也时当时流行的风格之一。

顾恺之的父亲顾悦之曾在朝中任尚书右丞，但家境并不富裕，十分清贫。顾恺之年轻的时候，曾经做过大司马桓温的参军。那时，东晋地方割据十分严重。桓温主张国家统一，常常率领部队去讨伐那些割据势力，顾恺之也随桓温南征北战了许多年。桓温很看重他，两人结下了深厚的友谊。

有一次，顾恺之随桓温乘船到江陵去视察军队。到了

顾恺之绘《洛神赋》图（局部）

江陵的第二天，江陵的官员前来拜见，并送来很多捆当地的特产甘蔗。桓温见了十分高兴，让大家一起尝尝。于是大家都拿着吃了起来，纷纷称赞甘蔗味道很甜。

这时，顾恺之正独自欣赏江景，没有去拿甘蔗。桓温见了，故意挑了一根长长的甘蔗，走到顾恺之跟前，把甘蔗末梢的一段塞到他手里。顾恺之看也不看，竟真的啃了起来。

桓温又故意问顾恺之甘蔗甜不甜，旁边的人也一起嘻笑着问他。顾恺之回过神来，才看到自己正啃着甘蔗的末梢，便知道大家为什么嘻笑。他灵机一动说："你们笑什么？吃甘蔗，就应该从末梢吃起，这样，才能越吃越甜，这叫做'渐入佳境'！"大家听了，一起哈哈大笑起来。

其实，顾恺之是因为欣赏江景而忘情，但他善于应付，说得好像真的一样，并津津有味地从甘蔗末梢吃了起来，似乎真的越吃越甜一样。

据说，后来顾恺之每次吃甘蔗时，便都从末梢吃起，当时还有不少人仿效他的吃法呢！

顾恺之赏景忘情，误从甘蔗末梢吃起，但他自称这种吃法才能品出甘蔗的美味，才能吃的渐入佳境。

鸡口牛后

【词义】鸡口：就是鸡嘴。牛后：即牛的肛门。这则成语的意思是形容按照自己的意志办事，不任人摆布。
【用法】比喻宁可在局面小的地方作主，而不愿在局面大的地方听从别人支配和指使。

彩釉陶鸡笼

战国时期，东周洛阳（今河南洛阳）有个叫苏秦的人。他利用自己所学的纵横之术游说各国，希望达成自己的理想。最初他到秦国游说秦惠王，但是他的建议没有被采纳，还差点被秦王杀掉。苏秦狼狈地回到家中，父母见他用尽钱财，却没做成任何事竟出言责骂苏秦。他的妻子也不愿意看见他。家中的亲属都尽量地躲避他。一次，苏秦饿极了，向他嫂子讨饭吃，他嫂子也以冷言相讥。家人的冷言相讥使苏秦心中十分悲凉。但苏秦并没有放弃他的游说计划。于是，顶着家人的诃斥谴责声，他又一次出去游说了。

苏秦知道秦国没有用他的意思，便决定改向东游说其他六国。在燕国，苏秦的游说终于被燕文公所重视。燕文公资助苏秦，到赵国游说，向赵肃侯游说合纵的计划，赵肃侯也接受了苏秦的游说，拜他为相国，又派他为"纵约长"，去游说其余各国，合纵以抗秦。之后，苏秦来到韩国，游说韩宣惠王抗秦。苏秦对宣惠王说道："韩国的地理位置非常优越，国土方圆千里，甲兵达数十万之多。天下的强弓劲弩，大多出于你们韩国，一些著名的弩机，射程都在六百步之外；兵士脚踏发射，可连射上百发，杀伤力非常强。你们韩国的剑和戟，也相当有威力，再坚硬的东西也抵挡不了它。韩国士兵的勇敢更不用说了，可以一当百。韩国如此强盛，大王这样贤明，却准备向西面的秦国称臣屈服。这样做，国家就会受到耻辱，天下人就要笑话您。"

苏秦从宣惠王的脸色上看出，他已经被自己说动了心，于是继续说道："臣听说有个俗语：宁可当鸡的嘴，也不要当牛的肛门。鸡的嘴巴虽然小，但比较干净；而牛的肛门虽然大，却很臭。如今大王向秦称臣，跟当牛的肛门有什么区别？大王如此贤明，又拥有这么多强兵，要是留下一个臭名，臣私下也为大王感到羞耻啊！"

宣惠王听到这里，勃然作色，按剑仰天叹息道："我虽然没有什么出息，可也不能向秦国臣服。就照先生说的办吧！"

苏秦以俗语为例向韩宣惠王游说，终于成功说服了韩国，联合其他国家共同抗秦。

经苏秦游说，赵、楚、齐、魏、韩、燕六国订立了合纵条约，苏秦也成为六国共同的宰相。

鸡鸣狗盗

【词义】 鸡鸣：鸡叫、公鸡打鸣。狗盗：狗趁人不防备时偷吃东西。这则成语的意思是鸡叫狗偷是不高雅的事情。
【用法】 后来用来比喻一些层次不高的人为鸡鸣狗盗之辈，或不足称道的卑下技能。

战国时，齐国的孟尝君非常爱惜人才，他的门下养了三千门客。秦昭王十分敬仰孟尝君，邀请他来秦国做宰相，孟尝君接受了秦王的邀请，带着大批的门客来到秦国。但秦王的决定遭到了大臣们的反对，他们对秦王说："孟尝君虽有治国之才，但他始终是齐国的贵族。大王拜他为相，他不可能尽心尽力地为秦国办事。他处理朝政时，会随时将齐国的利益放在首位。这样，秦国岂不危险了？"

秦王听了觉得很有道理，便取消了原来的打算。他还将孟尝君软禁了起来，准备杀掉他，以绝后患。孟尝君知道后，很后悔来到秦国，为了逃离秦国，他偷偷派人去向秦王的爱妃燕姬求情。燕姬表示，要救人可以，但必须送给她一件白狐皮的袍子，她才肯帮忙。

孟尝君确实曾有一件白狐皮的袍子，可是已经献给秦王了，在当时要想弄到第二件，谈何容易。孟尝君此时也没有了主意，急得团团转。这时，一位平常遭人们冷落的门客看到众人都没有了主意，准备坐以待毙，便说："大家不要着急，我有个主意。我去将那件皮袍偷出来，送给燕姬，问题不就解决了吗！"

白瓷双把龙柄鸡首壶

青瓷鸡笼

这天深夜，这个门客学着狗叫，悄悄地潜入王宫收藏衣服的仓库，盗出了那件白狐皮大衣。孟尝君立即派人给燕姬送去。燕姬如愿以偿，就在秦王面前说了许多好话。最后，秦王终于答应将孟尝君和门客们放了。

获得了自由的孟尝君，立刻带领手下的门客们连夜启程。他们一路马不停蹄，不敢有半刻停歇。当赶到函谷关时，时间也已是半夜了，这时城门紧闭，无法出关。因为按秦国的规定，只有听到鸡鸣以后才能开关放人。

正在焦急的时刻，有一位门客学起了公鸡打鸣。附近人家的鸡听到后也都随着叫起来。守城的士兵听到鸡叫声，以为天亮了，立即开关放人。孟尝君一行人策马飞奔闯出了城关，逃出了秦国。

孟尝君靠了门客的鸡鸣狗盗的伎俩摆脱了险境。等秦王的追兵赶到函谷关时，他们早已进入了齐国的境内，安全脱险。

鸡鸣狗盗虽然都是不光明的伎俩，但却帮助孟尝君摆脱了困境。

惊弓之鸟

【词义】惊：突然被吓而恐惧、颤抖。弓：古时人们打猎时用的工具之一。鸟：这里泛指一般的鸟或人。这则成语的意思是受过伤的鸟伤刚好，又离开了群体，被拉弓的响声惊吓而猛飞，使伤口裂开而落下。

【用法】现在用来比喻受过惊吓的人碰到一点动静就很害怕。

战国末年，秦国的强大使各国国君都把自家的利益与其他国家紧紧地联在了一起，决定组成联军主动向秦国出击。楚国打算派临武君为主将，统率楚军。人们都知道临武君在对秦军的作战中几乎没有打过胜仗，所以对此非常担心，但又不好劝阻。赵国大夫魏加听说这件事后，便自告奋勇去楚国，劝说楚王取消对临武君的任命。魏加赶到楚国，见到宰相春申君便问："听说贵国要任命临武君统率大军出征，不知是真是假？"

楚国宰相春申君听了，反问魏加道："这是我们国君的意思，而我也有此意，有什么问题吗？"

战国时期青铜器上的文字

于是，魏加为春申君讲了这样一个故事：从前，魏国有一个神箭手名字叫更羸，射起箭来是百发百中。有一次，他陪伴魏王到野外打猎。当他们玩兴正浓的时候，空中飞来一只大雁。更羸对魏王说："大王，不知您相不相信，我只要拉开弓，不必搭上箭，就能将这只大雁射下来！"

魏王听了更羸的话，十分怀疑，便对更羸说："不用箭如何射下来呢？你一定是在说笑话吧！"更羸说："我当臣子的怎么敢与国君开玩笑，您一会儿就能看到我说的是否属实。"

大雁受到更羸虚拉弓弦声惊吓落到了地上。

这时，那只大雁正慢慢地飞过他们二人的头上。更羸马上拿起弓，虚拉弓弦，魏王抬头望去，只听弓弦响处，那只大雁立刻从天上一头栽了下来。魏王看到这些，惊得目瞪口呆，说道："你的箭法果然神奇！"

更羸听了回答道："大王，哪里是我的箭法好，而是那只大雁已受过伤。"魏王问："你怎么知道它受过伤呢？"更羸说："大王，您没见它飞得又低又慢，而且叫声又很凄惨，显然是身上有伤口且还没有长好。这时候它听到弓弦的响声，以为有箭射来，便拼命振翅高飞，结果伤口破裂坠地而死。"

战国时期的古剑

故事讲到这里，魏加话锋一转，说："临武君与秦军作战，每战必败，看到秦军就会害怕，如同受过伤的惊弓之鸟一样，怎么能再让他担任主将呢？"春申君马上将魏加的话讲给楚王，楚王深思后取消了对武君的任命。

井底之蛙

【词义】这则成语的意思是指井底下的青蛙只能看见井口很小的一片天。
【用法】用来比喻眼界狭小，目光短浅的人。

从前，有一口废井，有一只青蛙栖息在里面。它没有见过井外的世界，它所看到的，只是井口上方的一块天空。但是，它十分快乐，无忧无虑，不缺食物，也没有天敌伤害。

有一天，一只大海龟爬到岸上，大概是太熟悉海中的生活了，让它觉得单调沉闷，缺乏生气，没有新鲜感。它东游西逛，好奇地浏览着岸上的景物，它看到四处是茂密的葱葱林木，茵茵绿草上开出几朵鲜花，蝴蝶、蜜蜂匆匆在花间草丛中嬉戏，小鸟在青枝绿叶上唱着悠扬的曲调，赏心悦目的天籁让它流连忘返，简直不想再回到那幽暗的大海中了。

陶水井

大海龟慢慢爬过草丛，见地面出现一个小洞，它不清楚这是什么东西，用探询的目光往里张望。这时它看见井底蹲着一只青蛙。青蛙也很寂寞，所以很高兴有客人来到这里，便热情地介绍自己的幸福生活。

青蛙叫道："很高兴您的到来，能为您介绍我的住所使在下深感荣幸。请先参观我的住宅。你瞧，这里面我宽敞，还有一泓清水，我每天跳上跳下，累了就坐下来休息，没有谁来打扰我。"

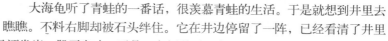
指南龟
古人用来分辨方向的工具

海龟点点头，示意青蛙继续介绍下去。青蛙受到鼓励，愈加兴致勃勃，笑容满面夸赞说："这些都不算什么，最舒服是在井底游泳，随便怎么游都心情舒畅。我还可以在井壁上攀援，非常刺激。"

大海龟听了青蛙的一番话，很羡慕青蛙的生活。于是就想到井里去瞧瞧。不料右脚却被石头绊住。它在井边停留了一阵，已经看清了井里只有浅浅的一汪水，而且还发出一股恶臭味。于是，它便退了回来。

海龟问青蛙说："你见过大海吗？它茫无边际，不止万里，有几万种鱼在水中畅游。大海是湛蓝湛蓝的，一眼望不到边。大海是永恒的，不随时间的长短而变化。住在广阔的大海里可以自由自在的遨游，那才是真正的快乐哪！"

青蛙听了海龟的话，感到很新鲜，又觉得很惊恐不安，它感到自己的渺小。不过，它说什么也不相信海龟说的话，青蛙说："天下怎么可能有这种地方？一定是你编出来骗我的。"

海龟看了看井底的青蛙，摇摇头走了。这只井底的青蛙一生也没有离开过井底，它始终只能看见井口上方和井口一样大小的那块天空。

井里的青蛙听了海龟对大海的介绍，怎么都不肯相信那是真的，它认为这世上根本就不存在大海。

刻舟求剑

【词义】舟：船。求：寻找。这则成语的意思是剑落水后，在船身上刻上记号，等船靠岸再按记号去找剑。
【用法】现在用来比喻拘泥固执，不知事物的发展变化，墨守成规，不懂得变通。

在《吕氏春秋》中有这样一个故事，文章描写了一个墨守陈规，死抱教条的楚人。根据这个故事，后人引出了"刻舟求剑"的成语。

《行船图》局部

从前，有个楚国人，有一天，他要到江对岸去办事情。小船向着对岸的方向划去，突然一个大浪打来，楚人一个踉跄，将随身携带的宝剑掉落到江中。他赶紧去抓，可已经来不及了。

羊形曲柄短剑

船夫一看，马上停下船来说："客官，我帮您把宝剑打捞上来吧。"

楚人想了想说："不行，如果晚了，事情就办不成了。先做个记号，等回来时再捞也不迟。"说着，他从身上拿出小刀，在船舷上刻了个记号，说："宝剑是从这儿掉下去的，回来的时候再从这儿跳下去捞吧。"

船夫说："像你这样在船上刻记号，回来再找剑的方法是行不通的，是捞不到剑的！"

可那楚人似乎胸有成竹，执意要求船夫开船赶路，船夫也只好听他的了。船靠岸后，楚人就去办事了。等他办事回来，立即上了小船。船刚起锚，楚人就找到了他用小刀刻下的记号，要船夫帮他打捞宝剑。

船夫说："您的剑不是从这个地方掉下去的，根本就不可能找得到。"

可是楚人十分固执，他说："我在船上刻了记号，怎么不是从这里掉下去的呢？干脆我自己下去捞吧。"

说着，就跳下了水，可是他怎么找也找不到宝剑。最后，他不得不垂头丧气地上了船。还说："我已经做了记号，为什么找不到宝剑呢？"

楚人想用刻舟求剑的方法寻回自己的宝剑，可他这种不合实际的做法是不可能成功的。

船夫说："那河水是流动的，船一直在行进，而你的宝剑却沉入了水底不动，你只在船上刻了记号，船在水上的位置早就变了，刻记号又有什么用呢？用这种办法，你怎么可能找得到你的剑呢？"

楚人刻舟求剑的言行是愚蠢可笑的，他死守着原先的经验不放，当然找不回自己的宝剑。

滥竽充数

【词义】滥：混杂，失实，引申为蒙混之意。竽：古代一种簧管乐器，类似现代的笙，可以合奏，也可以独奏。这则成语的意思是不会吹竽的人混杂在吹竽的乐队里充数。
【用法】形容没有真才实学的人混在行家中间凑数，或是以次充好，有时也用作自谦之辞。

战国时期，齐国的齐宣王非常喜欢听人吹竽，而且他喜欢声势浩大、气吞山河的合奏，他认为非此不足以显示国君的气魄，于是便派人四处搜罗能吹擅奏的乐工，组织了一个三百多人的乐队为他演奏。

乐队的规格很高，又因受到君主垂青，乐队成员的待遇也就格外优越，每天的工作量又不大，薪俸却很丰厚，自然而然地成了人人称羡的美差。

齐国首都临淄城外，住着一位复姓南郭的先生。这位先生没有固定的经济收入，所以生活比较拮据。当他从在乐队吹竽的朋友处得知，吹竽是个十分清闲美差时，便请朋友代为介绍，也想到宫中混口轻闲饭。

陶乐舞群俑

彩漆竽
战国时期管乐器。

南郭先生的朋友是个热心肠，明知道南郭先生不会吹竽，还是努力地完成了朋友的委托。南郭先生终于如愿以偿，混进乐队，参加合奏。尽管他不会吹，不过装模作样起来，也不易被别人觉察。日子也就这样一天一天地悠闲过去了，南郭先生毫无愧色地享受着和乐队成员相同的一切待遇。

然而，好景不长。没几年，齐宣王便与世长辞，湣王即位。湣王深受其父的影响，也喜欢竽声的悠扬婉转，不同的是湣王喜欢独奏。于是湣王下令，乐队每天一人值班随时为国君演奏，其余队员放假休息，薪俸照给。乐队成员听了湣王的指令非常高兴，因为这样既减少了工作量，又不影响收入，当然是个好消息。于是他们摆酒庆贺，赞颂湣王的高雅情趣，酒席之上，只有南郭先生怎么也乐不起来，双眉紧锁，一脸苦相。

同伴们有些不解，有的询问，有的劝解，让他把难处说出来，大家帮忙解决。

南郭先生不好意思说出原委，吞吞吐吐，弄得众人特别着急，直到被逼无奈，他才说出实情。众人这才知道南郭先生根本不会吹竽。众人拿着酒杯，你看我，我看你，个个瞠目结舌，愣在那里不知如何是好。

南郭先生也觉得十分羞愧，起身灰溜溜地走了。

南郭先生本想靠蒙混吹竽过悠闲的日子，没想到新国君只喜欢听独奏，南郭先生的好日子也到头了，只好离开了。

梁上君子

【词义】 梁：房梁。君子：古代指地位高的人，后来指人格和品德高尚、行为端正的正派之人。这则成语的意思是小偷在盗窃时，躲在房梁上。

【用法】 现用作窃贼的代称。也指问题没有得到解决、被挂起来没有着落的人。

陈寔（shí），字仲弓，东汉时颍川郡许县（今河南许昌）人。陈寔少时家境贫寒，曾在县里作小吏，做事任劳任怨，而且有志好学，受到县令的赏识，推举他去太学读书。后来陈寔先后任郡督邮、功曹等职，他深明大义，"善则称君、过则称己"，其高尚的德行为远近人们所叹服。东汉桓帝时，陈寔在太丘任太丘长。他出身低微，很能体谅劳动人民的疾苦。

石雕房屋及陶人俑

他平时经常微服私访，了解民情。他为人正直，处事公正，无论做什么事都严格要求自己，成为乡里人的表率和榜样，因此，人们都尊称他为"陈太丘"。陈寔以德施治，关心、爱护百姓，邻县甚至有不少人因此要迁居到他属下的地方。后来，由于沛国相违法赋敛，加重百姓负担，陈寔无法阻止，便辞官回到家乡。

有一年，年成不好，百姓的生活十分困难，乡里有些人因为日子实在过不下去了，在饥饿难耐时，就铤而走险干起了偷鸡摸狗、见不得人的勾当。

有一天晚上，一个小偷看四周无人，钻进了陈寔的家，躲在房梁上，以便见机行事。陈寔偶然间发现了梁上的小偷，但他不动声色，起床把儿子、孙子都叫了进来，严肃地训斥他们说："做人一定要堂堂正正，要时时刻刻地勉励自己，严格地要求自己，经得住艰难困苦的考验，才能有出息。其实有一些做坏事的人，他们的本质并不坏，只是经不起困难的考验，沾染上了坏习惯，而自己又不知道克制，努力改过，一味地顺其发展，养成了做坏事的习惯，最终成为坏人。你们抬起头来，看看这位梁上君子吧，他就是这样的人。"

梁上的小偷听完陈寔这番话后，感到非常惭愧，连忙下来，向陈寔叩头认罪。陈寔说道："我看你模样并不像一个坏人。你要记住我刚才所说的话，别再当小偷了。不然的话，你的日子会过得愈来愈穷困，而且还会受到人们的唾骂！"说完，他又送给小偷两匹绢，并派人把他送回家。这件事传扬出去，乡里人非常敬佩陈寔。认为他是一个为百姓着想的好官。

后来，一些做坏事的人，在陈寔的教诲和帮助下，纷纷改过自新，找到正当的职业，凭着自己的双手劳动，养活自己和家人了。

房梁上的小偷听了陈寔的话十分惭愧，急忙下来赔罪。

寿州窑瓷汤瓶

买椟还珠

【词义】椟：木匣子。还：退还。这则成语的意思是把装珠宝的木匣买走，而把贵重的珠宝还给卖者。
【用法】比喻舍本逐末，取舍失当。

春秋时期，楚国有一个珠宝商人，常常往来于楚国和郑国之间做生意。他做生意很有信誉，所以，人们都喜欢来他这儿买珠宝。

紫檀八宝花鸟纹长方盒

有一天，这个商人得到了一颗名贵的夜明珠。虽然这颗夜明珠不比普通的珍珠大多少，但一到夜晚，这颗夜明珠就会闪烁着月亮般的光芒。为了能将这颗夜明珠卖个好价钱，商人特意到镇上请有名的木匠用上等木料做了一个十分精致的小盒子。然后又请手艺精湛的雕刻工匠在盒子外面雕刻上精致的花纹，还在中间镶嵌了一颗亮闪闪的宝珠，四周又镶嵌了许多彩色的羽毛，同时还用名贵的香料把盒子薰得香喷喷的。商人打开盒子，放上两层绒布，将宝珠小心翼翼的放入盒子。他想，把珠宝放在这样的盒子里，郑国人一定会抢着买，他就可以做成一笔大生意了。这个珠宝商做好了准备，就动身到郑国去了。到了郑国后，他选了一条最热闹的街市来展示他的珠宝。他坐下来，大声吆喝道："快来看，快来买，世间奇珍——夜明珠，不要错过好机会……"商人的喊声引来了不少人，一些识货的郑国富商看了他的宝贝不约而同地问："多少钱？"

"不还价，三千两黄金！""哇！三千两，我可买不起！"

"这儿怎么这么热闹？"大家回头一看，说话的人是郑国的首富朱六。

珍珠饰五凤发簪

商人得知此人是郑国首富，便和气地问："客官，您买我的夜明珠吗？"

朱六听了心想：早听说夜明珠是个无价之宝，今日遇见，何不买下？"卖多少啊？"朱六装出一副神气的样子问。"不还价，三千两黄金！"商人回答道。"好！三千两就三千两！"朱六说完便将钱拿给了商人。朱六见这盛夜明珠的盒子做工精细，图案艳丽，还散发出阵阵香味，不禁爱不释手，当他翻开盒时，发现那夜明珠才比普通的珍珠大一点儿，便说道："珠子还给你，盒子我收下了。"

"客官，盒子只值一百两白银而这珠子可值三千两黄金啊！"

"不，我觉得珠子值一百两白银，盒子才值三千两黄金，你不用多言了。"朱六说完，一甩袖，扬长而去。

商人望着朱六远去的背影，心想：看东西不能看外表，这珠子虽小，其实它值钱却要比盒子高几百倍呢！

富商朱六不识珍贵的夜明珠，只把不值钱的盒子买走，而将宝珠还给了商人。

盲人摸象

【词义】这则成语的意思是指盲人抚摸大象的身躯。
【用法】比喻只通过片面了解就下结论，或指以一点代替全面，得出错误而片面的结论。

很久很久以前，有一位国王，他心地善良，很乐意帮助别人，对臣民们也是如此。

有一次，几个瞎子相携来到王宫求见国王。国王问他们说："有什么事需要我帮你们吗？"瞎子们答道："感谢陛下的仁慈。我们天生就什么也看不见。听人家说，大象是一种巨大的动物，可是我们从来没有见过，非常好奇，求陛下让我们亲手摸一摸象，也好知道象究竟是什么样子的。"

青铜象尊

国王欣然应允，命令手下的大臣说："你去牵一头大象来让这几个人摸一摸，也好满足他们的心愿。"不一会儿，大臣便牵着大象回来了，说："象来了，象来了，你们快过来摸吧！"于是，几个盲人高高兴兴地各自向大象走了过去。大象实在太大了，他们几个人有的摸到了大象的鼻子，有的摸到了大象的耳朵，有的摸到了大象的牙齿，有的碰到了大象的身子，有的触到了大象的腿，还有的抓住了整个大象的尾巴。他们都以为自己摸到的就是大象，仔仔细细地摸索和思量起来。过了好一会儿，他们都摸得差不多了。国王问道："现在你们知道大象是什么样子的了吗？"瞎子们齐声回答："知道了！"

铜鎏金镶宝石
太平有象香薰

国王说："那你们都说说看。"

第一个瞎子正好把手放到了大象的腰上，说道："大象又厚又大，就像是一堵墙。"第二个瞎子只是摸到了大象的牙。他说："哪里，大象像一根大萝卜！"第三个瞎子恰巧抓住了大象的鼻子。他说："你们俩都错了，这只大象像一条蛇。"第四个瞎子抱住了大象的一条腿。他说："很明显它又圆又高，像一棵树。"第五个瞎子个子很高，他刚巧抓住了大象的耳朵。他说："大象又宽又大又扁，确实很像一把大扇子。"第六个瞎子费了好半天功夫才抓住了大象的尾巴。他嚷着："噢，它实实在在像一条绳子。"

每个瞎子都只摸到了大象的一部分，但他们都以为自己摸到的是整个大象。

瞎子们谁也不服谁，都认为自己一定没错，就这样吵个没完。国王听了哈哈大笑，他们每个人只摸到了大象的一部分，就误认为是摸到了大象的全部，十分可笑。

盲人瞎马

【词义】这则成语的意思是指本来是个盲人，又骑在瞎马上。
【用法】形容自身处境本来就很危险，又碰到更加危险的外部环境。也可比喻盲目行动，后果危险。

顾恺之是东晋著名画家，曾在桓温和殷仲堪帐下做过参军。顾恺之曾把自己的得意之作装在一个柜橱里，在柜门上贴上封条，寄放在桓温家中，以为这样是万无一失了。桓温特别喜欢他的画，两人又是莫逆之交，就搞了一个不高明的"恶作剧"：趁顾恺之不在的时候，他把柜橱的后板撬开，把里边的画都"偷"出来，另找地方藏了起来，又把后柜板小心翼翼地钉好，一切如

《人马图》局部

故。后来顾恺之来搬柜橱，恒温就让他搬走了，还郑重其事地告诉顾恺之自己从来没有动过这里边的东西。顾恺之见封条贴得好好的，打算拿几幅画给桓温看看，可是打开柜门一看，柜里的画都不见了。他明知道是桓温搞的鬼，却笑呵呵地说："大概我的画成仙得道，不翼而飞了！"丝毫没有责怪桓温的意思。桓温心照不宣，独得了一份大便宜。

还有一次，顾恺之和桓温到殷仲堪家做客。三个人酒过三巡，菜过五味，忽然兴起，要行个酒令。三个人各不相让，未分出高下，于是又商定用一句诗描绘出最惊险的境界。这回是桓温先说，他说："矛头淅米剑为炊。"意思是，站在长枪尖和剑刃上淘米做饭，真是很惊险。

殷仲堪说："百岁老翁攀枯枝。"不论谁攀枯枝，都是危险的事，更何况手脚不灵的百岁老人！

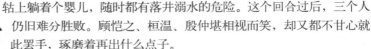

顾恺之也毫不逊色，说道："井上辘轳卧婴儿。"辘轳是一种从深井里汲水的工具。在辘轳上躺着个婴儿，随时都有落井溺水的危险。这个回合过后，三个人仍旧难分胜败。顾恺之、桓温、殷仲堪相视而笑，却又都不甘心就此罢手，琢磨着再出什么点子。

盲人骑在瞎马上赶路，真是太危险了。

这时，殷仲堪身边的一个参军憋不住了，顺嘴凑上一句："盲人骑瞎马，夜半临深池。"

"啊！奇险，奇险！"顾恺之和桓温异口同声赞道。

一个盲人，骑着瞎马，在夜半时分来到深渊侧畔高崖之上，恐怕绝难挽回厄运了。而且这句诗的高明之处在于它所诉说的情境十分自然，不像他们三人说的那样有过分编造的痕迹。

殷仲堪是个孝子，曾因为父亲病危哭瞎了一只眼，本来很忌讳别人谈瞎的，听到此句，很不高兴地斥责那个参军说："你这么说也太欺负人了！"这次聚会也因此闹得不欢而散。

南辕北辙

【词义】辕：车前用来架牲口的两根直木。辙：车轮压出，走过的痕迹。这则成语的意思是要到南边去的车，却走上向北的路。
【用法】比喻行动与目的相反，背道而驰，结果离目标越来越远。

战国后期，一度称雄天下的魏国国力渐衰，可是魏国国君安厘王仍然想出兵攻伐赵国。

谋臣季梁本已奉命出使邻邦，旅途中他得到了魏王想发兵攻打赵国的消息。

"魏王怎么能攻打赵国呢？"季梁立刻感到了一种不安。为制止魏王攻打赵国，他立刻半途折回，赶往魏国。

他一回到魏国，衣顾不得换，脸顾不得洗，就匆匆忙忙地去拜见魏王。魏王看他风尘仆仆，慌慌张张的样子，觉得很奇怪。问道："季梁大夫，你不是说要走很久吗？为什么这么快就回来了？难道有什么特别紧要的事情吗？"

这时，季梁不紧不慢地说道："事情并不算特别紧要，只是我遇到了一个怪人以及他的怪事，我只想早一点告诉您罢了。"

春秋战国时期，马车是贵族主要的代步工具。

季梁接着说道："今天，我在太行道上遇见一个人坐车朝北而行，但他告诉我要到楚国去，可是楚国在南方啊。我问他为什么去南方反而朝北走，那人说：'不要紧，我的马好，跑得快。'我提醒他，马再好也不顶用，朝北走不是去楚国该走的方向。那人指着车上的大口袋说：'不要紧，我的路费多着呢。'我又给他指明，路费多也不济事，这样是到不了楚国的。那人还是说：'不要紧，我的马夫最会赶车。'这个人真

曾侯乙盘

是糊涂到家了，他的方向不对，即使马跑得再快，路费带得再多，马夫再会赶车，这些条件再好，也只能使他离开目的地越来越远哪！"

听了季梁讲的无头无尾的故事，安厘王觉得很好笑，就问季梁道："天下难道真有这样糊涂的人吗？"季梁说："有。不光赵国有，我们魏国也有。"

安厘王不以为然："什么，我们魏国也有？"

季梁直言道："是的，比如大王您吧，您的志向是建霸业，当诸侯的首领。为了这个目的，您倚仗着国家的强大与军队的精良，想攻打赵国，来扩大地盘和抬高威望。可您这样做，别的国家会怎样想呢？我觉得，您这样攻打别国的次数越多，离您的宏伟志向就越远。这不正如那个乘车的赵国人欲去楚国而不朝南反朝北走一样吗？"

安厘王听了这一席话，深感季梁给他点明了重要的道理，便下令停止伐赵。

要去南边楚国的人却一直向北走，还不听人劝说，那样只会越走越远。

难兄难弟

【词义】这则成语原意为弟兄俩都很有才德，难分高下。
【用法】后人多将此成语用作贬义，讥讽同样坏的两个人，或处于同样困境中的两人。

在颍川有个叫陈寔的人。他廉洁奉公，处事公正，百姓很佩服他。陈寔共有六个儿子，其中陈纪、陈谌最有贤名。

陈纪，字元方，以道德知名于世。陈家兄弟友爱，孝顺父亲，家中和睦亲善，其家风成为人们学习的榜样。公元189年，汉灵帝去世，少帝即位，大将军何进谋除宦官，辟召智谋之士二十余人，陈纪被举为五官中郎将。但当陈纪应召到达京都洛阳时，形势已发生了大逆转，何进在与宦官的斗争中被杀，长期盘踞宫廷的宦官也被剪除殆尽，但政权却落入了奉召领兵入洛阳的凉州刺史董卓手中。董卓大量任用党人名士以便获得支持，陈纪被任为侍中。当时董卓意欲挟持新立的献帝徙都长安，陈纪劝谏董卓应谦远朝政，专精外任，不可擅意徙都。董卓很不高兴，但敬畏陈纪的名望，也没处罚他。

《观瀑图》

陈谌，字季方，与兄长陈纪一样道德品行俱佳，多次同时受到朝廷的辟召。因陈氏父子声望极高，所以百姓都以他们为楷模。

陈元方十一岁那年，有一位姓袁的长辈问他陈寔在太丘做官，都做了些什么，为什么远近的人都称赞他。元方回答说："家父在太丘做官，对个性强的人用道义来开导他，生性弱的人用仁爱来辅导他，百姓都各凭本性而安于职业，日子长了，他们自然而然的就更加敬重家父了。"

另有一位客人问季方，陈寔有什么功德而享盛名。季方回答说："家父好比一株生长在泰山山坡的桂树，上面有万仞那么高，下面有不可测的深渊；上受天降甘露的沾濡，下受深渊清泉的滋润。在那种情况下，桂树哪里知道泰山有多高，渊泉有多深？我也不知道家父到底有什么功德。"

元方有个儿子叫长文，季方有个儿子叫孝先。因为兄弟两人品德才识都不相上下，所以有一天，两个孩子为自己父亲的功德争论起来，都说自己的父亲功德高，争来争去没有结果，便一同来请祖父陈寔裁决。

陈寔想了一会儿，对两个孙小说：

"元方难为兄，季方难为弟。他们二人的功德都很高，难以分出上下啊！"

两个小孙子听后满意地跑开了。

陈寔的两个孙子争论谁的父亲品德才识更高，最后陈寔评到，其两人的才华品德是相差无己的。

骑驴觅驴

【词义】骑：骑着。觅：寻找。这则成语的意思是骑着驴去找别的驴。
【用法】比喻东西本在身边，还到处寻找。现在也比喻已有工作，又去找更称心的工作。

历史上有许多有趣的故事都与驴子有些关系。有这样一则故事：一天，父子俩赶着一头毛驴到集市上去卖。毛驴在前面走，父子俩在后面一溜小跑紧跟，跑得气喘吁吁。迎面走来一位书生，见状笑道："有驴不骑你们真笨。"父亲听了，觉得书生言之有理，于是把儿子抱到驴背上，自己在后边赶着。走着走着，遇到一个老翁，冲着骑驴的儿子说："你这个孩子真不孝顺，自己骑驴，让老人在下边走！"儿子听了，急忙跳下来，

《耕作图》

让父亲骑上去继续前行。走了不一会儿，一个村妇拦住了驴，对父亲说："你也真是的，怎么只顾自己舒坦，让这么小的孩子跟在后边跑呢？"父亲听了，就让儿子也骑上了驴背。这回，他们以为别人不会再说什么了。可是迎面走来一个出家人，看到毛驴被压得腿都快直不起来了，心生怜悯，急忙站在路中央施礼道："阿弥陀佛，罪过，罪过。驴也是生灵，你们怎么能这样对待它？这样它会累死的。"父子俩一想："驴如果累死了，还卖什么呢？"就一起下了驴。想来想去，有驴不骑不对，无论谁骑也都不对，干脆用扁担抬着驴走得了。这下可好，毛驴把爷儿俩都骑上了。

蓝釉陶驴
陶驴背上鞍饰俱全，身体比例匀称，形态生动传神，通体蓝釉。

宋代道原所著《景德传灯录》中描写的主人公，却是"自己跟自己过不去"的人物，那故事说：从前有个人名叫王三，长得肥头大耳，一副呆头呆脑的样子。一天，他父亲从畜圈里赶出五头毛驴，让他到集市上去卖。临行时，父亲再三叮嘱说："这是五头驴，你把它们都卖了吧。到集市的路很长，你要仔细看管，别让毛驴跑丢了。"王三答应着，抬腿骑到其中一头驴的背上，赶着驴群上路了。

走到半路，王三想数一数驴子，看看够不够数。于是他就"一、二、三……"地数了起来。数来数去，总是四头，他心里疑惑："父亲明明告诉我是五头驴子，怎么剩下四头？"他以为是自己过于粗心大意，毛驴丢了一头，就按原路返回去找。

王三数驴怎么数都少一头，他就是把自己骑的驴给忘了数进去。

王三按原路找驴，一直找到家门口也没找到。这时，他十分口渴，就从驴肩上跳下来进屋喝水。等他喝完水出来，站在院门口又重新数了数毛驴的头数：不多不少，正好五头！他搔着头皮，在那里想了好半天才恍然大悟："嘿，原来我把自己骑的那头驴忘啦！"

其貌不扬

【词义】貌：外貌，长相。扬：指长得漂亮。这则成语的意思是一个人的外貌很不漂亮。
【用法】形容人相貌平常或丑陋。

春秋时期，郑国的大夫然明很有远见卓识，只是他的相貌生得非常丑陋，但他对事物的认识和判断远远超出常人。

长条形有节玉佩
这是春秋时期人们的饰物。

晋国国君宠信一个名叫程郑的人，让他担任下军副帅。一次，郑国的外交官公孙挥出使到晋国，程郑没头没脑地问他："请问怎样才能降低官阶？"公孙挥被问得莫明其妙，就没有做出答复。回国后他把这件事告诉了然明，询问然明对此事的看法。然

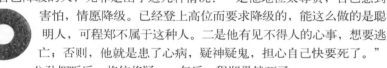

春秋时期的玉璧、玉环

明回答说："我看这个人是活不长久了，否则，也会逃亡到国外。因为，一个总希望自己降级的人，无非是出于这几种情况：一是他地位太尊贵，自己感到害怕，情愿降级。已经登上高位而要求降级的，能这么做的是聪明人，可程郑不属于这种人。二是他有见不得人的心事，想要逃亡；否则，他就是患了心病，疑神疑鬼，担心自己快要死了。"公孙挥听后，将信将疑。一年后，程郑果然死了。

郑国著名的政治家子产得知这件事情后，觉得然明的见识真是不同寻常。于是，子产便与然明结交。一次，子产就如何施政的问题征询然明的意见。然明回答说："把百姓看成是亲儿子一样。见到不仁的人，就惩治他，就像老鹰追赶鸟雀一样。"子产听了非常赞赏，并深有感触地对别人说："从前我只看到然明的外貌，现在我看到他的内心了。"

公元前514年，当时晋国由魏献子执政。魏献子选拔了十人分别到十个县去做大夫。其中贾辛被派往祁地去任大夫。那十位大夫在即将离开国都去上任之前，都晋见了魏献子。在接见贾辛时，魏献子说道："从前晋国的叔向到郑国去，相貌极丑的然明久闻叔向大名，想观察一下叔向其人，便跟着一些打杂的人一同前往。他在众人中说了一句很不寻常的话，被正要举杯饮酒的叔向听见了。叔向便知道这人一定是然明。叔向下去拉着然明的手上堂来，对然明讲了一个故事：从前有个贾大夫长得很丑，但他妻子很美，过门三年，她不说不笑，贾大夫一次与她去打猎，他射中了一只野鸡，妻子才笑着说话了。贾大夫说：'一个人不能没有本事啊！我要是不会射箭，你可就不说不笑了。'讲完故事，叔向接着对然明说：'现在你的外貌虽不大好看，您如果再不说话，我几乎错过了解您的机会了。'"贾辛明白这是魏献子要他注意发现人才，魏献子最后又对贾辛说了几句勉励的话，贾辛才告辞而去。

魏献子向贾辛说，不要因为一个人的外貌不好就看轻他，要多选拔人才。

图书在版编目（CIP）数据

中华成语故事全集. 第2卷／龚勋主编. —汕头：
汕头大学出版社，2012.1（2021.6重印）
ISBN 978-7-5658-0557-8

Ⅰ. ①中… Ⅱ. ①龚… Ⅲ. ①汉语-成语-故事-青
年读物②汉语-成语-故事-少年读物 Ⅳ.
①H136.3-49

中国版本图书馆CIP数据核字（2012）第008775号

中华成语故事全集 （第2卷）

ZHONGHUA CHENGYU GUSHI QUANJI DI 2 JUAN

总策划	邢 涛	印 刷	唐山楠萍印务有限公司	
主 编	龚 勋	开 本	705mm×960mm　1/16	
责任编辑	胡开祥	印 张	10	
责任技编	黄东生	字 数	150千字	
出版发行	汕头大学出版社	版 次	2012年1月第1版	
	广东省汕头市大学路243号	印 次	2021年6月第8次印刷	
	汕头大学校园内	定 价	34.00元	
邮政编码	515063	书 号	ISBN 978-7-5658-0557-8	
电 话	0754-82904613			

● 版权所有，翻版必究　如发现印装质量问题，请与承印厂联系退换